Minna House

# SUNFLOWER

## La prophétie d'Horus

*L'intégrale de la saison 2*

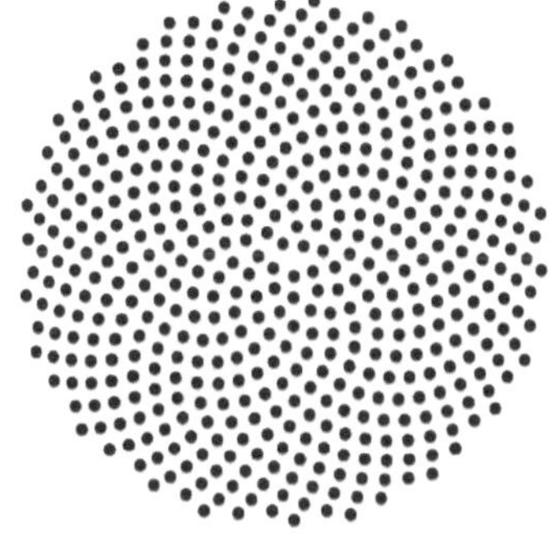

© Science-eBook, Septembre 2016
http://www.science-ebook.com
ISBN 979-10-91245-80-7

# Table

Alors que les humains et les cyborgs se préparent à l'affrontement, l'intelligence artificielle Eva se lance à la recherche d'Asagi vers la planète des sables…



Asagi reprend conscience dans la cité souterraine d'Isil. Mais est-elle vraiment éveillée ou bien erre-t-elle dans une imbrication de cauchemars ? D'où proviennent ces nouveaux pouvoirs qu'elle découvre ?



Selon une légende oubliée, Eöl n'a pas toujours été le monstre sanguinaire dont le seul but semble être l'asservissement des *Eldaris*. Comment est-il devenu le prince des damnés ? Voici sa véritable histoire.



Dans la capitale de la fédération des planètes unies sur *Genesis*, la présidente démocrate Claire Bright et son équipe doivent faire face à la menace de l'invasion cyborg imminente. Mais, dans l'ombre, les traîtres tissent leur toile et le piège se referme inexorablement…



Pendant que l'armada cyborg se regroupe en orbite de *Tayma*, la planète des sables est toujours sous le joug des cyborgs et de leurs terribles robots. Alors que Terrance rejoint le groupe de rebelles caché dans les cavernes près de *Maabad* pour tenter de retrouver Asagi, les cyborgs décident d'attaquer…



La flotte de la fédération, menée par l'amiral Wilson prend

l'initiative sur l'armada cyborg et lutte courageusement pour repousser l'imminente invasion de *Genesis*. Pendant ce temps, sur la planète des sables, Asagi guide les rescapés des cavernes de *Maabad* vers la cité souterraine d'*Isil*...

# Prélude

Dans une galaxie lointaine nommée *Sunflower*...

Au cours des siècles, les hommes ont épuisé les ressources de leur planète, *Genesis*. Après de longues guerres fratricides pour tenter de s'approprier les dernières ressources, certains ont décidé de tenter leur chance au-delà des frontières du système planétaire, quelque part derrière la grande barrière d'astéroïdes. Pour s'adapter à leurs nouvelles conditions de vie, ils ont choisi d'abandonner une partie de leur humanité. Ils ont délaissé une grande part de leur corps organique pour un corps robotisé, mieux à même de résister aux conditions difficiles de l'espace. Après plusieurs générations, il ne leur reste plus que quelques traces d'humanité et une religion qui s'est bâtie sur les mythes et légendes nés des bribes de souvenirs de leur passé.

Le petit nombre d'humains resté sur *Genesis* a dû lui aussi s'adapter pour survivre. Pour cela il a misé sur la génétique et les nanotechnologies. Mais la pollution ambiante et les modifications génétiques ont considérablement réduit leur capacité de reproduction sexuée. Il ne reste plus à présent que quelques rares cas de naissances naturelles. Pour que l'espèce ne disparaisse pas totalement, ils ont adopté un programme de reproduction par clonage fortement réglementé. En outre, ils ont développé de nombreux robots pour dépolluer la planète et lui redonner un écosystème favorable à la vie.

Cinq siècles après les années sombres, même si certains territoires ravagés par les guerres de séparation sont toujours sous le contrôle de bandes armées, la prospérité retrouvée a permis de coloniser les principales planètes autour de l'astre géant *Orion Prime* et de les regrouper dans une fédération.

Alors qu'une paix fragile règne enfin au sein de la fédération, le vaisseau d'exploration *Pandora* est envoyé au-delà de la grande barrière d'astéroïdes sur la trace des émigrants. Malheureusement, le premier contact montre que le conflit entre les deux peuples est loin d'être terminé. Dans leur gigantesque arche spatiale, les cyborgs se préparent en effet à reconquérir *Genesis*. Mais différentes communautés se disputent le pouvoir après l'assassinat du haut-commandeur, l'un des premiers cyborgs et parmi les plus modérés. La tension accumulée depuis des siècles dans cet environnement clôt explose pendant une nuit meurtrière qui voit la seconde génération prendre le pouvoir. Les quelques rescapés parmi les premiers doivent fuir l'arche pour rester en vie.

Pendant ce temps, sur *Tayma*, la planète de sable, la découverte d'un artefact alien semble avoir réveillé un démon et la légende d'une cité souterraine oubliée depuis la nuit des temps. Le *Pandora* réapparaît après avoir échappé de justesse aux cyborgs et se pose en catastrophe afin de prévenir les habitants de l'invasion imminente. *Mahjaris*, l'orgueilleuse citée du désert, tente de résister en vain aux hordes de robots qui se déversent sur la planète des sables. Les rescapés de l'attaque, aidés *in extremis* par les premiers entrés en rébellion, se réfugient dans un réseau de cavernes dissimulé dans les montagnes.

À plusieurs années-lumière, dans la cité forestière d'*Elessar*, le temps s'écoulait paisiblement jusqu'à ce qu'une malédiction resurgie du passé semble à nouveau prête à se déchaîner sur les *Eldaris*. Ils envoient leur meilleur guerrier sur *Tayma* avec l'un des derniers vaisseaux vivants pour évaluer la situation. Une nouvelle fois, la destinée de la galaxie semble intiment liée à celle de la planète des sables. Mais dans l'ancienne cité souterraine d'*Isil*, le piège se referme. L'envoyé est tué lors d'un combat singulier et Asagi se retrouve malgré elle au centre du conflit qui oppose les *Eldaris* aux *Sindaris*, disciples du prince des damnés…

# Épisode 1

# L'ogre stellaire

Dans l'Univers, chaque fin est un nouveau commencement. Les étoiles naissent dans les nuages gazeux le plus souvent issus de la mort d'autres étoiles. Sous l'effet de la gravité, les gaz se contractent et s'effondrent sur eux-mêmes. Dans cette évolution, des protoétoiles se forment et leur température s'accroît à mesure que leur densité augmente. Le cœur d'une étoile s'allume du fait du processus de fusion des atomes d'hydrogène en hélium ce qui, en contrepartie, stoppe temporairement l'effondrement. L'énergie est évacuée progressivement par convection et radiation sous la forme de rayonnement, de vents stellaires et de neutrinos. L'étoile irradie alors dans tous les spectres visibles et invisibles. Elle est devenue une sphère de lumière et de chaleur, un astre dans sa phase mature qui durera plusieurs milliards d'années. Pendant cette longue vie, l'étoile évolue et modifie sa propre structure, ainsi que son environnement, permettant à la vie d'émerger et de s'épanouir.

Il en était ainsi depuis plus de quatre milliards d'années pour *Beta Majoris*, une naine jaune autour de laquelle gravitaient une dizaine de satellites. Sur la troisième planète du système, dans sa région septentrionale, au-dessus de l'équateur, l'astre irradiait encore la campagne environnante de sa chaleur bienfaisante, bien qu'il apparaissait assez bas sur l'horizon. C'était un instant magique où la lumière devenue rasante éclairait de teintes roses l'ondulation des collines. Au loin, on pouvait admirer la ligne des montagnes toujours enneigées où dominait, majestueux, le mont *Adamakhora*.

De larges domaines forestiers aux essences de pins, de chênes et autres amélanchiers, s'étendaient à perte de vue. Seules, certaines collines montraient, à intervalles réguliers, des villages perchés à leur sommet comme des vigies sur cet océan de verdure.

En observant de plus près, on distinguait un réseau de routes qui serpentaient dans les vallons, tissant un réseau de communication entre les villages. L'une de ces voies s'enfonçait dans l'ombre de la forêt puis réapparaissait soudain, plus proche, sur les bords d'un profond canyon creusé par la rivière *Narayan*. L'itinéraire que suivait la route menait à un massif un peu plus haut que les autres. Après quelques kilomètres d'une ascension en pente douce, la route se transformait en un sentier pierreux bordé d'oliviers, mais praticable avec un véhicule. Tout autour, la forêt laissait la place à une végétation composée d'arbustes épars, de buissons et de plantes aromatiques. Le sentier aboutissait à un sommet en terrasse sur lequel étaient disposées plusieurs sphères blanches, telle une ponte prodigieuse.

La station d'observation astronomique posée sur le mont dominait la vallée et la route en balcon surplombant les gorges. Lovée au soleil, la grande coupole couronnait le sommet de l'observatoire. Elle était de loin la plus ancienne, mais toujours la plus imposante avec ses vingt-quatre mètres de diamètre. Le dôme reposait sur une base carré en pierres de taille composé de quatre façades parfaitement symétriques et encadrés par de larges colonnes. Il fallait une architecture solide pour supporter les cent cinquante tonnes de sa structure métallique flottant littéralement sur une cuve annulaire.

Vue de l'intérieur, la coupole était encore plus impressionnante avec son plafond quadrillé d'acier et sa lunette géante. Autrefois actionné par la manivelle d'un mécanisme d'horlogerie, le mouvement de rotation avait été récemment modernisé par l'adjonction d'un moteur électrique commandé par ordinateur. De même, le système d'ouverture, composé de deux volets coulissant sur toute la hauteur pour laisser un espace libre de près de trois mètres, était à présent entièrement automatisé.

L'instrument principal de l'observatoire était une impressionnante lunette astronomique longue de vingt mètres, avec une lentille de quatre-vingts centimètres de diamètre. Pointée vers le ciel, elle permettait d'observer les objets célestes depuis plus d'une centaine d'années. Mais il n'était plus à présent nécessaire de monter sur l'étroit escalier en colimaçon pour accéder à l'optique et effectuer les observations. L'image était captée directement par une caméra à haute résolution et affichée sur l'écran de l'ordinateur de contrôle.

Un homme était assis devant un simple bureau de bois sur lequel étaient posés l'unité centrale de l'ordinateur, un clavier et deux écrans, l'un à côté de l'autre. Le poste de travail paraissait insignifiant à côté de la taille de la lunette.

Chandrasekhar était à l'origine de la remise en état et de la modernisation de la lunette astronomique. Il avait passé plusieurs années à écrire à sa hiérarchie, à monter des dossiers, à assister aux réunions. Pendant tout ce temps, il avait dû laisser de côté ses recherches et ses observations. Il avait eu des périodes de profond découragement puis d'autres, plus heureuses. Néanmoins il avait tenu bon et sa ténacité avait finalement payé. Il n'avait certes pas obtenu tout ce qu'il souhaitait, mais après deux années de travaux, le gros œuvre était terminé et le télescope était à nouveau opérationnel. Sur son initiative, on avait démonté entièrement la lunette, rénové chaque pièce puis remonté l'ensemble malgré son grand âge. Il avait conçu lui-même les pièces permettant de fixer la caméra puis le schéma de connexion à l'ordinateur.

Pendant toute cette période, sa femme Esha avait été d'un soutien indéfectible. Mais maintenant, la situation avait évolué. Cela faisait un peu plus de dix-huit mois qu'il avait repris ses observations. Presque toutes les nuits, le vieux professeur franchissait la porte de l'observatoire et passait plusieurs heures à scruter le ciel. Esha aurait pu compter sur les dix doigts de ses mains, le nombre de nuits complètes qu'elle avait passé avec son mari à ses côtés. La longue période des négociations et des travaux avait été la plus heureuse de son existence. Et voilà qu'elle se retrouvait seule. Elle détestait ce télescope. Il était pire qu'une maîtresse. Il le savait, elle le lui avait dit plusieurs fois.

Le ciel était d'une beauté presque surnaturelle vu de la grande lunette. Les bras galactiques s'étalaient dans toute leur splendeur autour d'un renflement plus clair. Là, au centre, se trouvait le cœur incandescent de la galaxie. Un peu plus loin, un élégant groupe d'étoiles scintillait comme un essaim de lucioles enchevêtrées sur une tresse d'argent. Une rivière de perles dévalant vers le sud animait cette région, riche en structures. Le ruban stellaire se déroulait à travers la constellation d'*Éridan*, en passant par *Centauri*, l'étoile la plus brillante sous ces latitudes.

Plus à l'ouest, le ciel présentait un aspect plus inhabituel. Les étoiles y étaient plus rares et avec moins d'éclat. Les nuages sombres en masquaient partiellement la lumière. Seul, un petit groupe de constellations était discernable. Parmi elles, un simple triangle n'attirait que peu l'attention. Il était d'ailleurs quasiment impossible de l'apercevoir à l'œil nu. Il fallait une nuit noire et un instrument à grand champ pour le mettre en évidence. Toute l'attention de Chandrasekhar était néanmoins concentrée sur cette région de l'espace depuis plusieurs jours.

Il avait découvert par hasard un phénomène étrange : une des étoiles de la constellation du triangle avait disparu. Il n'y avait aucune erreur possible. Il en était certain. C'était totalement incompréhensible. Il comparait méticuleusement ce qu'il voyait avec un cliché pris à la même heure quelques jours plus tôt.

— C'est impossible, marmonna-t-il. Il y a quelque chose qui cloche.

Il poussa le grossissement de la lunette au maximum, puis continua à zoomer dans l'image grâce à l'ordinateur.

Il remarqua alors quelque chose de bizarre. Il y avait une zone circulaire plus sombre visible dans la lumière des étoiles en arrière-plan, mais cela pouvait être tout aussi bien un artefact de l'image.

— C'était trop beau, maugréa-t-il. Il doit y avoir un souci dans l'optique...

Il fronça les sourcils et leva les yeux vers l'écran de contrôle. Il saisit sur le clavier une série de commandes pour initier un diagnostic complet du système d'observation. Cela prendrait plusieurs heures.

Ce n'était plus la peine de rester là, planter devant l'écran où des lignes de chiffres défilaient sans discontinuer. Il reviendrait plus tard.

Il allait juste relire ses notes, puis il irait rejoindre Esha. Elle serait certainement heureuse de le retrouver cette nuit.

*

Lorsqu'il se réveilla, il était toujours à l'observatoire, affalé sur le fauteuil de son bureau, son précieux carnet de notes sur les genoux. Il faisait déjà jour dehors. L'astre était haut dans le ciel, chauffant la campagne environnante.

— Merde ! Je me suis endormi... dit-il tout haut, pestant contre lui-même.

Son regard se posa naturellement sur l'écran de contrôle en face de lui. Un panneau affichait un message en vert sur fond noir :

Diagnostic terminé.

Aucune anomalie détectée.
Voulez-vous imprimer les résultats complets ?
(Oui/Non)

Chandrasekhar appuya résolument sur la touche O du clavier et se leva du fauteuil en s'étirant de tout son long. Il était rassuré. La lunette était parfaitement opérationnelle.

Cependant, le mystère de l'étoile manquante restait entier. Comment était-ce possible ?

Il scruta une nouvelle fois attentivement les photographies prises la veille, puis les jeta négligemment sur le bureau. Il devait résoudre cette énigme. Il tenait son programme d'observation pour la nuit prochaine et probablement les suivantes.

Il s'étira à nouveau avec un sourire de satisfaction. Peut-être allait-il avoir enfin de la chance et découvrir un phénomène intéressant ? Peut-être même qu'on lui donnerait son nom ?

Il se dirigea d'un pas résolu vers la sortie, boucla la porte et commença à arpenter le chemin vers la maison qui se situait en contrebas à moins de cinq cent mètres.

C'était une petite demeure typique de la région, une modeste bastide d'un étage aux murs en pierres beiges et ocre. Ses étroites fenêtres aux volets bleus s'ouvraient sur une vaste terrasse panoramique qui surplombait la vallée. Sur la longueur de la façade était accrochée une treille dont le feuillage filtrait la lumière éblouissante de l'astre diurne pendant l'été. Dès l'automne, la chute des feuilles permettait d'augmenter naturellement la luminosité dans la maison. Sur le côté droit, un vieux puits recouvert d'une construction en pierres sèches semblait abandonné au profit d'une citerne plus moderne qui recueillait les eaux de pluie de la toiture.

Chandrasekhar entra dans la maison en frottant bruyamment ses pieds sur le paillasson.

— Esha ? demanda-t-il machinalement.

Il attendit quelques secondes, mais ne reçut aucune réponse. Sa femme devait être partie pour quelques courses au village. Le plus proche était situé à une dizaine de kilomètres de l'observatoire. Il était onze heures passé, elle n'allait certainement pas tarder à rentrer.

Il décida de l'attendre devant une bonne tasse de café. Il essayait de ne plus penser à l'étoile fugueuse, mais son esprit y revenait avec insistance. Il ne pourrait de toute façon rien faire de plus avant la nuit. Il lui fallait donc prendre son mal en patience.

C'est vers 14 h 30 que Chandrasekhar commença réellement à s'inquiéter. Sa femme n'était toujours pas rentrée. Il avait avalé rapidement les restes du repas de la veille et il faisait maintenant les cent pas dans le salon.

Décidément, rien n'allait plus entre eux depuis qu'il avait repris ses observations. Il avait pourtant l'impression de faire des efforts, mais cette femme était impossible. Elle savait que son métier était toute sa vie. Il ne pouvait y renoncer.

Il retourna machinalement vers la porte d'entrée et c'est là qu'il aperçut la lettre laissée en évidence sur la déserte.

Il saisit fébrilement la feuille de papier et reconnut immédiatement l'écriture de son épouse. Ses yeux parcoururent rapidement les lignes manuscrites.

Esha lui annonçait son départ. Elle en avait assez de cette vie de recluse au milieu de nulle part, seule pendant toute ses journées et une grande partie de ses nuits. Elle lui proposait de faire un « break » pendant quelque temps. Elle serait chez sa sœur au début, puis elle s'installerait probablement dans l'ancien appartement de ses parents.

Il froissa la lettre et la jeta au sol avec un geste de dépit. Au fond de lui, il n'était pas surpris. Il était en colère envers elle, mais surtout contre lui-même. Il n'était qu'un égoïste, il le savait.

Il passa le reste de la journée, prostré dans son fauteuil à réfléchir. Ce soir, il irait observer ce foutu astre fantôme et demain, il partirait de bonne heure pour chercher sa femme.

Il lui ferait de plates excuses. Il était même prêt à la supplier. Ils partiraient ensemble en voyage pour se retrouver et, bientôt, tout cela ne serait plus qu'un mauvais souvenir.

La nuit venue, Chandrasekhar retourna à l'observatoire, fermement décidé à tirer au clair cette histoire d'étoile fugueuse.

Il mit près d'une heure à vérifier tous les paramètres d'observation. Il ne voulait absolument rien laisser au hasard. Il pointa la lunette vers la constellation du triangle et dès la première image, il comprit que quelque chose avait changé.

L'étoile qui constituait le sommet du triangle s'était comme dédoublée. À sa place habituelle, il n'y avait rien de visible, juste le noir de l'espace. Mais à quelque distance du point où normalement elle aurait dû se trouver, il y avait maintenant deux astres parfaitement identiques. Les instruments de mesure étaient formels : même taille, même luminosité apparente, même spectre de rayonnement.

Il prit plusieurs clichés à quelques minutes d'intervalle. Pas d'erreur possible : non seulement l'étoile était réapparue, mais en plus elle s'était dupliquée.

— C'est impossible, murmura-t-il, ahuri.

Chandrasekhar secoua la tête comme pour se réveiller. Il vérifia à nouveau tous les paramètres d'observation. La lunette et tous les systèmes optiques étaient opérationnels à cent pour cent. Toutes les constellations étaient bien à leur place. Tout était parfaitement normal, sauf cette étoile qui semblait prise de folie.

Après plusieurs heures d'observation, il se rendit compte que les deux étoiles jumelles bougeaient. Ce n'était pas le mouvement naturel dû à la rotation de la planète sur elle-même et autour de son astre. Non, c'était autre chose…

Et puis soudain, il se souvint de la thèse d'un jeune astrophysicien qui avait défrayé les chroniques scientifiques quelques années auparavant. Ses articles avaient été qualifiés de hautement spéculatifs, voire de délirants. Fort peu nombreux avaient été ceux qui s'étaient intéressés ensuite à sa théorie. Chandrasekhar, lui, avait aimé son enthousiasme et la manière dont il avait affronté les critiques au risque de perdre toute crédibilité. Il se revoyait, jeune professeur, fonçant tête baissée dans ses travaux de recherche, tel un héros romantique au cœur d'une bataille pour sauver le monde.

Il se leva comme si un insecte l'avait piqué et se mît à chercher dans la bibliothèque de l'observatoire. Il était certain d'avoir lu un texte sur ce sujet. Comme il ne le trouvait pas, il retourna vers son bureau en maugréant et commença une fouille méthodique de ses archives personnelles.

Après une dizaine de minutes, il tomba finalement sur un mémo rédigé par Uttam, son ancien thésard. Le document était intitulé : « Notes à propos de la théorie de formation d'un trou noir ».

Il était rempli d'équations, de croquis et de chiffres, mais une partie était manuscrite. Il s'assit confortablement dans son fauteuil et commença à lire avec attention :

« Plus la masse d'une étoile est importante et plus elle est en mesure d'amorcer des transformations vers des éléments chimiques de plus en plus lourds. Ainsi, après l'hélium, une étoile amorce des réactions de fusion produisant du carbone, de l'oxygène, de l'azote, du néon, etc. Quand la transformation d'hélium à carbone s'arrête, l'astre recommence à se contracter du fait de la force gravitationnelle.

Si la masse du cœur de l'étoile n'est pas trop importante, les atomes sont fortement comprimés, mais ils exercent une forte pression sur l'extérieur en refusant de se rapprocher des électrons. Cette pression est en mesure de stopper l'effondrement gravitationnel. L'étoile perd alors la majeure partie de sa masse et se contracte lentement en une « naine blanche ». Les couches extérieures qui l'encerclent rebondissent et forment dans l'espace des nuages de gaz essentiellement constitués d'hydrogène et d'hélium.

Mais si l'étoile est suffisamment massive, la nucléosynthèse aboutit à un cœur de fer qui l'entraîne inexorablement vers une fin paroxystique : une *supernova*.

Le fer étant un élément stable, sa fusion consomme de l'énergie au lieu d'en produire. L'étoile n'a plus de source d'énergie suffisante pour soutenir les couches supérieures qui écrasent alors son cœur métallique. La pression exercée sur les atomes devient phénoménale : les électrons sont forcés de se rapprocher les uns les autres du fait de l'intensité de l'effondrement gravitationnel. Les électrons pénètrent ensuite dans les noyaux atomiques pour se combiner avec les constituants des protons. Cette combinaison produit des neutrons. Le cœur de l'étoile continue ainsi de s'effondrer et se transforme en une « étoile à neutrons ». En moins d'une seconde, le rayon du cœur se contracte de plusieurs centaines de milliers de kilomètres à seulement quelques dizaines de kilomètres, tandis que sa densité atteint des valeurs inimaginables. Un centimètre cube de matière dépasse alors la masse de cent millions de tonnes.

Les forces qui maintenaient la cohésion de l'astre deviennent répulsives et provoquent la dislocation des couches externes. La matière rebondit sur le cœur ultra-dense et provoque une onde de choc qui se propage dans toutes les directions, soufflant les couches extérieures de l'étoile. Cette implosion de l'étoile provoque l'éjection de gigantesques quantités de matière et d'énergie dans l'espace environnant sur des distances considérables. Tout ce qui se trouve dans une région proche est irrémédiablement détruit, vaporisé, transformé.

Les restes de l'explosion témoignent ensuite pendant des millions d'années de la puissance du cataclysme. Sur une distance de plusieurs années-lumière, les rémanents de la *supernova* forment une structure en coquille plus ou moins régulière avec un centre plus sombre. Cette cavité est généralement constituée de gaz très dilué et chaud, creusée dans un milieu plus dense et froid. À mesure que le temps passe, l'irrégularité de la couronne s'accroît en reflétant l'hétérogénéité du milieu interstellaire dans lequel la nébuleuse se propage.

Le résidu laissé par l'implosion du cœur de l'étoile est une entité stellaire extrêmement compacte. Les étoiles à neutrons sont dotées d'une vitesse de rotation élevée, de plusieurs dizaines de tours par seconde, et d'un puissant champ magnétique. Elles sont essentiellement composées de neutrons en densité élevée dans un état superfluide. Certaines projettent le long de leur axe magnétique un faisceau de radiations, donnant un effet de phare à un observateur distant, d'où le nom évocateur de *pulsar*. »

Chandrasekhar soupira. Il connaissait parfaitement ces phénomènes pour les avoir enseignés à plusieurs générations d'étudiants. La suite était bien plus intéressante. Il lut le texte avec une attention soutenue :

« Une étoile exceptionnellement massive peut produire une *hypernovae*. Dans ce cas, le cœur de l'étoile s'effondre directement en un « trou noir », car il ne peut atteindre un nouvel équilibre dynamique en compensant la gravité. On ignore ce qui se produit après cet instant à l'intérieur du trou noir et ce qu'il advient de l'objet stellaire résultant. Ce qui est certain c'est qu'il est si compact que l'intensité de son champ gravitationnel empêche toute forme de matière ou de rayonnement de s'en échapper.

Cette singularité gravitationnelle crée une sphère dont elle est le centre et qui représente son extension spatiale. Il serait donc plus approprié de parler de sphère noire au lieu de trou noir pour illustrer sa forme tridimensionnelle dans l'espace. Cette zone sphérique délimite l'horizon des événements, un point de non-retour à partir duquel un visiteur imprudent ne pourrait plus s'échapper.

Il est par définition impossible d'observer directement l'intérieur d'un trou noir. Il est cependant possible de déduire sa présence à partir de son action gravitationnelle dans son voisinage immédiat.

À proximité du trou noir stellaire, un observateur distinguerait un cercle noir sans aucun objet ou lumière à l'intérieur avec une couronne translucide sous la forme de deux arcs de cercle en raison d'un fort effet de lentille gravitationnelle. Une étoile située derrière le trou noir apparaîtrait comme une image dédoublée avec une luminosité apparente amplifiée. Les abords autour seraient également fortement distordus.

À une distance importante, il est difficile de percevoir la singularité. Celle-ci passe inaperçue visuellement, mais il est possible de déduire sa présence de son action gravitationnelle, soit par les effets sur les trajectoires des étoiles voisines, soit par les fortes émissions de rayon X dues à la matière tombant dans le piège. »

Chandrasekhar reposa le document sur le bureau, songeur. Il pianota fébrilement sur son clavier un message à destination d'Uttam pour lui demander de vérifier sa découverte. Le cliquetis des touches résonnait sous la voûte de l'observatoire.

Il avait totalement confiance en lui. Uttam ne le doublerait pas. S'il confirmait son observation, alors il pourrait faire une communication officielle à l'ensemble de ses collègues. Si son ancien assistant était devant son télescope, la réponse ne tarderait pas. Dans le cas contraire, il lui faudrait patienter au moins jusqu'au lendemain soir.

*

La réponse arriva finalement dans l'après-midi du lendemain. Il avait passé une nuit agitée à attendre en vérifiant une nouvelle fois ses notes. Dans son message, Uttam confirmait le phénomène, puis se perdait en conjectures pour tenter d'expliquer cette étrangeté qu'il qualifiait déjà de « paradoxe de Chandrasekhar ».

Le vieux professeur était heureux. Il allait enfin sortir de l'anonymat. Esha serait fière de lui et elle reviendrait certainement à l'observatoire lorsqu'elle apprendrait la nouvelle.

En attendant la nuit, il commença à écrire un article qu'il titra :

« Première observation d'une singularité gravitationnelle, par le professeur Chandrasekhar de l'observatoire de *Narayan.* »

Le soir même, il s'installa à nouveau devant l'ordinateur et orienta la lunette vers la constellation du triangle. Il lui fallait recueillir un maximum de données pour son article.

Il retrouva aisément la zone sombre entièrement dépourvue de lumière et l'image dédoublée de l'étoile sur sa circonférence.

Il entra sur le clavier une série de commandes afin d'évaluer la masse de la zone sombre. Quelques secondes plus tard, les estimations s'affichèrent sur son écran.

— Bon sang ! s'exclama-t-il. Tu es sacrément dense ma jolie...

Au fur et à mesure que les chiffres défilaient, l'astronome écarquillait de plus en plus les yeux.

Et puis, d'un seul coup, il se passa quelque chose d'incroyable : la zone sombre disparut pendant plusieurs secondes.

Il eut l'impression très désagréable que l'objet stellaire avait compris que quelqu'un l'observait.

— Putain de merde !

Le trou noir réapparut d'un seul coup à l'endroit même où il se trouvait quelques instants plus tôt, mais sa taille avait changé.

Chandrasekhar entra fébrilement une commande pour mettre à jour les données.

Les chiffres dépassaient l'entendement.

— Ce truc est vivant...

Puis il haussa les épaules, riant presque de l'absurdité de sa remarque.

— Tu délires mon vieux !

Il essaya de se raisonner. Avec la distance, les images qu'il percevait devaient avoir, au bas mot, plusieurs dizaines de milliers d'années. Il était donc impossible que l'astre noir ait réagi à un quelconque événement se déroulant dans le présent.

Pourtant, il ne rêvait pas : la tache sombre avait pratiquement doublé de volume.

Non seulement l'événement était inexplicable, mais la probabilité d'observer une telle modification était infinitésimale.

Il griffonna un rapide calcul sur son carnet.

Il laissa tomber à terre son stylo lorsqu'il aboutit au résultat. Cela ne pouvait signifier qu'une seule chose. Il sentit un courant d'air glacé dans son dos et frissonna.

Chandrasekhar entra nerveusement sur son clavier un message à destination de ses collègues dans tout le pays. Il y joignit des clichés, un fichier contenant ses notes, ainsi que les informations nécessaires à la localisation de l'astre noir.

Il relit précautionneusement le texte court incitant les chercheurs à vérifier immédiatement ses observations et ses conclusions. Il regarda encore quelques secondes l'écran puis enfonça résolument la touche « entrer » de son index.

— Et voilà, fit-il. C'est parti...

Il n'y avait plus qu'à attendre que la bombe qu'il avait amorcée explose.

*

Le lendemain, Chandrasekhar avait déjà reçu plus d'une centaine de messages. La plupart de ses collègues étaient incrédules, certains le traitant de fou, d'incompétent, ou les deux. La teneur des échanges se modifia lorsque les premières confirmations de ses observations arrivèrent. L'incrédulité laissa alors la place à la stupéfaction.

Quelques jours plus tard, à la demande de plusieurs astrophysiciens, Uttam organisa une vidéoconférence avec Chandrasekhar dont la notoriété devenait internationale :

— Aucun doute, c'est bien un trou noir, dit l'un des astrophysiciens.

— Non, un trou noir cela ne se déplace pas, argumenta un autre.

— C'est autre chose... fit un troisième.

— Quoi que ce soit, cela se comporte comme une singularité gravitationnelle, insista Uttam.

— Il n'est pas exclu qu'elle suive une trajectoire qui l'amène à entrer en collision avec notre planète, ajouta Chandrasekhar.

Il s'en suivit une série d'échanges assez animée :

— Félicitations. Vous tenez là le plus grand scoop de l'histoire.

— Tout le monde va chier dans son froc !

— Quel genre de dégâts ?

— Destruction totale : la fin de l'humanité... répondit tristement Chandrasekhar.

— Mon Dieu !

— Que fait-on ?

— On pourrait essayer de la dévier... proposa un jeune chercheur.

— Dévier un trou noir, tu rigoles ?

— Il y a forcément un objet stellaire hypermassif au centre. C'est lui qu'il faudrait essayer de dévier, insista le chercheur.

— Ah oui, et comment ?

— En envoyant un gros missile.

— Ce serait comme tenter de dévier un boulet de canon avec une fléchette, dit Chandrasekhar.

— Aucune chance, confirma Uttam.

La conversation dura près de deux heures dans une atmosphère étrange où se mêlaient l'excitation de la découverte et l'angoisse de ses conséquences potentielles.

*

Une semaine s'était écoulée sans grand bouleversement. La zone obscure avait grossi et un observateur attentif pouvait à présent la distinguer à l'œil nu.

Esha n'était toujours pas rentrée. Chandrasekhar avait essayé de la joindre au téléphone à plusieurs reprises, mais sans succès.

Il avait été contacté la veille par une journaliste qui avait entendu parler de sa découverte et lui avait donné rendez-vous à proximité de l'observatoire.

Elle semblait très jeune, habillée en jean et baskets, les cheveux blond coupé très court. Cela devait être l'un de ses tout premiers reportages. Néanmoins, elle prenait son travail avec autant de sérieux que s'il s'agissait d'un chef d'État.

Ils discutaient sur la terrasse de la maison pour faire connaissance. Chandrasekhar éteignit toutes les lumières, mais il leur fallut plusieurs minutes pour que leurs yeux s'accommodent à la réduction de luminosité. Le professeur leva sa main droite, le pouce tendu vers le ciel. Il ferma l'œil gauche et confirma :

— Elle se rapproche toujours.

— Où est-elle ? Je ne vois rien, demanda la jeune femme.

— Regardez. Au sud. Environ dix degrés.

— Il n'y a pas d'étoile, juste une sorte d'anneau vaguement lumineux...

— Oui, c'est cela.

— Vous avez été le premier à observer cette anomalie ? demanda-t-elle.

— Exact.

— La tradition veut que celui qui la découvre la baptise, non ?

— Je l'ai appelée Esha.

— Qu'est-ce que cela veut dire ?

— C'est le nom de ma femme...

— Ah... C'est gentil.

— Non, c'est une chieuse, mais je l'aime.

Elle sourit puis demanda :

— Qu'est-ce que c'est au juste ?

— Une singularité gravitationnelle.

— Vous pouvez m'expliquer, simplement ?

— C'est une étoile qui s'est effondrée sur elle-même. Du coup, elle est devenue si dense que la gravitation déforme l'espace autour d'elle et empêche même la lumière de s'en échapper.

— C'est dangereux ?

— Nous ne sommes pas sûrs... mais si cela devait continuer à se rapprocher de nous, ce serait la fin de notre monde.

La jeune journaliste le dévisagea pour voir s'il plaisantait ou non.

— Vous m'inquiétez... dit-elle finalement.

— Il ne faut pas. Vous savez, l'espace est rempli de phénomènes qui sont très dangereux. Ainsi, si notre étoile se mettait d'un seul coup à tousser, nous serions immédiatement vaporisés.

— Tousser ?

— Façon de parler : si l'une de ses irruptions régulières atteignait notre planète.

Chandrasekhar marqua un temps d'arrêt puis ajouta :

— Pour en revenir à Esha, nous ne pourrions de toute façon rien y faire.

— Il n'y a vraiment aucun moyen de se protéger ? soupira-t-elle en regardant à nouveau vers la singularité.

— Nous pourrions fuir très loin, mais nous n'avons pas atteint le niveau technologique pour en être capables. Je suis désolé.

— On la voit mieux avec le télescope, je suppose…

— Oui, venez.

Chandrasekhar ralluma les lumières et ils se dirigèrent ensemble vers la grande coupole blanche.

Il faisait nuit noire à présent. Le ciel au-dessus de leur tête scintillait des millions d'étoiles devenues autant de fournaises stellaires potentiellement menaçantes.

*

Quelques jours plus tard, le téléphone sonna avec insistance. Chandrasekhar se précipita pour décrocher, espérant qu'il s'agissait enfin de sa femme.

— Allo ? Esha ?

— Non professeur, je suis l'aide de camp du général Balin. Le général souhaite vous parler. Je vous le passe, ne quittez pas...

Il s'écoula cinq secondes pendant lesquels Chandrasekhar maugréa contre lui-même de ne pas avoir eu le courage d'aller voir Esha pour lui parler de vive voix.

— Le général est en ligne, déclara l'aide de camp.

— Bonjour Professeur, fit une voix ferme.

— Bonjour mon général, répondit Chandrasekhar avec respect.

— Le Président prend tout à fait au sérieux votre histoire d'ogre stellaire, comme l'a appelé mademoiselle Kanta dans son article.

— Qui ?

— Kanta : la journaliste avec qui vous avez eu un entretien.

— Ah oui, la journaliste...

— Nous souhaiterions vous rencontrer dès que possible au ministère de la Défense.

— Je suis à votre disposition, répondit Chandrasekhar troublé.

— Pouvez-vous venir lundi prochain, vers 14 heures ?

— Je serai là.

— Merci professeur. Mon assistant va vous transmettre les détails. À lundi.

Chandrasekhar n'eut pas le temps de prononcer un mot que le général avait déjà raccroché. Cette histoire commençait à le dépasser totalement. On devait donc prendre la menace très au sérieux dans les hautes sphères de l'état. Il avait un très mauvais souvenir de ses relations précédentes avec les administrations lors des négociations pour la remise en état de l'observatoire. Le fait de devoir à nouveau parlementer avec des responsables et leurs conseillers le mettait mal à l'aise.

Il prit le train vers la capitale très tôt le lundi matin. Avec un peu de chance, il pourrait faire l'aller-retour dans la journée. Il n'avait aucune envie de rester plusieurs jours.

Le bâtiment principal du ministère de la Défense était une tour de base carrée d'une trentaine d'étages située à proximité du quartier des ambassades. Il se présenta à l'entrée des visiteurs et, après une vérification minutieuse de son identité, un militaire l'accompagna jusqu'au bureau d'un certain Kumarila au quinzième étage. Lorsqu'il entra dans la pièce, trois personnes étaient déjà présentes.

Le plus grand, sec, vêtu d'un costume sombre, s'avança vers lui pour l'accueillir, la main tendue. Il devait occuper un poste important vu la taille imposante de son bureau. Plusieurs diplômes et récompenses étaient accrochés au mur. Ses yeux bruns scrutèrent le visage de Chandrasekhar comme pour le jauger. Il comprit d'emblée que ses appréhensions étaient fondées.

Les deux autres personnes étaient installées autour d'une table ovale à proximité. La première était une femme brune assez jolie, vêtue d'un ensemble gris strict. À ses côtés se trouvait un homme nettement plus âgé, en uniforme avec un nombre impressionnant de décorations. Son visage ne lui était pas totalement inconnu. Ils se levèrent tous les deux lorsque le vieux professeur approcha de la table pour prendre place.

— Nous vous attendions, dit le grand sec avec un sourire qui n'avait rien de naturel. Je vous présente madame Faleen, des services de renseignement, et le général Balin, commandant en chef de nos armées, avec qui vous avez parlé au téléphone.

Chandrasekhar les salua respectueusement puis s'assit face à ses trois interlocuteurs.

— Nous souhaitons nous entretenir avec vous au sujet de votre découverte, dit le grand sec en le fixant droit dans les yeux. En fait, nous avons quelques réserves quant à votre version de cette histoire.

— Ah... Comment cela ? demanda Chandrasekhar qui feignit l'étonnement.

— Je ne mets pas en doute vos compétences, mais je pense que vous exagérez volontairement le danger de façon à ce que l'on parle de vous.

Les joues de Chandrasekhar virèrent au rouge, mais il réussit néanmoins à se contenir. Les deux autres personnes le regardaient attentivement.

— Ma version, comme vous dites, a été confirmée par plusieurs observatoires.

— C'est difficile à accepter, dit la femme.

— Oui, je l'admets volontiers.

— Combien de temps nous reste-t-il d'après vous ?

— Nos estimations sont très aléatoires. Quinze jours. Peut-être moins...

— Toute cette histoire est classée top-secret. Dorénavant vous n'êtes plus autorisé à vous exprimer publiquement sur cette affaire, dit le grand sec d'un ton autoritaire.

— Je pense que tout le monde a le droit de savoir, répliqua Chandrasekhar.

— Je suis le conseiller scientifique du Président et, à ce titre, je suis autorisé à vous donner des ordres.

— N'y pensez même pas, je ne suis pas un militaire.

— Tant que nous n'avons pas résolu ce problème, il faut éviter toute communication qui entraînerait une panique générale, dit calmement le général qui jusque-là ne s'était pas exprimé.

— Que pensez-vous faire exactement ? demanda Chandrasekhar.

— Nous allons tenter de dévier cette chose en tirant le plus gros missile que nous ayons, répondit le conseiller du tac au tac.

— C'est ridicule, ne put s'empêcher de dire Chandrasekhar.

— Nous avons placé dans ce missile assez de têtes nucléaires pour pulvériser une planète entière.

— Ridicule et inutile.

— Écoutez, je pense que mon équipe est bien plus compétente qu'un vieil astronome en fin de carrière.

— J'ai passé mon doctorat alors que vous étiez encore en culotte courte, c'est vrai. Qui est votre meilleur astrophysicien ?

— Le docteur Tarika.

— Je l'ai eu en cours. Ce gars-là n'a jamais eu plus de 8/20 en astrophysique !

— Messieurs !... Que proposez-vous ? demanda l'agent des renseignements en se tournant vers le professeur.

— Rien. Il n'y a strictement rien à faire sinon prier pour que cet ogre change de trajectoire.

— Nous ne sommes pas de cet avis. Il faut tout tenter pour faire face à cette menace, souffla le conseiller.

— Je peux vous l'assurer, Madame Faleen, nous n'y pouvons rien.

— Qu'allez-vous faire personnellement ? demanda-t-elle.

— Personnellement ? Je souhaite passer ces derniers moments avec ma femme.

— Merci de vous être déplacé, professeur, dit fermement le général pour couper court à toute polémique. Nous vous tiendrons au courant de la suite des opérations.

Chandrasekhar comprit que l'entretien était terminé. Il se leva et salua de la tête ses trois interlocuteurs. Il était profondément vexé de la tournure qu'avait prise cette discussion.

Il sortit du ministère en maugréant contre l'incompétence des conseillers et plus spécifiquement de ce Kumarila. Néanmoins, il était satisfait sur un point : la brièveté de la réunion. Il allait pouvoir finalement rentrer chez lui plus tôt que prévu.

*

Les journées s'égrenaient comme si rien ne s'était passé. La singularité avait considérablement grossi. Il n'était plus possible à présent d'ignorer l'événement. Néanmoins, la panique semblait avoir été évitée. Il y avait bien eu ici ou là quelques incidents, mais dans l'ensemble, il régnait plutôt une atmosphère d'incrédulité et de résignation. Elle atteignit son point culminant avec la déclaration du Président, diffusée en continu sur toutes les chaînes de radio et de télévision. Son message était court, mais ne laissait que peu de place à l'optimisme :

« Mes chers compatriotes…

Comme vous le savez, un corps stellaire sombre a été découvert par le professeur Chandrasekhar il y a quelques semaines. Nos meilleurs astronomes ont confirmé son observation et sa trajectoire l'amène très probablement à entrer en collision avec notre planète.

Nous avons tenté il y a quelques heures de dévier cette abomination qui nous menace avec l'arme la plus puissante que nous ayons…

J'ai hélas le pénible devoir de vous annoncer que nous avons échoué. Quelques minutes seulement après le souffle nucléaire, l'objet a réapparu sur nos écrans et nous savons à présent qu'il continue sur sa trajectoire initiale…

Maintenant, nous devons prendre des décisions pour faire face à cette situation sans précédent dans l'histoire de l'humanité. Nous devons prendre des mesures pour assurer, dans la mesure du possible, la continuation de la vie.

Aussi, j'ai décrété la loi martiale.

Où que vous soyez, rentrez chez vous. Protégez-vous du mieux que vous pouvez, si possible dans un abri souterrain.

Je souhaite...

Non...

Ce que je veux dire...

Je sais que beaucoup d'entre vous ne croient pas en Dieu.

Je veux néanmoins prier... pour notre survie... en tant qu'espèce.

Malgré nos erreurs, je crois que, quel que soit le nom que vous lui donnez, Dieu va entendre nos prières et nous venir en aide.

Que Dieu vous garde. »

*

Chandrasekhar frappa à la porte en se raclant la voix. Il était plus intimidé que lors de leur première rencontre, mais il n'eut pas à attendre plus de quelques secondes. La porte s'ouvrit sur Esha qui le fit entrer. Il y avait une expression de gravité dans ses yeux qui la rendait plus belle que jamais.

L'appartement n'avait pratiquement pas changé malgré les années qui s'étaient écoulées depuis sa dernière visite. Il y régnait toujours cette ambiance désuète d'une époque révolue. Le temps y était comme suspendu.

— Tu es au courant ? demanda-t-il en la regardant dans les yeux.

— Oui. J'ai entendu le discours du Président à la radio. C'est vraiment sans espoir ?

Il baissa la tête et ne répondit pas.

— Tu te souviens quand je suis venu demander ta main ?

— Je me souviens de tout, répondit-elle. Nous étions là-bas quand maman nous a photographiés.

— C'était une merveilleuse journée.

— Oui.

— C'était pour te dire ça que je suis venu.

— Tu m'as manqué.

— Toi aussi, tu m'as manqué.

Ils s'embrassèrent tendrement.

— On retourne chez nous ? demanda-t-elle doucement.

Le vieux 4x4 filait sur la route qui surplombait la gorge vers l'observatoire. Ils ne croisèrent aucun autre véhicule. Il aurait dû faire jour normalement, mais tout était dans une pénombre baignée d'une luminosité surnaturelle. L'air était devenu électrique. Ils parlèrent tout le long du trajet en évoquant les bons moments et les événements heureux de leur vie commune.

Ils arrivèrent sans encombre à la station d'observation. Les coupoles blanches amplifiaient l'ambiance irréelle, presque onirique, qui régnait autour d'eux.

Ils garèrent la voiture près de la maison. Esha s'avança sur la terrasse pendant que Chandrasekhar pénétrait à l'intérieur. Il ressortit quelques minutes plus tard avec deux grands verres de vin. C'était un millésime rare qu'il n'avait jamais voulu déboucher, prétextant qu'un tel nectar méritait une circonstance exceptionnelle.

— Il était temps, se moqua-t-elle.

— C'est maintenant ou jamais, dit-il avec un sourire. Je crois que nous tenons enfin l'occasion.

Il fit tourner doucement son verre du bout des doigts et l'inclina pour observer la couleur du vin. Des larmes généreuses s'écoulaient sur les parois. Il porta le verre à son nez et prit un air satisfait.

— C'est un grand vin. J'en étais sûr.

Esha but une gorgée sans dire un mot.

Le trou noir emplissait la majorité du ciel et commençait à envelopper la planète. Il n'y avait plus à présent d'étoiles dédoublées, mais une infinité d'images fantômes fractales. L'espace tout autour était distordu par l'effet de lentille gravitationnelle et la vitesse à laquelle approchait la singularité.

Les constellations rougissantes sur les côtés semblaient transiter de l'avant vers l'arrière, leur intensité diminuant fortement avant de disparaître. Tout l'espace se rétrécissait pour se concentrer en une bande circulaire extraordinairement lumineuse autour de l'horizon. Derrière elle, c'était à nouveau l'obscurité totale. Bientôt, il ne resterait plus que le néant et cet intense anneau de lumière.

— Nous avons atteint le point de non-retour, dit simplement Chandrasekhar.

Il était désormais impossible de sortir de ce piège, même si, paradoxalement, rien n'avait notablement changé autour d'eux.

Quelques minutes à peine s'écoulèrent, mais elles semblèrent durer une éternité.

— Nous sommes condamnés, ajouta-t-il avec mélancolie. Sa voix était plus grave, ralentie, presque sereine.

Leur corps commençait à ressentir les effets de marée causés par les modifications rapides du champ gravitationnel. Pour l'instant, il ne s'agissait que de simples sensations d'étirement, mais cela n'allait pas s'arrêter là.

Esha contemplait le spectacle éblouissant et grandiose de l'engloutissement d'un monde.

— C'est magnifique, ne pût-elle s'empêcher de dire, les larmes aux yeux.

— Je t'aime.

— Moi aussi.

— Je t'ai toujours aimée.

— Je t'aime...

Le vieux professeur l'enveloppa de ses bras comme pour la protéger et ils s'embrassèrent une dernière fois.

*

À plusieurs reprises, elle avait croisé des mondes habités par des peuplades primitives. À chaque fois, elle était devenue une divinité crainte et vénérée. À chaque fois, la planète terminait dévorée, déchiquetée dans la gueule béante du trou noir.

Non seulement la matière nourrissait son colossal besoin en énergie, mais les étincelles de vie organique semblaient tout aussi indispensables pour calmer son appétit d'ogre stellaire.

La sphère gigantesque était noir mat, sans reflet, parfaite. Trop parfaite pour être d'origine naturelle. De temps à autre, de légères irisations parcouraient sa surface, des vaguelettes concentriques qui créaient des motifs complexes d'interférences lorsqu'elles se rencontraient. Elles précédaient presque toujours un changement imminent de son état. Elle était en effet capable de modifier l'intensité de la distorsion gravitationnelle qu'elle engendrait. Elle pouvait ainsi diminuer sa densité et devenir visible, ou bien l'augmenter au point de former autour d'elle une sphère noire d'où rien ne pouvait s'échapper. Elle était également capable de se déplacer et même d'effectuer des sauts sur des distances très importantes en créant des trous de ver.

Elle n'était pas vivante à proprement parler. Une pensée consciente avait néanmoins émergé à partir de la multitude, mais qui n'avait aucun rapport avec l'organique. Ce n'était pas non plus une pensée algorithmique, comme celle issue des machines. C'était autre chose. Plus froide, plus fluide, dotée d'une logique incompréhensible à tout esprit rationnel habitué à un raisonnement séquentiel enchaînant causes et conséquences. Il s'agissait d'une intelligence ultime, au-delà de l'entendement, inhumaine et sublime. Elle n'était cependant pas infaillible. À plusieurs reprises, elle avait failli disparaître.

Elle était arrivée à proximité de la planète à une vitesse impressionnante. Mais plus elle s'approchait, plus elle semblait paradoxalement ralentir. La scène diluée dans le temps était à la fois d'une beauté grandiose et effrayante.

Sous l'effet conjugué de leur vitesse relative et de l'attraction gravitationnelle, les deux sphères entrèrent en contact avec une lenteur étrange et envoûtante.

Les effets de marée devinrent considérables près de l'horizon du trou noir. Ils déformèrent la structure sphérique de la planète en l'étirant comme s'il ne s'agissait que d'une vulgaire balle de caoutchouc. Elle se dupliqua en de multiples images étirées, projetant des halos mystiques jusqu'au paroxysme de l'engloutissement.

La planète autrefois luxuriante vira au rouge en se désagrégeant et disparut dans la gueule béante de l'ogre stellaire. En moins d'une heure, elle fut inéluctablement déchiquetée par les effets de marée et complètement digérée. Il ne restait plus rien, plus aucune trace, plus aucun signe de ce qui abritait, autrefois, une civilisation prospère.

*

À des milliers d'années-lumière, dans une alcôve de la cité souterraine de *Tayma*, la planète des sables, Asagi ouvrit enfin les yeux. Elle avait ressenti un profond malaise. Des millions de voix avaient soudain hurlé de terreur et puis s'étaient éteintes aussitôt…

# Épisode 2

# Retour à Mahjaris

*Alors, il n'y eut plus que les mille rumeurs*
*de la vallée noyée de ténèbres...*
*La vallée infernale*
*Henri Vernes, 1953.*

Aya regardait le ciel qui virait lentement de l'orange au bleu de la nuit tombant sur *Mahjaris*. Au-dessus, quelques étoiles éparses, les plus lumineuses, commençaient à scintiller. Ses amis lui avaient dit qu'on pouvait à présent la voir à l'œil nu. Elle plissa les yeux et discerna en effet une tache plus sombre qui se détachait du fond azur au nord-ouest, à environ soixante-dix degrés d'inclinaison. L'arche spatiale avait la forme d'une pointe de flèche menaçante. Elle devait être gigantesque pour que l'on puisse ainsi l'observer depuis le sol. Aya imaginait une multitude de vaisseaux allants et venants, comme des guêpes autour de leur nid. Elle n'était pas loin de la vérité.

Depuis l'arrivée des cyborgs, la vie avait bien changé. La ville avait été en partie détruite lors de l'assaut et les habitants qui n'avaient pu fuir tentaient néanmoins de reprendre le cours d'une vie normale. *Mahjaris* était devenue à la fois le poste de commandement des troupes qui occupaient *Tayma*, mais aussi un lieu de repos et de détente pour les soldats cyborgs. Des patrouilles régulières de robots sillonnaient la ville. Le couvre-feu était en vigueur, mais ne concernait que les humains. Afin de saper le moral des occupés et de remonter celui des occupants, les exhibitions de prisonniers étaient quasi quotidiennes. Encadrés par des robots et des officiers, ils défilaient à travers les rues principales. Il était strictement interdit de leur parler ou de leur témoigner le moindre signe de sympathie, sous peine de représailles.

Aya baissa la tête et essaya de penser à autre chose. Elle se mit à courir de bloc en bloc vers la maison de ses parents. Progressant à demi pliée, elle tentait de demeurer dans l'ombre des bâtiments pour la plupart en ruine. Elle connaissait la ville comme sa poche et bientôt, elle serait en sécurité dans sa chambre. Ses parents devaient probablement déjà être couchés. Elle savait ce qu'elle risquait, mais ces escapades nocturnes, même dangereuses, représentaient pour elle le dernier espace de liberté.

*

À trois unités astronomiques de *Tayma*, soit près de quatre cent cinquante millions de kilomètres, un homme pénétra dans une auberge d'un quartier mal famé d'*Oakland*, dans la banlieue de *New Eden* sur *Genesis*.

C'était un grand gaillard solide, aux longs cheveux bruns coiffés en une queue qui retombait sur son col. Il lui manquait les deux petits doigts de sa main gauche et la droite était couturée de cicatrices. Au-dessus de la porte, une enseigne crasseuse, rouge sur fond noir, indiquait « Little Oakland Palace ».

Il passa le seuil d'un pas lent, en souriant de l'incroyable prétention du nom de ce qui n'était qu'un motel à moitié délabré. Il était suivi d'un robot humanoïde qui ne semblait pas de toute première jeunesse.

L'homme s'approcha avec assurance du comptoir et parcourut la salle du regard, puis d'une voix caverneuse, il s'adressa au jeune barman.

— Voilà un établissement agréablement situé, dit-il. Beaucoup de clientèle, camarade ?

— Trop peu, hélas, répondit le tenancier, un blondinet au sourire affable.

— Eh bien ! Alors, reprit-il, je n'ai plus qu'à jeter l'ancre...

Il frappa le comptoir de sa main couturée et commanda un verre de whisky. Aussitôt servi, il le but posément et le dégusta en connaisseur.

— Il vous reste des chambres, je présume ?

— Oui, combien de temps comptez-vous rester ?

— Une nuit devrait suffire, répondit-il en terminant son verre. Puis il ajouta :

— J'aime bien votre hôtel. En fait, je crois que vais réserver toutes vos chambres...

Le tenancier le regarda d'un air surpris, puis fronça les sourcils.

— Je suis sérieux, confirma le grand gaillard.

— Bien. Monsieur ?...

L'homme se retourna sans répondre vers le robot qui portait une valise métallique. L'androïde était visiblement un ancien modèle d'humanoïde. Il avait un nombre incroyable d'ajouts divers et variés, aux fonctions plus ou moins mystérieuses.

— Rogue, monte les affaires dans la chambre et profites-en pour recharger tes batteries.

Le robot acquiesça de la tête sans un mot, puis se dirigea vers l'ascenseur comme s'il connaissait l'endroit depuis toujours. Le barman suivit des yeux le robot d'un air intrigué puis lança :

— Prenez la chambre 101, c'est la première à droite en sortant de l'ascenseur. Vous êtes monsieur...? insista-t-il en dévisageant son client.

— Comment pourriez-vous m'appeler ? Vous pourriez m'appeler Capitaine...

Le jeune barman fit une grimace.

— Ah ! Je vois ce qui vous inquiète... Tenez ! dit le grand gaillard en jetant négligemment une carte de crédit sur le comptoir.

Puis il ajouta, avec l'air hautain d'un homme qui ne souffre pas la désobéissance :

— Payez-vous et gardez-là pour l'instant.

Le tenancier attrapa la carte sans un mot et la fit disparaître derrière le comptoir.

— Maintenant que vous êtes rassuré, pouvez-vous me dire si un certain Terrance Williams est passé aujourd'hui ?

— Euh... Attendez un instant, fit le tenancier en réfléchissant. Oui, il y a un type qui cherchait un capitaine, je m'en souviens maintenant... Il a dit qu'il repasserait plus tard dans la journée.

— Bien. Je vais me refaire une beauté... S'il revient, dites-lui de m'attendre au bar.

— À votre service, monsieur... Pardon, Capitaine, répondit le tenancier en hochant la tête.

*

Une heure plus tard, Terrance Williams pénétrait dans l'auberge d'un pas assuré. Deux hommes étaient accoudés au comptoir d'acajou. Le premier, un type assez grand, au visage dur, écoutait d'une oreille distraite les propos du second, un petit obèse aux cheveux rares. Il les salua d'un signe avare de la tête. Quand il se plaça à côté d'eux, ils lui lancèrent un regard froid, dénué de toute empathie.

— Que puis-je faire pour vous, monsieur ? demanda le barman en essuyant négligemment des verres.

— Un verre de scotch s'il vous plait... répondit Terrance d'une voix neutre.

Le tenancier se retourna et servit un verre, puis le fit glisser vers Terrance.

— Je voudrais aussi une chambre. Vous avez cela j'espère ?

— Nous avons cela, en effet, mais malheureusement elles sont toutes retenues.

Les deux hommes ricanèrent doucement. Terrance ne broncha pas, comme s'il s'attendait un peu à ce genre de réponse. Son regard se posa sur le tableau où, seules, trois cartes d'accès manquaient sur une dizaine.

— Vous avez dix chambres, fit Terrance d'une voix calme et, d'après ce que je peux en juger, trois seulement sont occupées...

Le tenancier hocha la tête à nouveau.

— Je sais cela, monsieur, mais ces messieurs ont réservé toutes les chambres.

— Si je comprends bien, fit Terrance, parce que ces messieurs préfèrent être seuls, je vais devoir dormir à la belle étoile...

Le blondinet haussa les épaules.

— Cela ne me regarde pas, monsieur. Vous pouvez toujours essayer de trouver un autre hôtel.

L'un des deux hommes, le plus petit, se retourna vers lui et lança :

— Allez-vous faire pendre ailleurs. On ne veut pas de vous ici...

Terrance sourit doucement, car il avait décidé une fois pour toutes de garder son sang-froid.

— Allez me faire pendre ? Pas Question... Je me sens très bien ici et un de mes vieux amis doit me rejoindre. Tout ce que je désire, c'est une chambre pour la nuit. Il y en a plusieurs de disponibles. Je ne vois pas le problème...

Un profond silence, lourd de menaces, succéda aux paroles de Terrance. Il sentit alors qu'on le touchait à l'épaule.

« Allons bon, songea-t-il, voilà les ennuis qui commencent... »

Lentement, il se retourna pour se retrouver face à face avec l'individu au visage rude et fermé. Il était vêtu d'un pantalon de cuir et d'un t-shirt noir délavé. L'homme était grand et puissant, mais un peu empâté aussi. Sur son visage, la suffisance se lisait. Il parla d'une voix lente avec un sourire qui se voulait menaçant.

— Tu aurais tort d'insister, mec. Si on te dit que l'on a réservé tout l'hôtel, c'est qu'il n'y a plus aucune chambre disponible...

Terrance Williams ne répondit pas immédiatement. Il n'était pas venu là pour s'attirer des ennuis et il s'efforça de conserver son calme.

— Vous pourriez faire un effort, d'autant que les chambres vont rester vides cette nuit. Je me trompe ?

L'individu au pantalon de cuir ne parut pas avoir entendu.

— Inutile d'insister, connard, dit-il à nouveau en ricanant au nez de Terrance.

Cette fois, Terrance sentit la colère monter en lui. Ses yeux se plissèrent et son ton se fit bref pour demander :

— Et si j'insistais, que se passerait-il ?

L'homme éclata d'un rire gras forcé et tourna la tête vers son partenaire.

— Ce plouc me demande ce qui se passerait s'il insistait, alors que je viens de lui dire justement de ne pas insister...

Le petit gros ricana et fit un signe négatif de la tête, comme pour plaindre Terrance de son manque de lucidité.

L'individu au pantalon de cuir reporta un regard mauvais sur Terrance.

— Ce qui se passerait ? Voilà ce qui se passerait...

La lourde main s'abattit sur l'épaule de Terrance pour la saisir. Ce fut cependant le seul geste qu'il eut le temps de faire. D'un revers du bras gauche vers l'extérieur, Terrance chassa la main de son adversaire. En même temps, son poing droit s'enfonça dans son estomac. L'homme émit un bruit de pneu crevé, puis sa respiration sembla se bloquer. Manquant d'air, il se recroquevilla sur lui-même à la façon d'un accordéon.

Pour avoir du champ si la bagarre continuait, Terrance s'écarta légèrement du comptoir. L'homme au pantalon de cuir semblait avoir son compte, car il ne bougeait pas, se contentant seulement d'essayer de reprendre son souffle.

Malgré cela, la situation demeurait tendue. L'autre homme avait sorti un couteau de sa poche. Le barman, quant à lui, semblait pris de panique et saisit une bouteille par le goulot pour menacer Terrance.

Dans le même temps, l'individu au pantalon de cuir retrouvait son souffle et se redressait avec une grimace, les jambes encore flageolantes. Dans quelques secondes il aurait récupéré et, alors, Terrance aurait trois adversaires face à lui. Trois s'était beaucoup, mais malgré cela, il se sentait fermement décidé à se défendre. Prêt à toute éventualité, il prit naturellement une posture de combat, son poids harmonieusement réparti sur ses deux jambes.

L'homme au poignard s'avança d'un pas vers lui, la lame cherchant un endroit où frapper. Et soudain, une voix sèche comme un coup de fouet retentit de l'arrière-salle.

— Rangez ce couteau, Marlowe !...

Alors seulement, Terrance regarda vers le fond de la salle et aperçut un grand diable assis à une table dans un renfoncement. Terrance reconnut immédiatement le capitaine Blackwood.

Le capitaine avait auprès de ses ennemis une très mauvaise réputation. Selon eux, c'était un psychopathe. Il était en effet capable de se mettre en fureur pour un rien et de tuer sans autre forme de procès celui ou celle qui l'avait contrarié. Ce qui effrayait surtout, c'étaient ces histoires épouvantables où il n'était question que d'hommes torturés et jetés dans l'espace. En outre, d'après eux, il était entouré par les pires sacripants auxquels les dieux ne permirent jamais de naviguer. Par conséquent, il était considéré comme un dangereux pirate de l'espace.

Cette description peu flatteuse contrastait avec l'homme que Terrance avait eu l'occasion de croiser à plusieurs reprises. Blackwood était d'une taille au-dessus de la moyenne, d'une prodigieuse vigueur sous une apparence élégante. Il était loin de la réputation de barbare sanguinaire que décrivaient ses ennemis. Il avait une beauté particulière du visage, qui résidait surtout dans l'expression étrangement farouche de ses prunelles. Il avait été blessé pendant un combat et sa main gauche était amputée de l'annulaire et du petit doigt. Selon une rumeur, ils avaient été sectionnés lors d'une séance de torture afin qu'il ne puisse plus se servir correctement d'une arme. Selon d'autres, une explosion avait arraché une partie de sa main lors de l'abordage d'un vaisseau.

Indécis, la lame toujours pointée vers Terrance, Marlowe s'était à demi tourné vers le capitaine.

— Rentrez ce couteau, Marlowe, répéta Blackwood d'un ton qui n'appelait aucune discussion.

— Mais, Capitaine, cet individu...

— Allons, Marlowe, soyez raisonnable, rentrez ce couteau. Monsieur Williams est mon invité. Retirez-vous tous, j'ai à lui parler...

Cette fois-ci, Marlowe n'insista pas. Il referma son couteau et le rangea dans sa poche. Le grand dur bougonna :

— Ce sera comme vous voudrez, Capitaine...

Les deux hommes s'écartèrent comme à regret et sortirent de la salle. Blackwood se leva doucement et s'approcha du comptoir. Il s'adressa au barman qui ne comprenait plus rien à ce qui se passait :

— Servez-nous votre meilleur whisky et laissez-nous.

Le tenancier s'exécuta en tremblant puis disparut dans une pièce attenante.

— Ainsi, Monsieur Williams, on cherche la bagarre ?... demanda le capitaine.

Terrance haussa les épaules en souriant.

— Vous vous trompez, Capitaine. Si quelqu'un a cherché la bagarre ici, ce n'est pas moi.

— Je sais... Veuillez excuser mes hommes, Williams, ils sont un peu à cran ces temps derniers. Vous vouliez me parler ?

Terrance eut un signe de tête affirmatif.

— Je dois me rendre de toute urgence sur *Tayma* et je pensais que vous pourriez m'aider...

Le capitaine secoua la tête d'un air désolé.

— Hum... C'est une très mauvaise idée. La planète des sables est sous le contrôle des cyborgs à présent et elle n'est pas vraiment sur ma route...

Terrance ne répondit pas.

— Laissez-moi vous expliquez, Williams, je sais que je vous dois beaucoup, mais je suis avant tout un homme d'affaires et une escapade comme celle-là peut me coûter mon vaisseau.

— N'en parlons plus alors... fit Terrance en le fixant droit dans les yeux.

Le regard entre les deux hommes dura plusieurs secondes interminables. Finalement, Blackwood rompit le silence.

— Très bien Williams, je suis un homme de parole.

— Merci Capitaine, je n'en attendais pas moins de vous.

Le capitaine haussa les épaules en soupirant, puis but une nouvelle lampée de whisky.

— Ce tripot n'est certes pas très reluisant, dit-il, mais il est proche de l'astroport. Nous décollons demain matin, à l'aube...

Terrance acquiesça d'un signe de tête avec un sourire de satisfaction. Blackwood appela le tenancier de l'auberge qui réapparut aussitôt.

— Donnez une chambre... votre meilleure chambre, à Monsieur Williams, dit-il.

Terrance s'avança et les deux hommes se serrèrent chaleureusement la main. Puis il se dirigea vers le tenancier qui lui tendait une carte d'accès. Celui-ci dit d'une voix mielleuse :

— Ce sera la chambre 201, Monsieur Williams. La meilleure...

*

Terrance dormit très mal cette nuit-là, malgré le confort, tout relatif, de sa chambre. C'était souvent le cas, la veille des voyages ou des changements significatifs dans son existence.

Après l'attentat de la place du marché à *Mahjaris*, il avait été limogé de son poste de responsable de la sécurité par le maire, cet incapable de Ray Carter. Il était alors rentré sur *Genesis* et il avait enchaîné quelques missions. Puis il avait fait la connaissance d'Asagi et, depuis, il pensait fréquemment à sa rencontre avec la jeune femme. Elle était partie en mission d'exploration sur le *Pandora*, mais il n'avait plus aucune nouvelle depuis des semaines. Dans le même temps, les liaisons avec *Tayma* avaient été interrompues. Un vaisseau de transport avait même du faire demi-tour, suite à des messages alarmants faisant état d'une attaque imminente. Qui étaient ces agresseurs ? C'est ce que tous les services de renseignement de *Genesis* se demandaient. La rumeur parlait d'une invasion alien ou d'un possible retour des cyborgs. D'autres évoquaient une bande organisée de flibustiers dotée de moyens assez puissants pour piller la planète. Pour le capitaine Blackwood, la réponse à cette énigme ne faisait aucun doute : les cyborgs avaient pris le contrôle de la planète des sables.

Qu'était devenu Asagi ? Dans quel pétrin la jeune femme s'était-elle encore fourrée ? Était-elle retenue d'une manière ou d'une autre sur *Tayma* ?

Pour tenter de répondre à ces questions, Terrance avait décidé de retourner sur la planète des sables. Mais pour cela, il lui fallait trouver un équipage assez fou pour risquer une telle aventure. Et puis il s'était souvenu de Blackwood, un corsaire de l'espace prêt à tout et à qui il avait rendu un grand service par le passé. Celui-ci avait rechigné, mais il avait finalement accepté de le prendre comme passager et de faire une escale sur *Tayma*, si toutefois cela était encore possible.

*

De sa puissante étrave, le vaisseau corsaire fendait à la façon d'un gigantesque couperet le vide sidéral, laissant derrière lui un imperceptible sillage. Baptisé du nom évocateur de *Marauder*, l'astronef du capitaine Blackwood était un ancien transporteur, modifié de façon à le transformer en un véritable vaisseau de combat. Il pouvait ainsi accueillir une bonne quantité de fret et, à la fois, assurer sa défense même en face de navires bien plus imposants que lui. On le disait parfaitement adapté à l'abordage, mais ceux qui avaient goûté à ces capacités n'étaient plus là pour en témoigner.

Contrairement aux vaisseaux d'exploration, le *Marauder* n'était pas pourvu d'un système d'hyperpropulsion, trop lourd et trop volumineux, la majorité de l'espace étant dédiée au fret. Le vaisseau corsaire était optimisé pour des voyages relativement courts au sein du système planétaire *primien*. Par contre, pour un astronef subluminique, il était diablement rapide et manœuvrable. Il était ainsi capable de parcourir une unité astronomique, soit près de cent cinquante millions de kilomètres en un peu plus de cinq jours. Cela correspondait à une vitesse de mille kilomètres par seconde environ. C'était certes trois cents fois moins rapide que la vitesse de la lumière, mais cela représentait un record impressionnant pour un vaisseau de sa catégorie.

Cette prouesse était rendue possible grâce à son propulseur positronique. Le principe reposait sur la génération d'un flux de positrons qui créait un intense rayonnement résultant de l'annihilation des particules de matière et d'antimatière. L'éjection des particules photoniques propulsait alors le vaisseau à une vitesse considérable.

Accoudé sur la baie jouxtant le pont d'envol, Terrance Williams scrutait les astres scintillants, infimes points de lumière dans un océan glacial. Contre le flanc du navire, la forme fuselée d'une navette glissa soudain, puis s'éloigna pour entamer sa trajectoire d'appontage.

Terrance Williams se redressa, poussa un long soupir et glissa les doigts de sa main droite dans ses cheveux coupés en brosse. Il n'aimait guère les voyages intersidéraux, synonymes de longues périodes d'attentes entre les escales. L'homme d'action qu'il était ne pouvait s'empêcher de souhaiter qu'un événement imprévu vienne bousculer la monotonie du voyage, bien que, généralement, il s'agissait rarement d'une bonne nouvelle. Tout ce qui lui restait à faire à présent, c'était de prendre son mal en patience en attendant d'arriver à destination. La distance était en effet trop courte pour envisager une stase en hypersommeil. Il regrettait déjà le confort douillet de son appartement de *New Eden*. À cette seule pensée, Terrance souhaita se retrouver chez lui, entouré de ses livres et des souvenirs de ses nombreux voyages. Aussitôt, il sourit.

« Je suis un drôle de type, songea-t-il, à la fois aventurier et pantouflard. Je souhaite toujours être ailleurs, là où il se passe quelque chose. Mais, aussitôt en route, je n'aspire qu'au plaisir simple d'un bon livre dans mon canapé. »

Terrance haussa les épaules et se détourna de la baie. Il se mit à marcher le long de la coursive en direction de sa cabine. Il faisait le fier, mais il était terriblement inquiet pour Asagi. Il était déjà intervenu *in extremis* pour lui porter secours en zone rouge, mais cette fois-ci, il avait un mauvais pressentiment. Et cette histoire d'invasion cyborg ne présageait vraiment rien de bon...

Un bruit tout proche lui fit lever la tête. Un androïde se tenait à un mètre de lui. Il ne l'avait pas entendu approcher. Celui-ci avait un air vétuste, mais il semblait en parfait état de marche. Il reconnut le robot du capitaine.

— Monsieur Williams ? demanda-t-il d'une voix étonnamment naturelle.

Terrance répondit d'un hochement de tête.

— Le capitaine souhaite vous parler. Il vous attend dans sa cabine.

Terrance savait que l'on ne pouvait pas faire attendre un capitaine, surtout quand il s'agissait d'un corsaire de l'espace. Il suivit le robot dans les méandres des coursives du vaisseau. Celui-ci lui indiqua une porte et s'arrêta à proximité, comme un étrange cerbère mécatronique.

Quand Terrance pénétra dans la spacieuse cabine, Blackwood était assis derrière une grande table de travail. Il désigna un siège et dit à brûle-pourpoint :

— Nous risquons gros. Les environs de *Tayma* sont infestés de vaisseaux cyborgs…

— Je comprendrais parfaitement que vous refusiez de m'aider, fit Terrance d'un air sincère.

— Je vous suis redevable, mais après ceci, je me considérerai quitte de la dette envers vous.

Terrance se détendit, comme s'il s'était attendu à un refus pur et simple.

— Cette décision vous honore.

Le capitaine eut un sourire de satisfaction. Il fixa Terrance dans les yeux et demanda :

— Simple curiosité : pourquoi tenez-vous tant à aller là-bas ?

— Pour secourir une damoiselle en détresse, tuer le méchant et sauver le monde...

Ils rirent tous deux de bon cœur, puis Blackwood se reprit et déclara :

— Une cabine de luxe vous a été réservée... Si vous voulez bien me suivre, je vais vous y mener.

Il se leva et sortit, suivi de Terrance, puis de son zélé serviteur robotique. Blackwood s'arrêta une dizaine de mètres plus loin devant une porte d'acajou, marquée d'un clinquant numéro 3 en bronze. Il poussa la porte qui donnait sur un appartement luxueusement meublé, composé d'une grande chambre et d'un cabinet de toilette.

— J'espère que vous y serez à l'aise, commandant Williams, dit le capitaine. Rogue va vous apporter vos bagages, poursuivit-il en s'adressant au robot.

Terrance remercia chaleureusement son interlocuteur. Le capitaine tourna les talons, quand il se ravisa tout à coup.

— J'oubliais… Je souhaiterais vous avoir à ma table, ce soir, pour le dîner.

— J'accepte avec plaisir, Capitaine, répondit Terrance.

Quand Il se retrouva seul, il examina avec soin la chambre qui était digne d'un hôtel de luxe. Elle n'avait rien à voir avec le confort spartiate du « Little Oakland Palace ». La moquette épaisse étouffait le bruit de ses pas. Le mobilier était en acajou avec de nombreuses dorures. En face du lit, un immense écran plat était incrusté dans le mur. Terrance passa la main devant et il s'alluma immédiatement. Au bout de quelques secondes, une plage magnifique au bord d'un océan turquoise apparut. Elle avait l'air si réelle, que Terrance se crut pendant un instant devant une véritable fenêtre. Il s'assit confortablement dans un large fauteuil recouvert de tissu richement brodé. Durant quelques minutes, il savoura cet instant de repos. Seul, un léger bruit de fond lui rappelait qu'il se trouvait sur un vaisseau spatial en direction de *Tayma*.

— Allons bon, me voilà soigné comme un pacha… murmura-t-il avec satisfaction.

Il ferma les yeux et ne tarda pas à s'endormir, cette fois-ci profondément.

*

Le *South-Bird Mark I* progressait laborieusement à l'écart de la route standard vers *Genesis*. Sa coque sombre le rendait presque invisible sur le fond de l'espace. Seule, l'occultation momentanée de quelques étoiles lointaines trahissait sa présence. Un observateur attentif aurait néanmoins décelé sa forme trapue constituée par un ensemble de containers attachés les uns aux autres, poussé par un bloc compact où se trouvaient l'équipage et le propulseur.

Il s'agissait d'un modèle de transporteur de marchandises parmi les plus répandus au sein de la fédération. Relativement bon marché grâce à une conception simple et l'absence d'hyperpropulsion, ce type de cargo était parfaitement taillé pour les voyages de longue durée où s'échangeaient des gros volumes de fret. Doté d'une vitesse de croisière moyenne et d'une manœuvrabilité extrêmement faible, il était potentiellement une proie facile pour les pirates galactiques. Néanmoins, le *South-Bird Mark I* assurait depuis plus de vingt ans une liaison commerciale régulière entre *Genesis* et *Tayma* sans incident majeur.

Comme par miracle, le cargo avait réussi à quitter *Tayma* sans attirer l'attention des navires cyborgs, du moins son capitaine le croyait-il. Son astroport d'attache, à proximité d'une zone d'exploitation minière éloignée de *Mahjaris*, quasiment de l'autre côté de la planète, avait été une chance. Le vaisseau tentait à présent de s'éloigner en faisant un écart considérable par rapport à une route directe, mais avec l'intention de la reprendre dès qu'il serait à distance suffisante.

Malheureusement, alors qu'il s'apprêtait enfin à modifier sa trajectoire, deux vaisseaux cyborgs surgirent derrière lui. Le capitaine Perez n'eut plus alors que deux alternatives possibles : faire demi-tour et essayer de négocier sa reddition, ou bien tenter le tout pour le tout et continuer vers *Genesis*. N'écoutant que son courage, le capitaine ordonna finalement de poursuivre son cap avec le fragile espoir que ses poursuivants abandonneraient au-delà d'une certaine distance. Il dut déchanter assez vite, car non seulement les deux vaisseaux persistaient à le poursuivre, mais le cargo perdait régulièrement du champ. Il ne fit alors aucun doute qu'il serait rejoint dans les quelques heures qui suivraient.

Le capitaine assembla l'équipage et leur exposa la situation. Un tiers se prononça pour la résistance, alors que les deux autres furent d'avis qu'il valait mieux se rendre. Peut-être les cyborgs se contenteraient-ils de confisquer leur navire et leur laisseraient la vie sauve ? Comment lutter, d'ailleurs ? Le cargo ne disposait que de deux canons maser, dont l'un était en panne. En outre, en rassemblant toutes les armes à bord, il ne pouvait armer au mieux qu'une dizaine d'hommes. Le parti de la reddition prévalut donc et le capitaine Perez fit envoyer un message indiquant sa soumission.

Les vaisseaux cyborgs arrivèrent par l'ouest et furent bientôt visibles à l'œil nu. Le premier, une frégate d'environ cent cinquante mètres, s'approcha d'assez près pour signifier au *South-Bird* de stopper toute manœuvre. Le second, un destroyer à la silhouette sombre et menaçante évoquant la forme d'un fusil d'assaut, était resté en retrait, prêt à faire feu au moindre signe d'agression.

Le capitaine, la rage eu cœur, s'apprêtait à obéir à l'ordre humiliant, lorsque, brusquement, à la grande stupeur des fugitifs, la scène changea entièrement d'aspect. L'équipage vit la frégate cyborg virer de bord pour reprendre la route qu'elle venait de suivre en sens contraire. Le second vaisseau, beaucoup plus massif, imita l'exemple de la frégate avec un temps de décalage.

— Bon sang ! s'exclama le capitaine, qu'est-ce que ça signifie ?

— Ils font demi-tour ! s'étonna son second, un jeune plutôt fluet, dont c'était l'une des premières missions.

Cette étrange énigme trouva rapidement une explication. Un point brillant était apparu au sud-est et grossissait à vue d'œil. Bientôt, il ne fut plus possible de s'y tromper. C'était bien un astronef qui fonçait droit dans leur direction.

— Qui est ce fou ? demanda le second.

— Ce n'est pas un vaisseau de la fédération. On dirait... hésita Perez.

— En tout cas, il nous a sauvé la mise !

— C'est le *Maraudeur* ! s'exclama un homme derrière eux.

Haletants, les membres de l'équipage n'osaient pas en croire leurs yeux, ne sachant comment expliquer la présence du vaisseau corsaire dans les environs de *Tayma*. Tous s'étaient élancés vers la baie de commandement et leurs regards scrutaient le mercenaire et les deux cyborgs qui maintenant se faisaient face.

Le *Marauder* filait à une vitesse impressionnante, très supérieure à celle des deux navires ennemis. Il s'approchait, rapide comme un oiseau de proie.

Bientôt on put voir devant lui, les gueules luisantes de plusieurs projectiles.

— Il est trop éloigné pour atteindre ses cibles, commenta le capitaine.

En effet, les missiles explosèrent avant même d'inquiéter les vaisseaux cyborgs. Mais presque aussitôt, une seconde salve apparut qui empruntait la même trajectoire.

— Que fait-il ? C'est idiot... dit le second avec une expression d'incompréhension.

— Je pense avoir compris. Regardez ! coupa le capitaine.

Confiants dans leurs vaisseaux lourdement armés, hors de portée des tirs du corsaire, les cyborgs ne modifièrent aucunement ni leur trajectoire ni leur vitesse. Ils devaient se moquer à gorge déployée de ce capitaine amateur qui ne savait pas évaluer les distances.

Les missiles continuaient sur leur trajectoire vers le destroyer ennemi. Il ne restait plus que quelques centaines de mètres avant d'atteindre leur cible. Quatre d'entre eux explosèrent, mais le cinquième poursuivit et accéléra soudainement.

— Ce n'est pas un missile ! commenta le second.

Le destroyer cyborg devait avoir perçu que quelque chose clochait, car il vira de bord précipitamment, mais trop tard.

Le drone l'atteignit de plein fouet et explosa, créant une sphère lumineuse avec plusieurs gerbes de feu jaillissant de la coque. Les flammes s'éteignirent presque instantanément dès que l'oxygène libéré fut entièrement brûlé. Les débris projetés à très grande vitesse dans toutes les directions percutèrent au passage la frégate qui tentait d'échapper au front silencieux de matière en décomposition.

L'équipage du *South-Bird* regardait la scène, médusé. Le déluge de feu n'avait entraîné aucune détonation ni déflagration. Le seul bruit qu'ils perçurent fut celui, à peine audible, juste une vibration, du front de particules heurtant les parois métalliques et les baies du cargo.

Le destroyer était durement touché, mais il n'était pas totalement hors d'état de nuire. De longs filaments de gaz et de particules s'échappaient toujours de la coque. Encadré par la frégate, il fit demi-tour pour échapper au *Marauder* qui s'approchait maintenant dangereusement.

L'équipage du *South-Bird* hurla sa joie. Plusieurs passagers s'enlacèrent, soulagés par l'issue surprenante de l'événement.

Le corsaire croisa le cargo à quelques centaines de mètres seulement. À présent on distinguait parfaitement sa proue évoquant une tête d'alligator. La fente aux dents de lumière se poursuivait tout le long du fuselage. Il avait une forme massive qui inspirait la puissance et pourtant élégante dans ses proportions. Il était taillé pour les luttes de vitesse et les combats rapprochés. Ayant pris en chasse les deux vaisseaux cyborgs, il était visible qu'il les rejoindrait promptement.

Quand l'étrange silhouette passa devant le cargo, le capitaine et tout l'équipage purent lire son nom inscrit au-dessous de sa carène. C'était bien le *Marauder*.

Perez se demandait bien ce que le corsaire venait faire dans cette zone que tous essayaient d'éviter à tout prix. Mais peu importait, car, sans lui, ils seraient déjà certainement pulvérisés par les vaisseaux de guerre cyborg.

Les deux astronefs se saluèrent mutuellement en allumant plusieurs fois leurs projecteurs latéraux. Une immense clameur de joie retentit pour remercier cette intervention inespérée. L'acclamation était méritée. Personne dans l'équipage du cargo ne pourrait oublier cette journée.

Le *Maurauder* poursuivit sa trajectoire et rattrapa aisément les deux vaisseaux cyborgs. Il les dépassa pour leur barrer le chemin, puis revint sur eux comme la foudre.

Une ogive explosa au-dessus du destroyer et, pendant un temps très court, la lumière émise le masqua. Il riposta bravement. Ce fut alors un roulement formidable de décharges successives. Le *Maurader* soutint d'abord le feu de ses ennemis, puis il se détacha du destroyer en piteux état pour s'élancer vers la frégate et la canonner à outrance.

Le corsaire était un terrible guerrier qui ne perdait aucun de ses coups. Un de ses missiles atteignit la poupe de son adversaire. Dès lors, incapable de manœuvrer, le vaisseau cyborg émit un signal de reddition.

Le *Marauder* se retourna alors vers le destroyer qui tentait de contre-attaquer. Il devait être commandé, sans doute, par un officier plus valeureux, car il se défendit avec rage. Mais les canons du corsaire le couvrirent de projectiles. Après quelques minutes de combat, il devint manifeste que le navire cyborg, touché gravement par le premier impact, ne pourrait pas tenir très longtemps sous un tel déluge de feu. Un dernier tir détruisit totalement la proue du vaisseau où était située la majorité des antennes de communication. Seule, la baie de commandement restait encore allumée, tout le reste semblait mort. De longues traînées de particules s'échappaient du fuselage. Une navette sortit alors du pont d'envol pour tenter de rejoindre la frégate.

Quelques secondes plus tard, le destroyer implosa littéralement dans un éclair bleu formidable. Puis l'obscurité du vide spatial reprit ses droits sur cette scène terrifiante.

Le *Marauder* renonça à poursuivre la frégate qui mettrait certainement plusieurs semaines pour atteindre la planète des sables. En outre, ses communications étant hors service, elle ne pourrait probablement pas prévenir sa base de l'issue du combat et demander des renforts.

Le *South-Bird Mark I* revint sur sa route initiale vers *Genesis*. Il avait subi des avaries, mais aucune assez sérieuse pour remettre en cause sa sécurité. Les deux vaisseaux se saluèrent une dernière fois et le *Marauder* augmenta son allure en direction de *Tayma*.

*

Deux jours plus tard, le vaisseau corsaire arrivait en vue de la planète des sables. Terrance avait pu juger du courage et de l'efficacité de l'équipage du *Marauder*, lui qui pensait que le voyage serait long et ennuyeux. Le capitaine Blackwood était intervenu sans hésitation pour venir en secours à l'équipage du *South-Bird*, mais la situation à proximité de leur destination était sans aucune mesure. Ce n'était plus deux vaisseaux cyborgs, mais une véritable Armada qui se regroupait en orbite autour de *Tayma*.

— Nous n'arriverons pas à passer... fit Blackwood en grimaçant.

— C'est un véritable blocus ! surenchérit son second.

— Ça m'en a tout l'air... commenta Terrance, l'air grave.

Il s'en suivit un silence de plusieurs minutes dans le poste de commandement du *Marauder*. Terrance fut le premier à rompre le silence :

— La seule solution est de tenter une approche en navette. Avec un peu de chance, je passerai inaperçue.

— C'est risqué, mais possible, dit Blackwood en réfléchissant.

Il se tut quelques secondes puis ajouta :

— Nous allons passer en mode furtif et frôler l'exosphère de *Tayma* là... dit-il en montrant une trajectoire sur l'écran holographique de contrôle principal. Préparez-vous Williams, cela ne va pas être une partie de plaisir !

Son second programma aussitôt la manœuvre. Le *Marauder* décéléra fortement puis son capitaine ordonna l'extinction du propulseur positronique et de tous les systèmes non vitaux. Ce fut comme si le vaisseau disparaissait totalement. Il était soudain devenu une ombre qui glissait dans l'espace intersidéral.

Tout l'équipage retint son souffle lorsqu'ils passèrent à quelques encablures d'une frégate cyborg qui rejoignait un groupe de navires au nord-ouest. Pendant un instant, ils crûrent avoir été repérés, mais il n'en fut rien, car le vaisseau ennemi continua sur sa trajectoire.

Terrance soupira de soulagement en voyant la frégate s'éloigner.

— Il est temps... dit simplement Blackwood.

Terrance remercia vivement le corsaire puis se pressa vers le pont d'envol où l'attendait déjà une navette prête à décoller.

Il eut juste le temps d'entendre la voix du capitaine derrière lui :

— Bonne chance, commandant Williams !

Trois minutes après, il pénétrait dans le cockpit de la navette. C'était un modèle NAV-06 assez ancien qui pouvait emporter six personnes y compris le pilote et le copilote. Elle était constituée d'une nacelle de pilotage prolongée par une section des passagers et une partie motrice à l'arrière. Deux courtes ailes repliables et orientables étaient reliées au sommet du fuselage, ainsi qu'un empennage arrière pour le vol en atmosphère. Au moment de se poser, les ailes se repliaient vers le haut pour laisser sortir des trains d'atterrissage. Réservée pour le transit de passagers importants entre le sol et le vaisseau, elle était peu utilisée du fait de sa capacité limitée.

La navette quitta le pont d'envol sans encombre, laissant derrière elle la silhouette sombre du vaisseau corsaire qui disparut en quelques secondes.

Au fur et à mesure que la navette pénétrait l'atmosphère ténue de *Tayma*, le ciel virait d'un bleu intense à de multiples nuances orangées. Terrance redressa la navette et déplia les ailes pour ralentir, puis modifia sa trajectoire lorsqu'il franchit la barre des cinq mille mètres d'altitude.

La navette filait à présent au-dessus d'un paysage aussi désolé que magnifique, fait de dunes de sable et de vastes étendues de rocailles coupées au loin par une chaîne montagneuse.

Installé aux commandes, Terrance tentait sans cesse de découvrir devant lui, tout au fond de l'horizon, les constructions brillantes de *Mahjaris*. Mais le désert semblait se perdre à l'infini, sans que rien ne vienne jamais rompre sa monotonie.

Depuis qu'il avait observé la puissante flotte cyborg qui se regroupait en orbite, une sorte d'angoisse latente s'était emparée de lui. Une angoisse devant un avenir qui lui semblait de plus en plus sombre et qui, par moment, le poussait à faire demi-tour. Jamais il ne s'était lancé dans une aventure aussi périlleuse.

En même temps, Terrance pensait à Asagi. Il devait tout mettre en œuvre pour la sortir du pétrin où immanquablement elle avait dû se précipiter. S'il en était encore temps...

— Non, murmura-t-il pour se convaincre lui-même, je ne puis rebrousser chemin comme un lâche. Et ce ne sont pas ces boîtes de conserve qui vont me faire trembler. Il faut que je le fasse...

Enfin, là-bas, très loin, au-delà des dunes qui semblaient aussi hautes que des montagnes, une large zone plus sombre avec des éclats de lumières étincelantes tacha l'étendue sablonneuse. Terrance pouvait y discerner, réduites à la taille de minuscules jouets d'enfants, les formes géométriques d'innombrables bâtiments. Au centre, il reconnut la place avec la pyramide de verre obsidienne, *a priori* intacte.

Pesant sur les commandes, Terrance fit plonger la navette vers le sol. Il devait absolument échapper aux éventuels systèmes de détection. S'il tombait dans leur zone d'action, il savait qu'il serait infailliblement pris en chasse.

À présent, la navette volait à moins de vingt mètres du sol, presque au ras des dunes, en épousant les formes de chacune d'entre elles. Terrance cherchait un endroit propice pour se poser et il avait de la peine à contenir son impatience. Il était encore trop loin de la ville, mais, cependant, chaque seconde le rapprochait davantage de la zone où il serait repéré. À tout prix, il lui fallait atterrir...

Terrance vira sur l'aile droite, scrutant des yeux la succession des collines et des vallées de sable ocre rouge. C'est alors que trois points noirs apparurent dans le ciel, grossissant rapidement.

Il les identifia immédiatement. C'était des drones qui fonçaient à toute allure dans sa direction. Avec angoisse, il voyait leurs formes grossir. Il tentait de distinguer la forme du fuselage et des ailes quand soudain, un des appareils vira et se présenta de profil. Il s'agissait bien de robots volants de la pire espèce et il avait à faire à trois de ces redoutables machines. Ils mesuraient une quinzaine de mètres de long avec une envergure plus grande encore. L'avant ressemblait à une tête de rapace qui accentuait, si besoin en était, leur aspect menaçant. Malgré cela, il sourit. Ils auraient pu être bien plus nombreux, car il savait que ce genre de machines était conçu pour voler en essaim et submerger leur proie.

Trois drones cyborgs, cela représentait pourtant trop d'ennemis pour une navette servant uniquement au débarquement et embarquement de passagers ou de fret léger. Son vaisseau n'était en outre pourvu d'aucun système de défense digne de ce nom.

Terrance sentit une sorte de force l'envahir. Sa main se crispa sur la commande de vol. Après tout, ce n'était pas la première fois qu'il se retrouvait dans un combat contre des forces supérieures. Il serra les dents et murmura :

— Venez mes jolis oiseaux de proie. Je vous prépare un tour à ma façon...

Les trois drones amorçaient une ronde effrénée autour de la navette. Rapidement, leur cercle se referma sur elle et Terrance put discerner les moindres détails de leur structure. À ce moment, l'un des drones quitta la ronde et fonça droit sur lui. Il savait ce que cela signifiait. Il fit piquer du nez son appareil à l'instant précis où l'assaillant tirait une salve qui passa, inoffensive, au-dessus de lui. Déjà, Terrance redressait, cherchant son salut, non pas dans la fuite, car il savait qu'il n'avait aucune chance de les distancer, mais dans l'attaque. Poussant son engin à pleine vitesse, il se précipita dans le sillage du drone. Celui-ci, beaucoup plus rapide, eût pu aisément le distancer, mais il ne semblait pas vouloir fuir. Au contraire, le drone vira presque à angle droit pour revenir à l'assaut. Terrance ne fut pas dupe de cette initiative et lui coupa littéralement le passage comme pour le percuter. Ce dernier effectua alors une manœuvre désespérée en piquant vers le sol pour l'éviter. Mais le drone était trop proche du sol et l'extrémité de son aile droite toucha la crête de la dune. Le choc déséquilibra l'engin qui se mit à tournoyer pour finalement s'écraser dans la dune suivante.

Terrance n'eut guère le temps de savourer sa victoire. Un second agresseur fonçait sur lui. Il l'évita de justesse et, opérant un savant retournement, fila sur le flanc de ce nouvel adversaire. Celui-ci se dégagea en chandelle. Sans même prendre le temps de le poursuivre, Terrance se laissa glisser sur le côté et tenta de localiser le troisième drone. C'est alors qu'il le vit, mais trop tard, bondissant vers la navette. Ses canons laser crachèrent plusieurs salves et Terrance sentit les chocs sur le fuselage.

Malgré son succès initial, Terrance comprit qu'il ne pouvait espérer s'adjuger la victoire. Sans arme, sans aucune chance de fuite, les drones n'auraient aucune peine à rejoindre la navette relativement peu rapide et à la descendre.

— Le sol... souffla Terrance. Si je ne réussis pas à l'atteindre, je suis perdu...

Aussitôt, il pesa sur les commandes et piqua vers le sol, cherchant désespérément un endroit pour se poser. Mais partout, c'était une succession de dunes qui empêchait tout atterrissage rapide.

— Il faut que je réussisse à me poser, murmura Terrance, les dents serrées. Il faut absolument que je réussisse...

Derrière lui, il sentait la présence oppressante des deux drones lancés à sa poursuite. Une fois encore, il opéra un retournement et, presque au ras de son fuselage, les deux formes sombres semblables à des rapaces filèrent dans un sifflement strident.

Une sueur glacée couvrait le front de Terrance et coulait le long de son visage. Les drones allaient revenir d'une seconde à l'autre et il savait que, cette fois, il ne possédait aucune chance de leur échapper. Il plongea désespérément dans un vallon entre deux immenses dunes, cherchant une étendue propice où atterrir.

Il ralentit au maximum en suivant la dépression sur toute sa longueur. Là-bas, une sorte de cirque s'ouvrait, parsemée de rochers aigus de tailles diverses. Terrance décida cependant de tenter sa chance. La navette descendit au sol en décélérant, toucha à plusieurs reprises des rocs, glissa en se balançant de droite à gauche, tel un grand oiseau blessé. Une série de chocs fit frémir le fuselage, puis l'appareil s'immobilisa, penché sur l'une de ses ailes fracassées.

D'un effort, Terrance ouvrit la porte et jeta le sac contenant son équipement par-dessus bord. Avant tout, il devait s'éloigner, car les drones ne tarderaient pas à repérer l'épave de la navette. Empoignant son sac, il fila en courant vers l'extrémité du cirque afin de trouver un refuge parmi les rochers. Il atteignit ceux-ci à l'instant même où une sorte de hurlement strident déchirait le silence du désert.

À l'abri derrière un quartier de roc, Terrance vit les deux drones descendre en piqué vers la navette en tirant des salves laser. Il y eut une explosion assourdie et l'épave, ses réservoirs percés de part en part, flamba soudain, jetant des lueurs rougeoyantes sur les dunes environnantes.

Déjà, les deux drones s'éloignaient pour finalement disparaître, absorbés par la luminosité du ciel. Terrance se redressa avec un soupir de soulagement et contempla longuement la carcasse de l'appareil qui achevait de se consumer.

« Encore un peu et j'y restais cette fois-ci... songea-t-il. Pour le moment me voilà tirer d'affaire, mais il me faut trouver le moyen de rejoindre *Mahjaris* sans me faire prendre... »

Il consulta les informations de son bracelet électronique et, se tournant vers le sud, il murmura :

— C'est par là qu'il me faut avancer. La ville doit se trouver là, à quelques kilomètres devant moi. Je n'aurai vraisemblablement aucune peine à la repérer sur l'étendue du désert, une fois que je serai sorti de ce cirque.

Il chargea son sac sur ses épaules et il se mit à marcher rapidement à travers les rochers en direction du sud.

*

Terrance Williams progressait depuis une demi-heure environ, en évitant tant que possible les crêtes des dunes afin de ne pas se faire repérer. Par moment, il s'arrêtait et vérifiait sur son bracelet qu'il avançait toujours dans la bonne direction, puis il reprenait sa route.

Il marchait entre deux blocs rocheux quand soudain il lui sembla entendre des voix indistinctes mêlées à des bruits de course. Ce ne pouvait pas être un écho... Il s'arrêta, mais le bruit persistait. Bientôt, continuant à prêter l'oreille, il ne douta plus. Plusieurs hommes marchaient devant lui et venaient à sa rencontre.

Tous les sens tendus, Terrance se demanda s'il devait faire demi-tour ou, au contraire, attendre un éventuel ennemi. Il jeta un rapide regard derrière lui. Outre le fait que ses traces étaient clairement visibles, il ne pouvait se dissimuler nulle part. S'il tentait de fuir, il aurait du mal à se mettre hors de portée avant que l'un de ces hommes lui tire dessus. Un habile tireur n'aurait en effet aucune peine à l'atteindre. Le plus sage était donc d'attendre de pied ferme et de se préparer à répondre à toute attaque.

Terrance sortit rapidement un pistolet maser de son sac et l'arma. Les pas se rapprochaient de plus en plus. Ils retentissaient tout près à présent et leurs bruits se superposaient au battement de son cœur. Il n'en doutait plus maintenant : une meute de cyborgs était lancée à ses trousses.

Il se mit à couvert derrière un rocher. Tout autour de lui, il entendait les pas saccadés de ses poursuivants et leurs appels rauques. Il savait qu'il ne pourrait pas résister longtemps à des ennemis trop nombreux et lourdement armés.

Et puis soudain, c'est plus d'une dizaine de soldats et de robots cyborgs, aidés par quelques hommes du désert, qui déboulèrent de part et d'autre. Instinctivement, il leva la tête vers le sommet des dunes et aperçut un sniper prêt à faire feu.

Il sut dès lors que c'était la fin de son escapade. Il jeta son arme à terre et se redressa en levant les bras en l'air. Les Bédouins se précipitèrent sur lui en hurlant et le plaquèrent sans ménagement au sol, sous la surveillance des cyborgs.

Le visage dans le sable et la poussière, Terrance pria mentalement pour ne pas être exécuté sur place. Puis il se rendit à l'évidence : s'ils avaient voulu le tuer, ce serait déjà chose faite. Cette perspective lui rendit un peu d'espoir.

Il n'eut guère le temps de réfléchir plus avant à la précarité de sa situation, car un coup puissant derrière la nuque mit fin à toute pensée consciente. Il sombra instantanément dans le néant.

*

Quand Terrance ouvrit les yeux, il était toujours étendu à même le sol, mais celui-ci avait changé de nature. Il était dur et froid, constitué de larges dalles de pierre brute.

Il se redressa sur un coude et grimaça de douleur. Terrance avait l'impression qu'on lui enfonçait un énorme clou dans le crâne. Il ne se trouvait plus dans le désert, mais dans une pièce qui tenait plus de l'oubliette que d'un salon de détente. C'était un cube presque parfait de cinq mètres sur cinq environ, dont le pavement et les murs étaient composés d'énormes blocs de pierre soigneusement imbriqués. Le cachot prenait un peu de clarté par une ouverture carrée, pratiquée dans un angle de la voûte.

Aussitôt, Williams s'en était approché pour l'observer. Il s'agissait en réalité d'une sorte de cheminée, assez large pour laisser passer un homme, mais dont les parois lisses interdisaient toute escalade. Quoi qu'il en soit, on apercevait plus haut, se découpant sur un morceau de ciel, les barreaux parallèles d'une grille. Quant à la porte, elle était taillée dans du bois massif et garnie de ferrures imposantes. Il aurait fallu au moins un tremblement de terre pour parvenir à l'ébranler.

Soudain, le bruit de la serrure résonna et la porte s'ouvrit dans un grincement sinistre, laissant pénétrer une lumière intense. Alors seulement, il aperçut un autre homme recroquevillé dans un recoin de la cellule. Il ne l'avait pas vu immédiatement du fait de la pénombre qui y régnait.

Deux soldats cyborgs à l'armure blanche et porteurs d'un fusil d'assaut pénètrent dans la cellule. Ils se postèrent de chaque côté de la porte dans une synchronisation parfaite et effrayante. Ils saluèrent l'arrivée d'un troisième cyborg à la stature imposante.

Celui-ci était accompagné d'une sorte de colosse vêtu d'un *thoab* gris et d'un pantalon blanc taché, serré aux chevilles. Il portait également un *Koufeyah* sur la tête, la coiffe traditionnelle des Bédouins. Contrairement aux cyborgs, il ne portait pas d'arme, mais seulement un solide manche en bois qu'il caressait doucement comme s'il s'agissait d'un animal de compagnie.

Terrance se souvenait vaguement de cet homme. C'était un vaurien de la pire espèce qui vivait de vols et de rapines. Son ancienne équipe l'avait écroué à plusieurs reprises pour ses exactions dans la ville.

— Debout, contre le mur ! ordonna le Bédouin avec une voix haineuse.

Terrance recula vers le mur pendant que l'autre prisonnier se levait péniblement.

Le troisième cyborg, qui devait être leur chef, s'avança et se mit à parler d'une voix posée.

— Si vous coopérez, il ne vous sera fait aucun mal. Tout ce que nous voulons, c'est savoir où les rebelles se cachent. Vos vies ne nous intéressent pas...

Aucun des deux prisonniers ne répondit.

Le cyborg attendit quelques secondes puis soupira avec lassitude :

— J'ai espéré un moment que vous étiez des hommes raisonnables, cela m'aurait épargné bien des efforts...

— Je ne sais rien... balbutia l'autre prisonnier avec angoisse, la peur au ventre comme s'il n'avait aucun espoir d'échapper à un horrible trépas.

— Et vous ? demanda l'officier en s'adressant à Terrance.

Williams secoua la tête, ce qui lui arracha un petit gémissement de souffrance.

Le cyborg gonfla avec orgueil sa vaste poitrine, puis soupira à nouveau.

Malgré ses douleurs à la base du crâne, Terrance ne put s'empêcher de sourire. Pendant l'espace d'un instant, les yeux du Bédouin exprimèrent un inquiétant mélange de brutalité sadique et de ruse animale. Il crut qu'il allait se précipiter sur lui, pourtant il n'en fut rien.

L'officier cyborg fit un signe de la main pour le retenir et continua d'une voix presque paisible :

— Vous et votre espèce êtes sur le point de disparaître. Mais auparavant, vous allez me dire où vos amis rebelles se cachent !

— Je n'en ai aucune idée et même si je le savais, je ne vous dirais rien, fit Terrance en le toisant.

— Dommage...

Le cyborg se retourna vers les deux gardes qui l'accompagnaient et ordonna :

— Saisissez-le !

Aussitôt, ils se jetèrent sur lui et l'immobilisèrent en le plaquant contre le mur. Terrance se laissa faire sans résistance. Il savait de toute façon qu'il n'aurait aucune chance contre la puissance mécatronique de ses adversaires.

— Je vous le demande une dernière fois : où sont cachés les rebelles ?

Le ton du cyborg s'était fait plus menaçant.

— Allez au diable ! répliqua Terrance.

La main droite du cyborg se posa sur le crâne du prisonnier. Une sorte de vibration sourde se fit entendre suivie d'un grésillement lorsqu'il la retira au bout de quelques secondes.

Terrance hurla de douleur et s'effondra sur le sol.

— Ces humains sont trop fragiles, dit simplement le cyborg.

Il se retourna vers le colosse qui l'accompagnait et déclara avec lassitude :

— Je perds mon temps ici. Saïd, occupez-vous d'eux...

L'officier cyborg se retourna et fit un signe de la main aux deux gardes. Ils se dirigèrent ensemble vers la sortie en laissant les deux prisonniers face à la brute qui les observaient avec un sourire démoniaque. La lourde porte se referma derrière eux.

Les implants nanotech de Terrance fonctionnaient à plein régime pour stopper la douleur, mais il ne se sentait pas encore capable de se relever.

— Toi, montre ta face de traître... dit le colosse en frappant de son gourdin l'autre prisonnier au niveau des côtes.

On entendit un bruit sinistre d'os fracassés. L'homme s'écroula au sol en hurlant.

— Où sont les rebelles ? demanda-t-il d'une voix haineuse.

— Je ne sais pas... Pitié... Je vous en supplie... fit l'homme en gémissant.

Le Bédouin fit un signe négatif de la tête comme s'il était profondément déçu par la réponse qu'il venait d'entendre.

Il souleva le gourdin de ses deux mains au-dessus de lui et l'abattit sur le crâne du malheureux qui explosa littéralement sous le choc.

— Alors tu ne sers plus à rien... dit la brute en guise d'oraison funèbre.

Terrance ne put s'empêcher de détourner la tête. Une odeur écœurante se répandit dans la cellule.

Le tortionnaire se tourna vers lui pour lui demander d'une voix insidieuse :

— Alors, avez-vous pris une décision ?

Terrance feignit l'étonnement.

— Quelle décision ? Je ne pense pas être en mesure de prendre une quelconque décision.

— Je ne suis pas ici pour perdre mon temps en de vaines discussions. Nous cherchons les rebelles et vous savez où ils se trouvent. Que vous le vouliez ou non, vous allez parler...

— Je ne sais rien, dit-il. J'ai été engagé pour transporter du matériel de forage et tout cela ne me concerne pas...

Cette explication ne parut pas satisfaire le Bédouin.

— Voyons, commandant Williams, je vous ai reconnu. Vous êtes l'ancien responsable de la sécurité de *Mahjaris*. Vous n'allez pas me faire croire que vous êtes ici pour transporter du matériel. Me prenez-vous pour un imbécile ?

Terrance sursauta et fit mine de perdre contenance, comme s'il était pris en défaut. La brute crut bon de devoir l'encourager.

— Écoutez, Williams, tout ceci est une affaire entre les rebelles et les cyborgs. Restez en dehors de tout ceci. Dites-moi ce que vous savez et je ferais preuve de mansuétude à votre égard.

Terrance feignit d'hésiter encore, puis il parut se décider brusquement.

— Vous avez raison, dit-il. Tout ceci ne me regarde pas et je ne vais pas risquer ma peau pour des gens que je ne connais même pas.

— Voilà qui est mieux... Si vous me dites où ils sont, je pourrais plaider votre cause auprès des cyborgs.

— Qu'est-ce qui me prouve que vous tiendrez parole ?

— Rien... Vous n'êtes pas en mesure de négocier quoique ce soit, commandant Williams.

— Oh, je ne commande plus personne, vous savez, enchaîna le prisonnier avec un brin d'ironie.

Le tortionnaire plongea son regard dans les yeux de Terrance, puis éclata d'un rire gras.

— Vous me prenez réellement pour un idiot, Williams. Je vous croyais plus intelligent...

Il marqua une brève hésitation puis il enfonça sans ménagement la massue dans l'estomac de sa victime. Terrance se plia en deux, le souffle coupé.

— Je vous laisse réfléchir, dit le colosse. Je vais revenir et vous aurez tout intérêt à coopérer, sans quoi... j'ai bien peur d'être obligé de prendre des mesures sévères. Extrêmement sévères... Vous comprenez, dans la situation où nous sommes, nous ne pouvons nous encombrer de prisonniers inutiles...

Le colosse fixa ostensiblement le cadavre qui gisait toujours au sol dans une mare de sang. Puis il se dirigea vers la porte et sortit en ricanant. Le bruit de la serrure résonna dans le silence de la cellule.

*

Terrance avait récupéré toutes ses facultés à présent. Il marchait de long en large dans sa cellule. Son cerveau fonctionnait à toute allure, mais il avait beau chercher, il ne trouvait pas de solution pour se sortir de ce pétrin.

— Je vais être abattu comme du bétail... murmura-t-il. Il faut que je me tire d'ici au plus vite. La question est comment ?

Il n'eut pas le temps de réfléchir plus avant, car le bruit de la serrure se fit à nouveau entendre.

Terrance pâlit. Il se rapprocha de la porte comme un fauve, prêt à tout pour défendre chèrement sa vie. Il était décidé à ne pas mourir sans combattre !

La porte s'entrouvrit. Il fut aveuglé pendant une fraction de seconde, le temps que sa vision nanotech réagisse à l'afflux soudain de lumière dans l'encadrure de la porte.

Il s'attendait à voir la silhouette massive du colosse tortionnaire, mais c'est une jeune fille, presque une enfant, qui se tenait là devant lui.

— Venez ! Suivez-moi... dit-elle en chuchotant.

Dans sa voix, il y avait une sorte de désespoir farouche.

— Qui êtes-vous ? demanda Terrance.

— Je m'appelle Aya. Je suis là pour vous sauver...

# Épisode 3

# Transcendance

L'arche spatiale évoquait une colossale pointe de flèche technologique, sombre et majestueuse. Son ombre menaçante s'étendait à présent sur les dunes du grand désert rouge. L'arche stabilisa sa position en orbite lente autour de la planète des sables afin de rester dans l'axe de l'astre *Orion Prime*. Ainsi, les cyborgs avaient ainsi une vue imprenable sur *Tayma*, mais surtout un contrôle de l'accès direct à la planète.

La flotte cyborg se regroupait progressivement dans un étrange ballet, comme un essaim autour de sa reine. Déjà six gros navires, des croiseurs et destroyers aux formes agressives de fusils d'assaut, stationnaient à proximité de l'arche. Bientôt, ce serait une trentaine d'unités, sans compter les vaisseaux de moindre importance, transports et frégates, raiders et drones, réduits à de simples points dans cette fresque titanesque. En arrière-plan, la planète des sables teintait la scène de sa lumière diffuse ocre rouge, couleur de sang.

La salle de commandement de l'arche spatiale avait des proportions que l'on aurait pu comparer à celle d'une cathédrale. D'immenses baies vitrées donnaient sur l'espace, séparées par d'impressionnants montants métalliques qui assuraient la rigidité de l'ensemble. Bien que parfaitement transparentes, les vitres en alumino-silicate avaient une épaisseur de plusieurs dizaines de centimètres pour résister à la différence de pression.

En retrait des baies vitrées, plusieurs ponts en étages décroissants recevaient les différentes équipes de commandement tactiques et stratégiques. La plus haute était réservée au haut-commandeur et à ses conseillers les plus proches.

Outre Simion, le conseil restreint des cyborgs comprenait les trois généraux du triumvirat, Sirius, Aetius et le nouvellement promu Radius, ainsi que le révérend-père Horus, grand prêtre successeur du défunt Sutter. Horus était un religieux ardent, austère, et implacable comme la faux de la mort. Son visage était osseux, noir, tout en longueur. À sa demande, siégeait exceptionnellement ce jour-là Atia, une cyborg aux longs cheveux bruns qui, disait-on, le suivait comme un poisson-pilote. Elle était grande, élancée, un maintien un peu composé, et de longs yeux obliques de félin. Sa grâce tranchait avec l'austérité affichée du chef de la religion cyborg.

Simion contemplait la planète des sables avec satisfaction. Malgré la fuite d'une poignée de rebelles dans le désert, les cyborgs avaient à présent un contrôle total de la situation. Derrière lui, les trois généraux du triumvirat attendaient sans dire un mot pendant qu'Horus et Atia discutaient de la situation.

Radius s'avança le premier et prit la parole.

— Depuis longtemps, les cyborgs attendent leur revanche et veulent retourner sur Genesis, dit-il d'emblée.

— Ce temps est proche, fit Simion avec détermination.

— Nous serons bientôt prêts. Chaque jour qui passe nous rend plus forts, confirma Radius.

Les deux autres généraux opinèrent de la tête.

— Les troisièmes générations attendent toutes ce moment, dit Aetius, comme s'il parlait pour l'ensemble des cyborgs.

— Les cyborgs de première et de seconde générations sont vieux et fatigués par des années de guet et d'attente, crut bon d'ajouter Radius.

Simion fronça les sourcils.

— Les premiers sont morts ou en fuite. Les seconds qui doutent sont des traîtres à leur peuple, dit-il froidement.

— Je ne parlais évidemment pas de vous… s'excusa Radius, en regrettant déjà sa phrase malheureuse.

— Vous souvenez-vous de la prophétie ? demanda Horus.

— Je ne crois pas à ces radotages mystiques, répliqua sèchement Simion.

— Les prophéties font partie de la religion…

— Et les troisièmes générations y sont très sensibles. Ils pensent être le peuple élu, l'aboutissement du second avènement, précisa Radius.

Horus acquiesça d'un mouvement de tête.

— Ce qui est logique, dit-il.

— Que dit la prophétie ? demanda Simion en tempérant sa soudaine mauvaise humeur.

— Elle dit que la caste des guerriers sera guidée par un dieu vivant.

— Et c'est tout ?

— La prophétie dit aussi qu'il fait partie d'une triade divine. La plus importante de ces trois divinités est associée à un serpent qui terrassera ses ennemis. La seconde est un démon aux multiples visages et la troisième est symbolisée par une lune errante. Le second avènement interviendra après un signe qui révélera aux élus leur destinée.

— Tout cela est incompréhensible, maugréa Simion.

— Telle est la prophétie. Elle n'est comprise que lorsqu'elle se réalise et qu'il est trop tard pour changer le cours des événements.

— Les cyborgs doivent savoir pourquoi il faut construire des vaisseaux et des armes, insista Radius.

— Et les guerriers doivent savoir pourquoi on les appelle à servir et à mourir, ajouta Sirius.

— Ces cent dernières années, nous avons lancé plusieurs vaisseaux dans l'espace à la recherche de ces dieux. Aucun n'est revenu, dit Simion. En envoyer davantage serait une perte de temps et d'efforts.

— Le massacre des premiers a laissé des traces... Certains pensent que nous avons perdu la grâce et que nous ne croyons plus. Nous avons besoin d'un signe, dit Horus.

— Maître, puis-je parler ? demanda Atia en s'avançant à son tour.

— Oui, fit Horus.

— Il y a peut-être un moyen...

— Atia ne fait pas partie de ce Conseil ! s'indigna Radius.

— Elle n'a pas subi le rituel, renchérit Aetius.

— Elle n'a pas à parler, conclut Sirius.

— Je n'ai encore jamais vu Atia parler quand elle n'avait pas à le faire, dit Horus en cherchant l'approbation de Simion.

— Continuez, Atia, dit Simion avec fermeté. Mais soyez brève.

Les trois généraux du triumvirat se regardèrent, stupéfaits par le désaveu du haut-commandeur.

— La prophétie dit que nous serons guidés par un dieu vivant. Alors, pourquoi ne pas leur donner ce qu'ils attendent...

— Comment cela ?

— Un dieu vivant... répéta Atia en fixant Simion avec un large sourire et un regard de dévotion indécente.

— Mais... tenta maladroitement Radius.

— Taisez-vous ! fit Simion d'une voix coupante comme un rasoir.

Il y eut plusieurs secondes de silence. Simion observait le corps souple et élancé de la jeune cyborg tout en réfléchissant. Puis, soudain, il reprit la parole :

— C'est une idée séduisante, mais est-elle réaliste ?

— Je pense que oui, enchaîna Horus, mais elle n'est pas sans risque.

Simion se tourna vers le triumvirat, visiblement dépassé par la situation.

— Messieurs, vous pouvez disposer. Je dois m'entretenir en privé avec Atia.

— Moi aussi ? demanda Horus, surpris.

— Vous aussi, confirma Simion.

— Mais...

— Il n'y a pas de mais.

— La journée a été longue et je dois aller à mon sanctuaire pour méditer sur tout cela en privé, enchaîna diplomatiquement Horus.

Le révérend-père salua Simion de la tête et sortit de pièce sans un mot. Les trois généraux saluèrent à leur tour et le suivirent. L'incompréhension sur ce qui venait de se passer se lisait sur leur visage. La porte coulissante se referma derrière eux.

Atia s'approcha encore un peu plus près du haut-commandeur. Sans dire un mot, elle détacha lentement ses cheveux puis la broche qui retenait sa robe. Celle-ci glissa sur le sol, découvrant un corps splendide.

— C'est une solution extrême... dit Simion en scrutant l'intimité de la jeune cyborg.

— C'est vrai, dit-elle. Mais n'est-ce pas une perspective exaltante ?

— Elle l'est, fit Simion en la saisissant.

Il plaqua la cyborg sans ménagement contre la baie vitrée et l'embrassa.

Une heure plus tard, Atia rejoignait Horus dans son appartement jouxtant le temple. Il attendait en faisant les cent pas, impatient d'entendre la jeune femme. La cyborg pénétra dans le salon richement décoré d'un pas triomphant.

— Tout s'est bien passé ? demanda Horus.

— Tout s'est déroulé comme vous l'aviez imaginé, Maître, répondit Atia.

— Bien.

— Comme vous le pensiez, il n'a pas résisté à l'idée de devenir un dieu vivant.

— De tous les pêchés, la vanité est mon préféré, dit Horus avec un sourire sarcastique.

— Le danger est qu'il devienne incontrôlable.

— Non, je ne le pense pas. Il peut avoir des excès, mais il est influençable.

— Justement...

— Les troisièmes générations n'ont aucune malice. Il n'y a rien à craindre du triumvirat. Par contre, il faut surveiller les autres, dit Horus.

— Vous pensez à Aaron et ses partisans, Maître ?

— Non, pour l'instant ils sont inoffensifs. Mais il faut se méfier de son épouse Erin qui a une grande influence sur lui.

— On pourrait l'éliminer... dit La jeune cyborg.

— En dernier recours. L'important est d'être dans son entourage pour contrôler la situation.

— Cela ne devrait pas être un problème.

— Je ne doute pas de tes talents en la matière, confirma Horus en souriant.

Atia baissa les yeux, avec l'expression d'une jeune vierge prise en faute. Puis, elle releva la tête et son visage se transforma au point de devenir méconnaissable. Son sourire s'était figé dans une grimace inquiétante. Son regard n'était plus celui d'une chatte docile, mais celui d'un félin prêt à dévorer sa proie.

— Avez-vous réfléchi à une clé comme je vous l'ai demandé ? continua Horus.

— Oui, mon maître.

— Je suis tout ouïe.

— La vie alors le quitte, lui que l'on croyait immortel... déclama Atia avec emphase.

— Bien, dit-il en souriant de l'ironie du choix d'Atia. Il va sans dire que ceci ne doit être connu de personne en dehors de nous deux...

*

Plusieurs dizaines de raiders stationnaient en deux rangées parfaites dans la plate-forme d'entretien, à proximité du pont d'envol. La lourde porte donnant sur l'espace était close afin de permettre au haut-commandeur de passer les troupes en revue. Le commandant de la chasse chargé de la protection rapprochée de l'arche effectua un salut militaire en parfaite synchronisation avec ses pilotes.

Simion marchait lentement en inspectant avec satisfaction l'ordre des troupes, suivi par quatre soldats d'élite de sa garde personnelle vêtus de rouge. Horus marchait à ses côtés, quoique légèrement en retrait, afin de montrer à tous, le soutien des religieux.

Arrivé à l'extrémité de la haie d'honneur, Simion balaya d'un regard les rangs de soldats, puis fit un signe de la tête au commandant. Les militaires cyborgs exécutèrent un dernier salut impeccable avant de rompre les rangs.

Le haut-commandeur et sa suite s'engagèrent dans une large coursive qui s'enfonçait vers le centre du vaisseau. Elle était déserte, les services de sécurité en ayant interdit l'accès pendant toute la durée de l'inspection.

Tout en continuant à marcher, Simion rompit le silence protocolaire et demanda à Horus :

— En quoi consiste exactement l'opération ?

— Êtes-vous décidé ?

— Ne répondez pas à ma question par une autre question, dit le haut-commandeur, agacé.

— C'est la première fois que nous allons utiliser cette technologie... Comme vous le savez, une opération de transplantation est toujours délicate. Mais cette fois-ci, nous devons en plus réaliser une copie parfaite de votre cerveau dans une neuromatrice.

— Est-ce risqué ?

— Je ne vous mentirais pas, Simion. Oui, il y a un risque, mais nous avons simulé et testé le processus autant qu'il est possible de le faire. Tout devrait bien se passer...

— Dites-moi tout.

— Êtes-vous certain de le vouloir ? Parfois il est préférable...

— Ça suffit, Horus !

— Si vous insistez... C'est une méthode invasive et destructrice, mais la seule possible.

Horus laissa s'écouler quelques secondes, puis commença à décrire le processus.

— Dans un premier temps, nous allons vous donner un sédatif qui va vous plonger dans un coma artificiel. Une fois que vous êtes totalement inconscient, nous vous injectons directement dans le cortex des nanomachines autoreproductives. Elles ont une taille subcellulaire et peuvent donc se déplacer et interagir avec les neurones. Elles se multiplient et se placent sur chaque cellule nerveuse. À partir de là, elles se substituent aux cellules organiques et retissent le réseau d'interconnexion en suivant celui qui existe. Cette phase est la plus longue, car il y a environ cent milliards de neurones et plusieurs trilliards de connexions. Cela peut prendre plusieurs jours.

— Et ensuite ?

— Vient la phase la plus critique. Le cerveau est déconnecté, extrait du corps et plongé dans une solution qui va détruire ce qui reste des tissus biologiques. Une fois nettoyée, la neuromatrice est placée dans un bain contenant un gel dense composé de nanomachines neuromimétiques qui se substituent aux précédentes. Cette phase est plus rapide, mais elle reste délicate. Une fois ce processus achevé, le cerveau bionique est intégré dans un réceptacle protecteur qui assure son alimentation énergétique et sa régénération. Il est ensuite transplanté dans le corps robotisé en reconnectant les principaux faisceaux neuronaux.

— Et c'est terminé ?

— Pas tout à fait. Il faudra pratiquer des séances de stimulation intensive qui permettront au cerveau bionique de se synchroniser avec le nouveau corps. Après le réveil, si tout se passe bien, vous aurez une période d'adaptation dont il est encore difficile d'estimer la durée. Cela peut prendre plusieurs heures, voir plusieurs jours.

— Quels seront les bénéfices ?

— Un nouveau corps à la hauteur de la tâche, une augmentation notable des performances de votre cerveau... et la vie éternelle !

Simion sourit de satisfaction à cette idée, puis fronça les sourcils.

— Et si le transfert échoue ?

— Il ne vous a sans doute pas échappé que vous alliez mourir au sens organique du terme au cours de ce processus... Il est possible en effet que vous n'en reveniez pas, ou bien comme un légume... Mais dans l'autre cas, vous aurez littéralement ressuscité. Vous allez vous réincarner dans un corps immortel et surpuissant.

— Je serais alors un dieu vivant !

— Exactement.

— Quelles sont les chances de réussite ?

— Difficile à dire. Mais compte tenu de l'enjeu, elles sont... raisonnables.

— Vous avez tout intérêt à ne pas échouer, sinon vous me suivrez dans la mort, vous et vos proches.

— J'en déduis que vous avez décidé...

— Patience Horus, le coupa fermement Simion. Puis il ajouta : J'ai toujours su que j'étais l'élu d'une destinée hors du commun.

— Tout sera fait selon vos désirs, seigneur.

*

Andrea passa négligemment la main dans sa longue chevelure rousse. Elle regardait en compagnie d'Aaron le flash d'information qui montrait le haut-commandeur parader avec le révérend-père lors de l'inspection des raiders de l'arche.

— Quand je pense que c'est toi qui devrais être à sa place, dit-elle d'un air dépité.

— Nous n'y pouvons rien Andrea. Ce salaud nous a tous manipulés.

— Grâce à toi...

— Non, coupa Aaron. Je n'ai été qu'une marionnette au service de Cassius et de Simion, dit le cyborg avec une expression de haine.

— Ton visage est un livre où l'on pourrait lire d'étranges choses. Pour cacher nos desseins, il faut que nos yeux, nos gestes, nos mots parlent de réconciliation. Je serai une fleur innocente, mais il y aura un serpent caché dessous.

Aaron scruta les grands yeux verts avec admiration.

— Simion a besoin de ton soutien et la roue tourne toujours, continua la jeune femme. Songe seulement à montrer un visage impassible et serein. Changer d'expression est toujours un signe de faiblesse. Laisse-moi faire pour le reste.

— Nous ne serons jamais en sûreté tant qu'il faudra nous cacher derrière ces masques pour déguiser nos cœurs, dit Aaron avec amertume.

— Je serai à tes côtés, mon amour. Il te suffit de montrer sa prééminence par tes regards et tes paroles.

— Cela m'est difficile, je le hais et mon esprit est rempli de fantômes.

— De quoi parles-tu ?

— Depuis l'assassinat de Dwayne, je fais chaque nuit des cauchemars atroces.

— Je sais...

— Parfois même, je crois le voir en pleine journée, comme un spectre qui se dresse devant moi !

— Il n'y a personne. Dwayne est dans son tombeau. Il serait mort de toute façon...

— Mais j'ai tué mon père...

— Il n'était pas à proprement parler ton père. On ne devrait pas penser aux choses sans remède. Ce qui est fait est fait.

— Et puis il y a eu cette terrible nuit, dont ma trahison a été le déclencheur, continua Aaron.

— Ce n'est pas la première fois qu'on répand le sang, dit Andrea en le prenant dans ses bras. Dans les temps anciens, bien avant la nuit pourpre, du temps des hommes, il s'est commis des massacres beaucoup plus terribles.

— Que la structure de l'univers se disjoigne, que les deux mondes, cyborgs et humains, périssent, pourvu que ces cauchemars cessent !

Les deux amants se séparèrent et Andrea se dirigea résolument vers la porte. Elle se retourna vers Aaron.

— Viens, mon cher époux, calme tes regards troublés. Préparons-nous. Nous devons être brillants et sereins ce soir avec nos hôtes.

*

Les nouveaux appartements du haut-commandeur ressemblaient à un palais antique, imposant par ses proportions, qui tranchaient avec la sobriété des autres blocs. Ils arrivèrent par l'entrée d'honneur, un vaste hall austère en marbre et dénué de tout ameublement. Les gardes personnels de Simion vêtus de longues toges rouges saluèrent puis l'un d'eux s'avança.

— Conseiller Aaron ? Vous êtes attendus. Je vais vous conduire, dit l'un des gardes.

Toujours escortés, Andrea et Aaron traversèrent une salle ronde entourée de colonnes, puis gravirent un large escalier et pénétrèrent dans les appartements.

Les plafonds étaient hauts, ce qui rendait l'ambiance étrangement sonore. À mesure qu'ils traversaient une succession de pièces sans âme, Aaron s'efforçait en vain de conserver la belle assurance qu'Andrea avait réussi à lui insuffler, mais dans ces murs hostiles, il avait l'impression de rapetisser. Sa nervosité revenait.

Ils entrèrent enfin dans un grand salon richement meublé de sofas moelleux aux nombreux coussins, de tables basses et de tapis colorés. Malgré les couleurs chatoyantes et le confort des canapés, il y régnait une ambiance glacée.

Erin était assise, visiblement préoccupée. Une jeune femme brune, au visage fin, se tenait debout près d'elle qu'ils ne connaissaient pas. Aaron les salua puis chercha un compliment qui ne vint pas. La présence d'une tierce personne augmentait son désarroi. Mais par quelle sotte illusion s'était-il figuré que le haut-commandeur les recevrait dans l'intimité ?

Ce fut-elle qui parla la première.

— Vous êtes Aaron, le régicide, je présume ?

Elle avait posé la question sans sourciller, avec un grand sourire. Cela acheva de le mettre mal à l'aise. Il ne répondit pas et tendit néanmoins un coffret vers Erin.

— Merci de l'attention, mais ce n'était pas nécessaire, dit-elle en guise de remerciement. Qu'est-ce que c'est ?

Le ton était uni et froid.

— Un modeste bijou qui, je l'espère, vous plaira, répondit Andrea.

Erin ouvrit le coffret et y jeta à peine un regard, puis le posa à proximité.

— Ce bijou est fort beau, en effet, mais je n'en ai que faire. Je ne peux pas le porter, dit-elle d'une voix brève et sèche. Simion ne va pas tarder, vous pouvez attendre là, continua-t-elle en montrant un large canapé à quelques mètres pour leur indiquer qu'ils pouvaient s'y assoir.

Vexés par l'accueil d'Erin, Andrea et Aaron allèrent s'assoir sans un mot, mais en continuant d'observer les deux femmes.

— Vous êtes plus belle à chaque fois qu'on vous voit, dit la brune.

— Ne mentez point. Je ne puis être belle avec l'angoisse de cette opération insensée, répondit Erin en s'enfonçant un peu plus dans les coussins.

De nouveau, elle se sentait au bord du malaise. Elle fit un effort pour se dominer et sourire.

— Après cette épreuve, ni l'acier, ni les conspirations, ni les armées ennemies, rien ne pourra plus l'atteindre, dit la brune pour la rassurer.

— Je sais Atia, mais je ne peux m'empêcher de craindre pour sa vie.

— Horus m'a assuré que le processus avait été simulé et testé autant qu'il est possible.

Soudain, la double porte coulissa et Simion pénétra d'un pas lourd dans le salon. Les deux femmes se levèrent et amorcèrent une sorte de révérence qu'Andrea et Aaron n'avaient jamais vue auparavant. Simion aimait ces signes de déférence à son égard.

Ils se dressèrent à leur tour et saluèrent le haut-commandeur.

— Bonjour, mes femmes, dit-il.

Les deux cyborgs demeurèrent muettes, comme si elles avaient été prises en faute. Le haut-commandeur n'était nullement surpris de cet accueil, car il avait pris l'habitude de voir les gens, y compris ses proches, intimidés par sa présence. Depuis qu'il avait tous les pouvoirs, une sorte de mur de glace le séparait des autres. Il ne s'en étonnait plus et, maintenant, il appréciait même cette distance au point de s'agacer lorsque quelqu'un s'adressait à lui trop directement.

Atia fut une nouvelle fois la première à prendre la parole.

— Il faut nous pardonner, dit-elle, mais nos propos ne sont guère aisés à vous répéter !

— Pourquoi cela ?

— C'est que... nous disions du mal de vous.

— En vérité ? demanda Simion ne sachant comment il devait entendre la plaisanterie.

Atia sourit et Erin se mit à rire, elle qui ne riait plus depuis plusieurs jours.

— Alors, quel mal disiez-vous de moi ?

— Erin et moi étions d'accord pour vous en vouloir beaucoup, car voici deux nuits de suite que vous ne nous avez pas comblées.

— Allons, ce ne sont pas des reproches à prononcer tout haut devant mes invités !

Simion se retourna et posa un regard glacé sur Andrea et Aaron.

— À cause de vous, je manque à tous mes devoirs mesdames.

Instantanément, son visage devint plus accueillant sans toutefois un seul instant chercher à croiser leur regard.

— Mon cher Aaron, mon ami, je souhaitais vous voir, car j'ai une mission de la plus haute importance à vous confier.

— Nous sommes à votre entière disposition, haut-commandeur, dit Andrea.

— Taisez-vous ! C'est à Aaron que je m'adresse, dit Simion en la foudroyant du regard.

Son visage était déformé par la haine. Il se reprit aussitôt pour retrouver une expression de bienveillance feinte qui ne trompa personne.

— Si je ne devais pas m'absenter, j'aurais conduit moi-même cette opération.

— De quoi s'agit-il ? demanda Aaron, méfiant de la confiance soudaine que Simion semblait lui porter.

— *Tayma* est désormais sous notre contrôle. Nous avons écrasé les forces ennemies...

— Faible peuplement et défenses minimales. Quel plaisir y a-t-il à battre un ennemi qui n'a jamais eu aucune chance de nous vaincre ?

— Est-ce de la compassion que j'entends dans votre voix ? Je pensais que vous seriez plus satisfait de l'évolution de notre quête.

Aaron resta silencieux.

— Je suis étonné, continua Simion. Après tout, Dwayne vous avait choisi.

— Il n'aurait jamais approuvé ce massacre ! dit Aaron sans réfléchir.

Andrea faillit intervenir, mais elle se retint. Elle fit un léger signe négatif de la tête pour lui signifier qu'il ne fallait pas s'engager sur cette voie.

— C'est un châtiment, voilà tout. Je me rappelle d'un temps où vous aussi, vous vouliez reprendre Genesis par tous les moyens possibles.

— Cela va au-delà. Vous voulez perpétrer un génocide.

— Oui, c'est exact. Et vous avez tout à fait raison : les humains ne peuvent rien contre nous.

— Quelle gloire y a-t-il alors à éliminer une race tout entière ?

— Je me demande parfois à qui vous êtes vraiment fidèle.

— Vous osez ? Après ce que j'ai dû faire ?

Simion avait une expression de jouissance sur son visage. Il laissa s'écouler un instant puis dit d'une voix qui se voulait amicale :

— Je regrette... Je suis votre hôte et je me suis mal conduit. Vous n'êtes pas un traître à votre peuple, c'est vrai...

— Vous m'avez dit en arrivant que vous aviez une mission importante à me confier ?

— Nous allons bientôt frapper des colonies plus proches de *Genesis*. Nous approchons de la planète mère et de la fin de notre guerre sainte.

— Mais sommes-nous encore saints ?

— Pourquoi, chaque fois, ne parlez-vous que pour poser des questions ?

— Les questions sont tout ce qu'il me reste. Et après ce jour, je crois qu'elles seront tout ce qui me restera...

— Voulez-vous entendre ma proposition, oui ou non ?

— Je vous écoute...

— Dans peu de temps, l'attaque finale va commencer, disais-je. Mais il reste un petit groupe de rebelles sur *Tayma* auquel se sont joints les quelques premiers qui ont survécu. Je veux que vous vous en occupiez personnellement.

Aaron ne s'attendait pas à cette proposition. Il resta un moment sans réagir.

— Je... suis désolé de mon comportement indigne... mais ces derniers mois ont été particulièrement éprouvants. J'accepte votre proposition... balbutia-t-il.

Erin et Atia suivaient la conversation avec jubilation. Andrea fulminait derrière Aaron.

— Radius vous communiquera les détails, ajouta Simion, sèchement. Puis il enchaîna d'un ton plus enjoué : vous aurez tous les deux une place à la tribune d'honneur pour la cérémonie !

— Quelle cérémonie ? s'étonna Aaron.

— Merci de votre visite, dit Simion en guise de réponse. Puis il se retourna pour aller rejoindre Erin et Atia qui avaient adopté une attitude volontairement lascive.

Andrea et Aaron saluèrent respectueusement et sortirent du salon sans un mot. Le garde rouge attendait patiemment derrière la double porte coulissante. Il leur fit signe de le suivre afin de les raccompagner à l'entrée.

— Les rumeurs sont donc vraies... murmura Andrea pendant qu'ils descendaient l'escalier.

— Quelles rumeurs ?

— Il va se faire couronner comme dieu vivant.

— C'est ridicule.

— Je ne sais pas...

— En tout cas, nous nous en sommes bien sortis, dit Aaron qui paraissait satisfait au bout du compte.

— Tu plaisantes, j'espère ? fit Andrea, visiblement hors d'elle. Il nous a ridiculisés puis il a jeté quelques miettes pour t'occuper.

— Comment cela ?

— Réalise ce qui se passe Aaron... Il t'a écarté du pouvoir tout en conservant un contrôle total. Tu ne seras plus sur l'arche, mais éloigné de tes amis sur un vaisseau de la flotte. Tu seras sous les ordres du triumvirat. Et il ne t'a même pas proposé de siéger au conseil restreint. C'est une insulte !

Le visage d'Aaron s'assombrit en réalisant la situation.

— Je... ne voyais pas cela ainsi... bafouilla-t-il.

— Mon pauvre Aaron... fit Andrea en refoulant sa colère. Puis elle ajouta : réjouissons-nous au moins qu'il n'ait pas décidé de nous éliminer purement et simplement. Il nous reste un dernier espoir avant qu'il ne soit trop tard...

*

La salle était vide, blanche et lumineuse. Seule, au centre, trônait une large plaque métallique en position semi-verticale à quarante-cinq degrés.

Simion s'allongea, non sans appréhension, sur la table d'opération. Au passage, il aperçut furtivement Erin, Atia et Horus qui observaient le déroulement de l'intervention depuis une salle vitrée en surplomb.

Deux cyborgs infirmières, comme sorties de nulle part, s'approchèrent rapidement et lui attachèrent les poignets et les chevilles à l'aide de sangles.

— Est-ce vraiment nécessaire ? demanda-t-il avec un regard mauvais.

— Oui, répondit la plus grande qui semblait être la responsable des préparatifs. Nous ne pouvons prendre aucun risque. Un faux mouvement pourrait entraîner un dommage irréparable.

Simion soupira, mais se laissa faire. Il avait l'impression d'être un condamné à mort. Sa tête fut ensuite placée dans une sorte d'étau afin de la maintenir parfaitement immobile. Il se demandait s'il avait fait le bon choix, mais il était maintenant trop tard pour faire marche arrière. S'il n'avait pas eu cet orgueil démesuré, il aurait certainement hurlé de terreur et stoppé immédiatement cette folie.

La seconde infirmière s'approcha de lui avec une seringue et le piqua directement dans le cou au niveau de l'artère irriguant le cerveau.

— Qu'est-ce que c'est ? fit-il avec une inquiétude de plus en plus visible.

— C'est un puissant sédatif, répondit la responsable d'une voix calme. Vous allez vous endormir très vite. Quand vous vous réveillerez, tout sera terminé.

Simion sombra dans l'inconscience, avant même d'entendre la fin de la phrase.

Quelques minutes plus tard, un robot chirurgien pénétra dans la salle. Il mesurait environ un mètre cinquante avec un tronc androïde et une partie inférieure composée d'un unique pied roulant pour assurer une meilleure stabilité. En plus de deux bras anthropomorphiques, il disposait de deux appendices complémentaires sur lesquelles pouvaient être montés différents types d'instruments. La tête ovoïde avait une allure étrange du fait de plusieurs yeux dotés d'objectifs impressionnants, lui procurant une acuité visuelle et une capacité de zoom hors du commun.

Simion aurait certainement défailli s'il avait pu voir le robot chirurgien monter à l'extrémité de son second bras droit une sorte de mini-scie circulaire. Une fois parfaitement adaptée, il commença à découper avec détermination le sommet de son crâne au niveau du front.

En moins d'une minute, la calotte crânienne fut enlevée, dévoilant le cortex cérébral du haut-commandeur, protégé dans une sorte de gel rosâtre. Dans la salle d'observation, Erin faillit défaillir.

Les deux infirmières amenèrent à proximité du corps inerte une table roulante sur laquelle était disposée une imposante machine comprenant plusieurs bacs, ainsi qu'une sonde terminée par une longue aiguille creuse. Le robot chirurgien saisit la sonde et enfonça l'aiguille sans hésitation dans les circonvolutions du cerveau.

Des millions de nanomachines envahirent les tissus cérébraux en l'espace de quelques secondes. Invisibles à l'œil nu, les nanites ressemblaient à une nuée de spermatozoïdes nageant aléatoirement grâce aux mouvements ondulatoires de leur flagelle.

Lorsque l'une d'elles rencontrait le corps cellulaire d'un neurone, elle pénétrait sa membrane et commençait à exécuter son programme. Celui-ci consistait à faire croître des nanotubes le long des ramifications dendritiques et de l'axone jusqu'aux synapses. Cette phase prendrait plusieurs heures, le temps que les nanites synthétisent la structure tubulaire flexible en utilisant la matière organique pour la transformer au niveau moléculaire.

Une fois la phase de croissance d'un nanotube achevée, un bourgeon apparaissait à son extrémité de manière à établir la connexion synaptique. Dès que l'ensemble des interconnexions était établi, le nanorobot se plaçait alors en mode d'attente en émettant un signal intermittent.

Le corps de Simion était toujours inerte. Aucun signe n'indiquait que l'opération était en cours si ce n'était le vrombissement sourd et continu de la machine sur la table roulante. Erin était en larmes, soutenue par Atia. Elle ne supportait plus cette attente interminable et le ronronnement obsédant qui résonnait dans sa tête comme si c'était son propre cerveau que l'on taraudait.

Ils sortirent de la salle d'observation, suivis par Horus. Il n'y avait plus rien à faire pour l'instant, juste attendre que le processus se termine.

Près de vingt-quatre heures après le début de l'intervention, le robot chirurgien ôta enfin la sonde du cortex. Celui-ci était à présent d'un gris minéral. Puis il débrancha plusieurs connecteurs et sectionna les artères et veines. Un liquide épais rosâtre s'écoula le long des deux rigoles de chaque côté de la table.

Le robot se plaça ensuite face au crâne et, à l'aide de pinces spéciales, procéda à l'extraction du cerveau. Après déconnexion du tronc cérébral, il plongea la masse grisâtre dans le second bac de la machine. La solution acide détruisit rapidement ce qui restait de matière organique. Ce qui avait été le cerveau du haut-commandeur ressemblait alors à une grosse éponge composée de milliards de nanotubes interconnectés.

Selon toutes les définitions possibles du terme, Simion était mort. L'être hybride qu'il avait été, mi-homme mi-machine, n'existait plus. Il ne restait plus du dernier haut-commandeur cyborg qu'un corps mécatronique inerte et l'empreinte en trois dimensions de sa structure neuronale.

Le chirurgien transféra avec précaution la neuromatrice dans le dernier bac contenant un gel dense de couleur bleu composé de milliards de nanomachines neuromimétiques. Elles se substituèrent aux nanorobots de la première phase quasiment simultanément. La teinte du gel vira rapidement au gris, les nanites devenues inutiles flottant à présent dans le liquide dense.

La matrice avait gardé l'aspect d'un cerveau humanoïde, mais à présent de couleur bleue, avec une transparence qui laissait visibles les couches externes du réseau. La moindre cellule nerveuse avait été remplacée par une nanomachine neuromimétique. L'incroyable complexité des connexions neuronales avait été reproduite à l'identique par le réseau de nanotubes avec un taux d'erreur si faible, qu'il n'était théoriquement pas mesurable.

Le robot chirurgien vida le bac et le remplit plusieurs fois de suite d'une solution nettoyante. Puis, le cerveau nanotech fut extrait et intégré dans un réceptacle ovoïde contenant un gel protecteur.

La phase déterminante allait pouvoir enfin commencer : la transplantation dans le nouveau corps mécatronique et les premières tentatives de stimulation.

Erin était revenue le lendemain matin accompagnée par Atia et Horus qui tenaient absolument à ne pas la laisser seule. Les nouvelles étaient a priori bonnes : le processus semblait s'être déroulé conformément aux simulations.

Deux ingénieurs cyborgs pénétrèrent dans la salle d'intervention en poussant un large brancard sur lequel reposait un corps androïde aux proportions inhumaines. Recouvert d'un drap blanc, on ne pouvait se rendre compte que de sa taille, largement supérieure à celle d'un homme.

Ils firent pivoter la table d'opération à l'horizontale, celle sur laquelle était encore attaché l'ancien corps de Simion. Puis, pendant que le premier sortait avec la dépouille inerte du haut-commandeur, le second mettait en place le nouveau corps mécatronique.

— Que vont-ils faire de son corps ? demanda Erin, émue.

— Il va être incinéré lors de la cérémonie, répondit Horus.

— Simion est mort. Vous l'avez fait assassiner ! s'exclama soudain Erin avec désespoir.

— Comment pouvez-vous dire cela ? C'est lui qui a voulu cette transformation. Calmez-vous Erin, il sera bientôt de nouveau parmi nous, je vous le promets.

— Je suis désolée. Je ne voulais pas....

— Nous allons devenir les grandes prêtresses du dieu vivant, lui murmura Atia avec exaltation.

Erin la foudroya du regard.

— Mais vous serez toujours sa femme... ajouta Horus pour apaiser le mélange de détresse et de jalousie qu'il sentait monter en elle. Il fit signe à Atia de se taire. Ce n'était certainement pas le moment de se mettre à dos la jeune cyborg.

Le robot saisit la matrice neuromimétique et connecta les différents câbles provenant du crâne du corps mécatronique. Presque aussitôt, la neuromatrice bleutée s'irisa de millions de points lumineux aussi fins que des pointes d'aiguilles. Des vaguelettes parcoururent les circonvolutions artificielles, créant de complexes motifs d'interférences.

Horus soupira de soulagement. Il savait que si quelque chose tournait mal, Simion avait laissé des ordres pour qu'il ne lui survive pas.

— Tout va bien. Nous allons bientôt être fixés, dit-il à l'attention d'Erin.

Atia la serra dans bras pour la rassurer et lui montrer qu'elle n'était pas seule dans cette épreuve.

— Que va-t-il se passer maintenant ? demanda la jeune femme qui ne semblait toujours pas convaincue.

— Ils vont procéder à d'intenses séances de stimulation sensorielle, de façon à établir les connexions neuronales avec son nouveau corps et stabiliser la neuromatrice, répondit Horus.

— Est-il conscient ?

— Non, pas à ce stade. Ils le réveilleront dès que cette phase sera terminée.

Horus laissa passer quelques secondes, puis il ajouta avec un sourire qui se voulait rassurant :

— Ne restons pas là. Cela peut durer plusieurs heures et notre présence est inutile. Ils nous contacteront lorsqu'il sera en salle de réveil.

*

Lorsque Simion ouvrit enfin les yeux, il ne vit tout d'abord rien. Il ne pouvait pas bouger, car il était toujours sanglé sur la table d'opération, maintenant positionnée à quarante-cinq degrés.

Après quelques minutes, il discerna une vague lueur, puis l'image commença à se préciser, trouble au début, puis de plus en plus nette.

Il avait un mal de tête abominable. Une vague douloureuse parcourait son cortex chaque seconde.

Pourquoi souffrait-il ainsi ? Maintenant que son cerveau n'était plus organique, en toute logique, il ne devait plus ressentir de douleur... ou bien l'opération s'était mal déroulée et il avait réintégré son ancien corps...

Cette pensée le rassura. Cette histoire de réincarnation sous la forme d'un dieu vivant était une erreur grossière. Il s'était laissé influencer par Horus et cette garce d'Atia. Dès qu'il serait sur pied, il leur ferait payer cher leurs manigances.

Mais quelque chose n'était pas normal...

Malgré la douleur lancinante qui lui taraudait le crâne, ses pensées étaient d'une clarté cristalline. Il pouvait se souvenir des moindres détails de son passé. Il lui suffisait de penser à quelque chose, à un événement particulier et, instantanément, il avait accès à toutes les images associées avec un réalisme saisissant. Il revivait la scène, avec ses bruits et ses odeurs, comme s'il avait été capable de remonter le temps. Le plus surprenant était qu'il continuait de percevoir son environnement, en parallèle, avec la même acuité.

Quelqu'un entra dans la salle. Il s'agissait d'une cyborg, une grande brune à l'allure fière et sauvage. Il la reconnut immédiatement.

— Que s'est-il passé Atia ? lui demanda-t-il avec une voix qu'il ne se connaissait pas.

— Vous venez de reprendre conscience Simion. Tout s'est bien déroulé, comme prévu, répondit-elle.

— Cette douleur est insoutenable...

— Elle va s'atténuer puis disparaître d'ici quelques heures, d'après ce que disent les chirurgiens.

— Je ne savais pas que j'allais souffrir autant.

— La douleur est nécessaire à la vie. Elle est à l'origine de la conscience, fit une autre voix. Horus venait d'entrer à son tour. Erin était à ses côtés, visiblement sous le choc de sa transformation physique.

— Simion... C'est bien toi ? demanda la jeune femme blonde.

— Oui. Enfin... Je crois, répondit Simion en essayant de se redresser.

— Non, vous ne pouvez pas encore tenir debout. Il sera certainement nécessaire de pratiquer plusieurs séances de rééducation, expliqua Horus.

— De la rééducation ? Je croyais être un dieu vivant... dit Simion avec agacement.

— Soyez patient. Il va falloir un peu de temps avant que la neuromatrice ait totalement assimilé ce nouveau corps.

— Et il est tel que vous le souhaitiez, Simion, ajouta Atia avec les yeux brillants.

Horus fronça les sourcils. Heureusement, Erin n'avait pas fait attention à la dernière remarque de la cyborg.

Simion observa attentivement les trois cyborgs. Ses nouvelles facultés lui révélèrent des détails qu'il n'aurait jamais remarqués auparavant. Les pupilles d'Atia étaient dilatées, signe qu'elle avait pris des stimulants neurosensoriels avant de venir. Il remarqua également que son rythme cardiaque était légèrement plus élevé depuis quelques secondes. La cyborg était réellement excitée sexuellement, il n'y avait aucun doute.

À l'inverse, Erin semblait absente, la situation la dépassait totalement. Il perçut nettement son inquiétude. Horus, quant à lui, jubilait intérieurement, même si son visage restait impassible. Seuls quelques infimes mouvements de ses yeux trahissaient ses pensées intimes.

— Quand aura lieu la cérémonie ? demanda Simion.

— Dès que vous serez sur pied, ce qui ne saurait tarder, dit Horus. Tout est prêt, selon vos instructions.

— Bien.

Mesdames les prêtresses, laissons Simion se reposer. Il a encore de nombreux examens à faire et il doit pouvoir s'y consacrer pleinement.

Lorsque Erin et Atia pénétrèrent dans la salle de réveil le lendemain, Simion était debout et paraissait dans la pleine possession de ses nouvelles capacités physiques et mentales. Pendant de rares instants néanmoins, une brève hésitation ou un léger trouble rappelait que l'opération de réincarnation était encore très récente. Selon Horus, il lui faudrait plusieurs mois avant que ces symptômes bénins disparaissent totalement.

Elles le saluèrent avec une déférence qui ne manqua pas de le surprendre. Erin semblait avoir retrouvé confiance en elle et dans l'avenir. Il pouvait le lire dans son regard et ses micro-expressions.

— C'est une honte que d'être ainsi devant vous, dit-il.

— Pourquoi dites-vous cela ? demanda Atia. Vous êtes... impressionnant.

— Mais... Avez-vous vu le résultat de votre transformation ? continua Erin qui le fixait avec des yeux admiratifs.

— Non. Horus pense que c'est encore trop tôt. Selon lui, il faut que je découvre progressivement mon nouveau moi pour éviter un éventuel choc psychologique...

— Horus exagère. Vous êtes magnifique, tel que vous le souhaitiez, dit Atia.

— Je me méfie des flatteries, surtout quand elles viennent de femmes telles que vous. La flatterie est le pire péril pour un nouveau dieu, dit Simion en souriant. D'autant que j'ai toujours eu du mal à résister à écouter vos paroles lorsqu'elles disent du bien de moi.

Mais Simion buvait les louanges comme de l'ambroisie. En vérité, c'était surtout pour Atia qu'il parlait, pour cette jeune cyborg qui ne le quittait pas des yeux en levant ses beaux cils dorés. Elle avait une manière de l'écouter, les lèvres légèrement entrouvertes, qui lui donnaient envie de la prendre, comme une bête primitive.

Il avait beaucoup plus confiance dans son épouse, Erin, dont il connaissait la sincérité. L'émerveillement amoureux qu'il lisait dans les yeux de la jeune cyborg blonde fit que

Simion la trouva bientôt la plus belle femme au monde et la plus désirable.

— Quelle peau magnifique vous avez, seigneur, dit Erin d'une voix qui tremblait un peu. Je suis presque jalouse d'une peau aussi douce et pourtant si forte.

— J'imagine qu'il va y avoir beaucoup de femmes qui vont en être friandes, ajouta Atia avec un visage d'ange.

Dans le même temps, elle vint à lui avec une serviette et se mit à l'essuyer.

Erin s'approcha à son tour, le regard troublé, la poitrine agitée et un singulier sourire qu'il lui connaissait bien. Elle lui caressa le dos, du bout des doigts, tout le long des vertèbres.

Simion se rendit soudain compte qu'il était totalement nu.

Les deux femmes s'écartèrent lentement comme si elles avaient pu lire dans son esprit. Elles décrochèrent doucement les cordelettes qui retenaient leur robe, puis allèrent s'allonger sur le lit.

Simion les rejoignit d'un pas. Il retourna Erin et la plaqua sur le ventre, les fesses relevées. Il la pénétra violemment par derrière, pendant qu'Atia se plaçait à côté d'elle sur le dos, impatiente elle aussi de recevoir les honneurs du nouveau dieu.

*

La cérémonie se déroulait sur l'esplanade menant à l'hémicycle, le lieu symbolique du pouvoir cyborg. Malgré sa taille, la place ne pouvait matériellement pas rassembler l'ensemble du peuple cyborg. En outre, la majeure partie de l'armée était à présent embarquée à bord de la flotte. Par conséquent, la cérémonie était également retransmise sur toutes les chaînes holographiques d'information.

Pour l'occasion, une scène en surplomb avait été installée avec, de chaque côté, un écran géant qui permettait de voir ce qui s'y déroulait, même à une distance relativement importante.

Une foule dense de plusieurs milliers de cyborgs s'était massée devant le proscenium, comme s'il s'agissait d'un concert au temps de la splendeur de *Genesis*. Elle débordait sur les contre-allées et l'avenue menant aux autres quartiers de l'arche. À toutes les fenêtres donnant sur l'esplanade, des têtes curieuses se pressaient. Un imposant service d'ordre empêchait toutefois un accès à proximité de l'avant-scène, car Simion craignait un attentat orchestré par d'éventuels partisans des premiers. Les soldats robots SR100 s'étaient formés en un cordon serré pour maintenir la foule en deçà d'un espace de sécurité.

Horus s'avança lentement vers le devant de la scène, vêtu d'une longue soutane blanche et muni d'un long bourdon surmonté d'un ornement en forme de serpent luminescent.

La foule assemblée ovationna le révérend-père par des applaudissements et des cris. Il leva les bras vers le ciel pour demander le silence puis déclara d'une voix prophétique :

« Peuple cyborg ! Vous allez entreprendre une conquête dont les effets sur la civilisation cyborg et la galaxie sont incalculables. Vous porterez aux humains le coup le plus sûr et le plus sensible, en attendant que vous puissiez leur donner le coup de grâce.

Vous vous étiez jusqu'ici battus pour des rochers stériles. Demain, vous vous battrez pour le berceau de notre civilisation...

Mais je sais que certains pensent que nous avons perdu la foi !...

Beaucoup d'entre vous croient en la prophétie de la trinité divine et attendent un signe...

Je peux vous dire maintenant que vous allez voir de vos yeux beaucoup plus qu'un signe !...

Vous allez voir de vos yeux votre guide vers le second avènement...

Vous allez voir de vos yeux le dieu vivant, réincarné parmi vous, pour vous montrer la voie ! »

Horus s'écarta du centre de la scène sous les ovations. Un hymne symphonique guerrier envahit alors l'esplanade, reprit par un chœur mixte d'une ampleur saisissante.

Simion s'avança lentement sur l'autel vêtu d'un simple pagne plissé, rayé de couleur bleu lapis-lazuli et jaune. Éclairé par des projecteurs à l'arrière, il apparut comme émergeant de la lumière. Sa stature était réellement impressionnante, une apparition divine dans le monde. Une clameur s'éleva dans l'assemblée.

Le nouveau corps de Simion était d'une taille supérieure aux autres cyborgs. Il avait conservé des proportions humanoïdes, mais il était nettement plus massif et mesurait près de deux mètres cinquante. Sa peau, couleur d'albâtre, renforçait s'il était encore nécessaire, son allure de statue colossale vivante.

Son visage était resté le même tout en s'appliquant à rendre l'expression du souverain tout-puissant dans la calme possession d'un pouvoir sans limites. Son front large, bombé en avant depuis la racine des cheveux, son nez droit, ses yeux perçants surmontés d'une arcade sourcilière fortement marquée qui projetait une ombre sur son regard sans en éteindre l'intelligence, une bouche triomphante qui s'ouvrait pour parler d'une voix calme et puissante, tout concourait à lui donner l'apparence d'une ancienne divinité issue de la mythologie *primienne*.

Erin et Atia entrèrent à leur tour, les cheveux coiffés de couronnes d'or, vêtues uniquement d'une longue cape traînant sur le sol derrière elles. Celle de la jeune cyborg blonde était blanche alors que celle de la cyborg brune était rouge. Elles apparaissaient frêles et fragiles à côté du nouveau dieu, renforçant ainsi l'impression de sa toute-puissance.

La musique s'arrêta.

Horus s'approcha lentement de Simion, suivi par douze prêtres habillés de toges noires qui se placèrent en demi-cercle de part et d'autre.

Il se retourna vers la foule et écarta les bras.

— À quelle volonté obéissons-nous ?

— Au Pro-Père, l'Éon parfait, invisible, inconcevable et éternel, répondit l'assemblée d'une seule voix.

— Et quel est notre but ? demanda Horus.

— Le Second Avènement ! Celui qui nous libérera définitivement de la chair !

— Qu'il en soit ainsi !

Le révérend père se tourna vers Simion, posa un genou à terre et leva la tête sans toutefois porter son regard sur lui.

— Le haut-commandeur Simion n'est plus, il est mort aujourd'hui. Il a définitivement abandonné les vestiges de son passé organique pour transcender et devenir notre guide suprême.

Une nouvelle clameur s'éleva.

— Nous, les treize Éons du Plérôme, reconnaissons devant nous l'unique dieu vivant.

Toute l'assemblée posa un genou au sol en un seul mouvement.

— Désormais, le peuple cyborg te vénérera sous ton nouveau nom : Uræus !

Horus tendit une couronne d'or à Simion qui la plaça lui-même sur sa tête. Elle était ornée d'un cobra stylisé crachant le feu de son venin vers ses ennemis, symbole du pouvoir divin face aux forces malfaisantes du chaos.

— Uræus ! Uræus ! Uræus ! scanda la foule exaltée.

— Partout, sur l'arche, sur nos vaisseaux, sur les planètes conquises, partout dans la galaxie, nous imposerons ta gloire !

*

Le croiseur cyborg s'éloignait de l'arche spatiale, encadré par huit raiders qui l'escortaient. Son fuselage géométrique menaçant comme un fusil d'assaut s'élançait vers l'espace. Seules, quelques bandes rouges, comme des peintures de guerre, tranchaient sur la coque d'un noir mat qui ne reflétait aucune étoile.

Bientôt, les huit chasseurs entamèrent une trajectoire d'appontage vers les deux baies d'envol au centre du vaisseau, protégées par plusieurs tourelles de défense.

Sur la passerelle de commandement, les yeux rivés sur l'écran holographique, Aaron et Andrea contemplaient la forme majestueuse de l'arche se réduire au fur et à mesure de la progression du vaisseau.

— Quelles sont nos forces ? demanda Andrea.

— Une centaine de cyborgs, dix phalanges de robots SR-100, huit raiders, deux navettes et une vingtaine de drones, répondit Aaron qui fulminait.

— C'est peu...

— Je suis également prêt à parier que plusieurs de nos officiers sont en fait des agents de Simion.

— Uræus… précisa-t-elle en se retournant vers lui.

Le visage d'Aaron exprima une haine qui le déforma au point d'être méconnaissable.

— Vois-tu, Andrea, je veux que ce chien entende son malheur de ma propre bouche. Ce sera un grand moment de plaisir en ma vie. Je veux voir les visages de ces deux putains lorsqu'il périra de ma main. Et je veux qu'elles participent à sa ruine et qu'elles en crèvent.

— Elles mourront aussi, je te l'assure. Elles mourront pour s'être ainsi moquées de nous. Nous ferons tout ce qu'il faut pour cela...

# Épisode 4

# Le tigre de Fanyamar

Bien au-delà des monts venteux et de leur neige éternelle, la contrée du Nord présentait un paysage assez différent des grandes forêts primaires qui recouvraient la majeure partie de la planète *Elessar*. Il s'agissait d'une succession de vallées encaissées, certaines abritant de grands lacs à l'eau pure et transparente, d'autres montrant une variété de formes sculptées par l'érosion. Le climat y était bien plus aride qu'au sud avec des différences de températures très importantes entre le jour, qui pouvait devenir torride en été, et la nuit, où les gelées n'étaient pas rares.

Dans cette région escarpée s'était développée une faune particulière que l'on ne retrouvait nulle part ailleurs. Des reptiles endémiques avaient survécu et la sélection naturelle les avait transformés en de grands lézards ailés, les *angwils*. Malgré une gueule impressionnante, bardée de crocs acérés, ces animaux étaient assez taciturnes et les *Eldaris* les avaient pour la plupart domestiqués, les derniers individus sauvages ayant disparu depuis longtemps.

Les *angwils* avaient une longueur qui dépassait rarement les six mètres à l'âge adulte, mais avec une envergure double. Selon les espèces, leur tête était soit ronde et massive, soit plus allongée, et plate, avec parfois une crête fibreuse qui se prolongeait le long du corps. Comme tous les lézards, ils étaient recouverts d'écailles, aux couleurs variables selon les espèces, sobres ou bien, au contraire, chatoyantes. Leurs ailes étaient constituées d'une membrane de peau épaisse semblable à celle des chauves-souris. Celle-ci s'était formée le long des os de l'avant-bras et des doigts très allongés, terminés par des griffes. Leurs os semblaient étonnamment fins et creux, contenant de l'air, par conséquent légers et cependant plus solides que ceux des oiseaux grâce à leur structure en nid d'abeille. Les pattes arrière étaient généralement puissantes, terminées par cinq doigts aux griffes impressionnantes. Le corps se prolongeait d'une queue souple qui jouait un rôle crucial pour stabiliser le vol de cette créature unique.

Comme la plupart des reptiles, les *angwils* étaient ovipares. Les œufs étaient très recherchés, au point d'atteindre des sommes importantes pour les espèces les plus rares. Lorsqu'un *Eldari* achetait un œuf pour son usage personnel, il assistait à l'éclosion de façon à être le premier être vivant vu par le lézard et ainsi imprégner sa mémoire. Cette méthode facilitait le dressage, car l'*angwil* reconnaissait ensuite son propriétaire comme son unique parent.

Carcaras caressa vigoureusement le flanc de son *angwil* qui grogna de satisfaction. Voyager sur le dos de l'animal sur une grande distance n'était pas une partie de plaisir, mais sans la selle biotech, cela aurait été un véritable cauchemar. En épousant parfaitement son corps et celui du lézard, elle rendait le contact agréable et favorisait la symbiose. En outre, des microvibrations régulières permettaient d'assurer ce confort pendant plusieurs heures d'affilée. Par contre, la selle biotech n'était d'aucune utilité en ce qui concernait l'haleine fétide de la bête et, plus généralement, son odeur typiquement reptilienne. Toutefois, au bout de quelques heures, les cavaliers n'y faisaient plus attention. Certains même arrivaient à apprécier cette senteur particulière, bestiale et entêtante.

Son *angwil* était un mâle d'une quinzaine d'années, ce qui était relativement jeune pour un animal qui pouvait atteindre un siècle d'existence. Comme il se doit, elle avait assisté à l'éclosion puis, lorsqu'il avait atteint l'âge de six ans, elle avait commencé à le monter. Lors de leur premier vol ensemble, selon la tradition, elle lui avait donné un nom : Asta, qui signifiait « griffe » dans la langue des anciens. En grandissant, Asta était devenu une bête robuste et puissante, avec une magnifique robe bleu indigo teintée de reflets vert et jaune selon l'orientation de la lumière sur ses écailles.

Le lézard feula d'impatience en ouvrant une gueule bardée de dents aussi tranchantes que des rasoirs.

— Calme, Asta, calme... dit Carcaras en plaçant son pied droit dans l'étrier.

Instantanément, l'*angwil* souffla bruyamment l'air de ses poumons et abaissa la tête pour favoriser l'installation de sa maîtresse sur son dos, entre l'encolure et les ailes. À peine installée, le lézard déploya ses ailes et se cabra sur ses deux puissantes pattes arrière. Il émit un feulement grave et profond, mais non dénué d'harmoniques complexes. La queue se releva et bâtit violemment l'air derrière elle.

— Tout doux, mon fougueux destrier, dit-elle en se penchant en avant pour flatter son encolure.

La selle se verrouilla automatiquement lorsqu'elle posa ses fesses et positionna ses jambes de part et d'autre. Elle contracta ses muscles un court instant, comme le pincer d'un instrument à cordes et, aussitôt, Asta bâtit ses grandes ailes et s'élança.

Autant Les *angwils* paraissaient lourds et patauds sur terre, autant ils devenaient légers et vifs dans les airs. À peine avaient-ils décollé du plateau, que l'animal plongea à pic dans le vide en repliant ses ailes pour prendre de la vitesse. La vue grandiose de la vallée profonde, associée à l'impression d'accélération et de chute, provoquait à chaque fois la même émotion intense de liberté. Pendant une fraction de seconde l'afflux soudain d'adrénaline amplifia le sentiment d'exister, de faire partie de l'univers.

Carcaras ne put s'empêcher de crier, non pas de peur, mais de plaisir. Jamais une machine ne pourrait donner cette expérience exaltante de vie et de communion avec la nature.

Une centaine de mètres plus bas, Asta se cabra et déploya à nouveau ses larges ailes. Instantanément, la gravité se fit à nouveau sentir, comme si un colosse appuyait sur les deux épaules de la jeune *Eldari* pour la plaquer contre l'animal. Carcaras vida ses poumons pour accompagner le mouvement puis inspira profondément lorsque l'*angwil* stabilisa sa trajectoire.

Le lézard volant bâtit plusieurs fois ses puissantes ailes pour gagner encore de la vitesse et prendre le vent, puis enchaîna par un long vol plané. Il pouvait ainsi parcourir plusieurs kilomètres sans effort, en profitant juste des courants ascendants.

Ils avaient parcouru une grande distance depuis leur départ de la cité d'*Arandor*. À présent, ils survolaient la grande forêt noire qui délimitait les territoires du Sud et du ceux du Nord, où vivaient de nombreux *Eldaris*.

Comme les autres membres de son peuple, Carcaras était grande et mince. Elle mesurait un peu moins de deux mètres, les femmes étant un peu moins grandes que les *Eldaris* mâles. Son visage à la peau blanche, presque laiteuse, mettait en valeur ses grands yeux légèrement bridés. Contrairement à la majorité de ses compatriotes qui portaient généralement de longs cheveux, elle avait opté pour une coupe courte qui ne cachait pas les petites oreilles pointues caractéristiques de son espèce.

Les *Eldaris* prétendaient être la plus ancienne civilisation de la galaxie, du moins à leur connaissance. Par le passé, ils avaient atteint un haut niveau technologique qu'ils avaient ensuite en partie abandonné pour un mode de vie plus proche de la nature.

Les guerres successives contre les *Sindaris*, leurs ennemis ancestraux, avaient réduit drastiquement leur nombre. Ils n'étaient plus que quelques millions disséminés sur *Elessar* et sur quelques planétoïdes disséminés dans la galaxie.

Les *Eldaris* n'étaient pas des religieux au sens strict. Ils ne croyaient pas en un dieu unique créateur de toute chose, gardien de leur civilisation. Pour la classe dominante et agnostique, les anciennes religions n'étaient qu'un théâtre de marionnettes destiné à contrôler la populace. Cela ne les empêchait pas de pratiquer un ensemble de rituels mystiques proches d'une symbolique religieuse lorsqu'il s'agissait de la mort et du transfert de leur être spirituel dans le sanctuaire biotech. Très peu savaient à quoi ce lieu mythique ressemblait et où il se trouvait de manière à assurer sa protection, en particulier contre une éventuelle attaque des *Sindaris*. Seul l'ordre secret des *Yanatiris* connaissait le processus pour y accéder. Les membres étaient cooptés lors de leur plus jeune âge et suivaient les enseignements d'une école semi-mystique qui en profitait pour poursuivre son programme de sélection.

Tout comme la plupart des femmes de sa famille avant elle, Carcaras portait les repères génétiques et les dispositions pour faire partie des *Yanatiris*. Elle avait suivi les enseignements de l'école, mais elle était encore trop jeune pour être initiée. Elle savait qu'elle faisait l'objet d'une surveillance attentive, mais elle ignorait tout des membres de la secte et quand elle serait contactée ou même si elle le serait un jour. Si bien qu'après plusieurs années d'attente, elle en avait conclu qu'elle n'avait finalement pas été choisie.

Peu à peu, le paysage changeait. Les arbres se faisaient de plus en plus rares pour laisser la place à une végétation moins abondante. Les vallées se creusaient et les collines se transformaient en monts de plus en plus hauts. Une couche nuageuse dense entourait les montagnes les plus hautes.

C'est au-dessus de cette mer de nuages que *Fanyamar*, la puissante cité des *Eldaris* du Nord avait été bâtie au sommet d'un mont aux flancs escarpés. Vieille de plusieurs millénaires, la cité avait conservé son aspect antique, avec ses multiples nefs se terminant en pointes, ses jardins en escaliers et sa majestueuse tour en minaret surplombée par une coupole de verre.

Invisible depuis la vallée, la cité du ciel déployait ses charmes sous une voûte constellée d'étoiles. Éclairée par la multitude des lumières nocturnes, apparaissaient son architecture héritière de l'histoire légendaire des *Eldaris* : ses entrelacs ingénieux, ses arabesques élégantes, ses inscriptions décoratives, ses portes de métal, ses boiseries incrustées de nacre, d'ivoire et d'ébène, ses vitraux en plâtre, ses mosaïques de marbre de couleur et ses linteaux et arcs à voussoirs colorés, incrustés les uns dans les autres.

Au centre de *Fanyamar*, le palais était digne d'un conte des mille et une nuits. Outre sa fameuse tour de guet à la nef transparente, éclairée jour et nuit comme un phare, son dôme central était flanqué de quatre demi-coupoles et de deux minarets. Il reposait sur un édifice polygonal embrassant plusieurs autres bâtiments, un collège, une école, des bains, une bibliothèque et un temple à la toiture singulière. L'ensemble était précédé d'une cour carrée, un caravansérail aux multiples portiques et d'auvents richement décorés. La porte d'honneur du palais en ogive était remarquablement belle avec sa couleur bleu lapis-lazuli encadrée de faïences émaillées.

Dans moins d'une heure, Carcaras serait de retour chez elle et goûterait le repos d'une bonne nuit de sommeil dans un vrai lit. À cette pensée, elle sourit de plaisir. Mais elle était toute aussi heureuse de retrouver les siens après sa longue absence et, en particulier, sa mère, Maira, Dame de *Fanyamar*.

*

Le bureau de sa mère était modeste et sombre, dépourvu de fenêtre. Les murs offraient au regard une mosaïque multicolore de livres anciens et de rouleaux de parchemin dont l'âge et la provenance lui étaient inconnus. Seule concession à la modernité, la lumière émanait de plusieurs sphères dorées qui flottaient à différentes hauteurs dans un champ gravitique.

Au centre de la pièce, se dressait une table de forme octogonale revêtue d'une pierre noire semblable à de l'obsidienne et au milieu duquel trônait un écran holographique tridimensionnel.

Mectar et Handa étaient assis sur des fauteuils aux courbes organiques qui épousaient leur corps. Le premier était un jeune *Eldari* aux cheveux bruns et courts, vêtu de la tenue sombre des guerriers. Son visage fin contrastait avec sa corpulence athlétique digne d'un lutteur. Le second était plus âgé avec des yeux pétillants d'intelligence. Grand et sec, il émanait de sa personne une impression de sagesse teintée de mélancolie. L'un comme l'autre regardaient l'image en trois dimensions d'un globe ocre rouge qui tournait lentement sur lui-même.

Carcaras observa sa mère tandis qu'elle faisait son entrée dans la pièce. Derrière elle, deux gardes la saluèrent depuis l'extérieur, puis l'un d'eux ferma la porte.

Comme chaque fois, elle perçut l'intensité de sa présence. La Dame de *Fanyamar*, guide des *Eldaris* du Nord, était de haute taille. Sa peau avait un teint grisâtre, signe de son grand âge, mais malgré le nombre de ses années, elle avait gardé une grande vivacité et la dureté de son visage n'était adoucie que par le regard profond de ses yeux bleus.

Elle portait une longue robe blanche de coton épais au centre de laquelle, une armoirie représentant un *angwil* en or stylisé ressortait nettement. Une ceinture d'argent patinée par l'usage serrait sa taille étroite.

Les deux femmes restèrent longuement dans les bras l'une de l'autre. Handa et Mectar sortirent du bureau en les saluant respectueusement afin de les laisser seules en tête à tête.

— Quelles sont les nouvelles d'*Arandor*, ma fille ? demanda-t-elle finalement.

Carcaras fit un effort pour esquisser un geste désinvolte. Elle s'appuya sur l'un des coins de la table et sourit. Tout un discours s'esquissa dans son esprit, afin de relater les entretiens avec Araquendë et ses conseillers avant le départ de Mahtar pour la planète des sables. Mais le discours parut se geler dans sa bouche et il n'y eut plus qu'une seule pensée qui résumait tout.

— Il n'y a plus aucune nouvelle de Mahtar depuis des semaines, dit-elle enfin.

— Je sais cela. Nous avons nous aussi reçu le message de Canya qui semblait très inquiet de sa disparition.

— Cela signifie-t-il que la cité d'*Isil* est aux mains des *Sindaris* ?

— Difficile à dire, mais ce silence ne présage rien de bon. En plus de cela, il règne là-bas une agitation qui n'arrange pas nos affaires. Les cyborgs ont pris le contrôle de la planète et leur flotte se regroupe en orbite.

— Pourquoi acceptons-nous cela, mère ?

— Tu sais bien que nous avons pour règle de ne pas intervenir dans les conflits qui opposent d'autres peuples.

— Mais cette planète n'est-elle pas nôtre ?

— Nous l'avons quitté depuis des siècles.

— Mère ! Sauf votre respect, c'était une erreur. La planète des sables est une position stratégique. Celui qui la détient contrôle le système d'*Orion Prime*.

Maira ne put réprimer un amer sourire de satisfaction. Tout en regardant sa fille, elle songeait à quel point son intelligence était aiguë et combien cette dernière réflexion témoignait de l'éducation qui lui avait été donnée.

— Miril, tu dois te montrer patiente. Un jour, tu devras me succéder en tant que guide du Nord.

Elle l'avait appelée par son nom de princesse *Eldari* et non par celui d'ambassadrice et de guerrière. Elle faisait toujours cela lorsqu'elle voulait insister sur les liens qui les unissaient toutes les deux.

— Je dois vous dire autre chose, mère.

— Je t'écoute.

— Araquendë pense qu'un traître s'est infiltré parmi ses plus proches conseillers et qu'il informe les *Sindaris* de nos projets.

Les yeux bleus de la Dame de *Fanyamar* s'obscurcirent et elle laissa passer plusieurs secondes avant de parler.

— Qu'est-ce qui lui fait penser cela ? demanda-t-elle d'un ton grave.

— Dans son dernier message, Canya a émis l'hypothèse que Mahtar avait été tué dans un piège tendu par les *Sindaris*, car ceux-ci savaient qu'il allait se rendre dans la cité souterraine.

À nouveau, Maira resta plongée dans ses pensées.

— Il est tout aussi possible que le traître soit l'un des nôtres... dit-elle enfin.

— Avez-vous des soupçons ?

— Non. Juste une désagréable intuition. Que ceci reste entre nous, conclut sa mère. Dorénavant, nous devrons redoubler de prudence.

*

Le lendemain, la Dame de Fanyamar se glissa hors du lit et s'étira longuement en regardant au loin à travers la fenêtre de sa chambre. Les pensées commençaient à affluer dans son cerveau et elle planifiait l'organisation de sa journée qui serait chargée.

De la tête du lit surgit un minuscule insecte qui se mit à voleter vers elle. Il s'éleva vers le plafond en oscillant dans l'alternance d'ombre et de clarté. Il se posa quelques instants puis reprit sa progression d'un bon mètre, pivota sur la gauche et, dans une trajectoire d'apparence désordonnée, se trouva tout prêt du bras de sa cible. Il en émanait un bourdonnement ténu, presque un sifflement vu la fréquence élevée du battement de ses ailes.

Derrière Maira, la porte de la chambre fit entendre un craquement. Puis il y eut un coup léger et la porte s'ouvrit.

C'était Miril qui venait chercher sa mère pour le petit déjeuner.

Maira se retourna vers elle.

L'insecte la frôla et fila se dissimuler dans les replis du rideau.

— Bonjour mère, dit Miril avec un sourire affectueux.

Elle acquiesça et lui rendit son sourire.

Les yeux et toute la conscience de la jeune *Eldari* ne se détachaient pas de cette vieille femme revêtue d'une simple robe de nuit et qui pourtant restait pour elle un modèle d'élégance et de maintien.

Maira jeta sur ses épaules un large châle rouge brodé de fils d'or, puis se dirigea vers la porte.

— Nous allons avoir une longue journée, soupira-t-elle d'une voix néanmoins enjouée.

L'emploi du temps de la journée fut effectivement chargé. Il était déjà tard, mais il restait encore une réunion avec les conseillers. Miril goûtait à leur juste valeur quelques minutes de détente avant de les rejoindre. Appuyée à un parapet en haut de la tour, à l'extérieur de la grande coupole translucide, elle aimait se retrouver là, seule, à contempler le mouvement des astres lorsque l'étoile *Elentari* disparaissait sous l'horizon.

Au sud, la première lune d'*Elenmire* brillait comme une pièce d'argent. Juste au-dessous, les montagnes creusaient le paysage et scintillaient comme autant d'éclats de glace dans un océan de lumière. À gauche, elle distinguait les anneaux concentriques de la géante gazeuse dont les reflets éclairaient d'une étrange clarté orangée le soir tombant.

Elle songeait à l'absurdité de la situation, de toutes ces espèces prétendues intelligentes, mais qui passaient leur courte vie à s'opposer dans la plus majestueuse des galaxies. C'était là une pensée formelle, rituelle, qui l'emplissait d'une profonde amertume, rapidement chassée par la splendeur du ballet planétaire.

Il lui était toutefois difficile de lutter contre son inquiétude. Quoi qu'elle fasse, depuis qu'elle était rentrée, elle ressentait cette insidieuse oppression mentale, ce signal d'alarme que lui envoyait son inconscient face à un danger imminent. L'idée que l'un des leurs soit un informateur à la solde des *Sindaris* éveillait chez elle un profond sentiment de colère. Comment cela était-il possible ? Comment avaient-ils réussi à convertir l'un des proches de sa mère ? Et surtout, qui était-il ?

Levant les yeux vers les étoiles qui perçaient le dégradé orange et bleu, elle murmura pour elle-même :

— Il faut absolument que je trouve un moyen de démasquer ce traître...

Elle secoua la tête, essayant de repousser son angoisse et contempla de nouveau les dômes de la cité du Nord.

Soudain, un son intermittent retentit en provenance de son bracelet.

« Il est temps de descendre », se dit-elle.

Elle s'engagea dans l'escalier pour rejoindre la vaste salle des conférences, essayant de se contraindre au calme et de se composer une expression sereine en vue de la réunion qui l'attendait.

Quand elle entra dans la salle, une douzaine de conseillers et de dignitaires *Eldaris* étaient déjà présents autour de la table. Ils discutaient et chahutaient en vociférant comme une bande d'étudiants revenant de vacances.

— Comment trouves-tu mes nouvelles bottes ? demanda l'un d'eux.

— Pas mal ! répondit son voisin.

— Elles ont été faites sur mesure...

— Ah ?

Les mots jaillissaient de tous côtés.

— Il paraît que Mahtar est mort.

— Non...?

— Comment est-ce arrivé ?

— Je ne sais pas.

— C'est un coup des *Sindaris*, c'est certain...

Miril prit place sur l'un des sièges près de la porte, sans dire un mot.

— Silence ! s'exclama soudain Handa.

La Dame de *Fanyamar* s'avança dans la salle subitement silencieuse.

Le premier conseiller vint à sa rencontre et l'aida à prendre place. Miril ressentit comme un coup au cœur. Sa mère lui paraissait si vieille et si fatiguée, comme si elle prenait soudain conscience de son âge.

Elle observa ensuite plus attentivement Handa. Aussi loin que remontaient ses souvenirs, elle se rappelait de la présence du conseiller dans l'entourage de sa mère. Ses longs cheveux blancs recouvraient à peine les zones dénudées de son crâne. Sa large bouche dessinait un vague sourire et, malgré ses yeux vifs, son visage exprimait une intense tristesse. Tout en lui dénotait cependant l'homme de confiance, solide et dévoué qu'il avait toujours été.

— Handa, dit Maira.

— Ma Dame, nous sommes au complet, dit-il en désignant d'un mouvement les *Eldaris* autour de la table.

— Pouvez-vous nous résumer la situation.

— Très bien... Comme vous le savez tous, nous avons été alertés par les Gardiens de plusieurs incidents qui se dont déroulés dans la cité souterraine d'*Isil*. Avec notre accord, Araquendë a envoyé une mission de reconnaissance pour se rendre compte sur place.

— Vous voulez parler de Mahtar ? demanda l'un des *Eldaris*.

— Oui.

— Continuez, insista Maira.

— Une fois arrivé à destination, Mahtar a envoyé un message dans lequel il s'inquiétait de l'évolution du conflit entre humains et cyborgs. Il nous informait également qu'il allait entrer dans la cité pour vérifier si elle était, oui ou non, sous le contrôle des *Sindaris*. Malheureusement, ce fut le dernier message que nous avons reçu de sa part...

Miril observait un à un les membres de l'assemblée. À côté du premier conseiller, dont la loyauté n'était plus à prouver, Mectar, le jeune et fougueux capitaine de la garde, était nouveau dans l'entourage de sa mère. Il lui fit un grand sourire lorsque leur regard se croisa. Elle sourit également et détourna son regard pour qu'il ne se méprenne ni sur ses intentions ni pour éveiller d'éventuels soupçons.

Parmi les membres du conseil, seules deux autres personnes étaient assez proches pour avoir accès à des informations stratégiques. Il s'agissait de Tarmen, le respecté commandant de la flotte et de Laurelin, son amie d'enfance, devenue au fil des années une conseillère écoutée. Il fallait donc qu'elle garde un œil attentif sur eux.

— Ma fille est revenue de sa mission d'ambassadrice à *Arandor*. Elle peut confirmer ces informations, dit Maira. Mais il y a autre chose, une hypothèse qu'il nous faut envisager dorénavant... Miril ?

Surprise, la jeune princesse *Eldari* ne s'attendait pas à devoir prendre la parole. Elle laissa s'écouler quelques secondes puis se lança :

— Merci mère. Le conseil d'*Arandor* est arrivé à la conclusion que les événements récents pourraient être liés au retour d'Eöl à la tête des *Sindaris*...

Un grand silence tomba sur l'assemblée.

— Êtes-vous certaine ? demanda Tarmen.

— Comment est-ce possible ? dit un autre.

— Oui, c'est impossible. Il est mort pendant la bataille d'*Ilmen* !

— C'est ce que nous avions cru, mais son corps n'a jamais été retrouvé.

— Et pour cause, lança Tarmen. Son vaisseau s'est désintégré. Je l'ai vu de mes yeux !

Il s'en suivit un brouhaha de discussions indiscernables.

— Silence ! s'exclama à nouveau Handa.

Maira se leva et déclara d'un ton solennel :

— Mes amis... Notre civilisation repose sur trois bases : les grandes cités, la flotte interstellaire, ou du moins ce qu'il en reste, et le sanctuaire biotech. En politique comme en physique, le tripode est la structure stable la plus instable de toutes. Et je ne parle pas de notre mode de vie à l'équilibre subtil entre nature et technologie, mais qui sur certains points est resté féodal. Il suffirait que l'un de ces trois piliers vacille pour que notre avenir soit compromis. Je vous demande donc, à tous, dans le contexte de vos responsabilités, de renforcer notre stabilité et notre cohésion. Je vais contacter Araquendë dès demain pour lui proposer de coordonner nos actions afin de nous préparer à agir.

— Vous voulez dire que l'on va passer à l'offensive ? demanda l'un des dignitaires.

— Rien n'est encore décidé. Mais nous devons nous tenir prêts.

Maira laissa quelques secondes s'écouler, puis ajouta :

— Ce sera tout pour aujourd'hui.

La Dame de *Fanyamar* de se leva et sortit de la salle de conférences. Handa la suivit comme un chien fidèle. Les autres membres de l'assemblée se levèrent pour la saluer puis se dispersèrent en discutant et commentant ce qu'ils venaient d'apprendre.

*

Le moustique-tigre voletait dans la chambre d'un mur à l'autre puis alla se poser près du lit. Il mesurait en tout et pour tout moins d'un centimètre de sa tête, composée pour l'essentiel de deux gros yeux aux multiples facettes et de deux fines antennes, jusqu'à l'extrémité de son abdomen, brun et annelé. De son thorax noir partaient deux grandes ailes souples, ainsi que six longues pattes rayées de blanc.

L'insecte paraissait totalement inoffensif vu sa taille, mais observé avec un fort grossissement, son caractère de monstre volant assoiffé de sang prenait tout son sens. En effet, cette espèce particulièrement vorace se nourrissait avec un pic d'agressivité au lever du jour et un autre au crépuscule. En temps normal, une fois fécondée, la femelle devait absorber une grande quantité de sang dans son abdomen dans lequel elle puisait les protéines nécessaires à sa progéniture. Dans le cas présent, il s'agissait d'un individu modifié génétiquement pour le transformer en une arme mortelle. D'une part, il sécrétait une salive hautement toxique porteuse d'un virus lui aussi génétiquement modifié. D'autre part, il était incapable de se reproduire pour éviter toute prolifération incontrôlée.

Le moustique-tigre représentait donc une arme fatale parfaite, une sorte de microrobot ultra sophistiqué doté de biocapteurs lui permettant de détecter la température et certaines odeurs, et ainsi de repérer sa cible même dans le noir total pour lui injecter son poison. Une fois sa macabre mission effectuée, le moustique dépérissait en quelques heures et son corps se désagrégeait ne laissant ainsi plus aucune trace.

*

Après cette journée dense, Miril était heureuse de retrouver enfin sa chambre. La fraîcheur de la nuit s'installait, où elle reconnaissait des parfums d'enfance. Elle entreprit d'ôter ses bottes et les jeta négligemment dans un coin, à proximité d'un coffre. Comme elle était lasse ! La fatigue cependant n'engourdissait que ses muscles. Ses pensées restaient parfaitement nettes. Elle sourit au souvenir de ces instants d'insouciance où elle se sentait en parfaite harmonie avec ce monde, son monde : *Fanyamar*, cette cité des nuages où elle avait grandi.

Le contact rêche du tapis sous ses pieds lui ramena l'esprit vers ses préoccupations. Qui pouvait donc être le traître ? Outre recueillir des informations, quel était son plan ?

Un léger grincement de la porte qui s'ouvrait l'arracha à ses pensées. Miril se redressa, tous les sens en éveil, prête éventuellement à se défendre.

Laurelin entra sur la pointe des pieds, l'index sur la bouche pour lui signifier de ne faire aucun bruit. Elle referma doucement la porte derrière elle.

La jeune *Eldari* portait une longue robe de nuit brodée qui laissait deviner les courbes de sa silhouette féminine. Ses longs cheveux blonds retombaient sur le creux de ses reins. Il y avait dans chacun de ses gestes une sorte de force fragile, contenue, vulnérable. Comme elle se penchait, Miril retrouva le reflet de ses souvenirs, les traits fins de ce visage sur lequel il semblait que les années n'avaient aucune prise.

— Enfin, tu es seule, murmura Laurelin.

— Que viens-tu faire ici ? demanda Miril.

— Tu es si distante depuis ton retour... Ai-je fait quelque chose pour mériter cette indifférence ?

— Non. C'est moi. Je suis juste exténuée, c'est tout.

— Parle-moi de ton voyage à *Arandor*. Araquendë est-il aussi beau qu'on le dit ? demanda Laurelin avec un sourire provocateur.

— Une autre fois, je te le promets, répondit Miril d'une voix lasse.

— Tu ne peux te replier ainsi sur toi-même.

— Je ne peux rien te dire, pour l'instant.

— Où est le temps où tu n'avais aucun secret pour moi ?

— Chante-moi une de tes chansons, demanda Miril cherchant à éviter ainsi toute discussion.

Laurelin fit une moue puis lui sourit.

— Hum... D'accord. C'est une très vieille chanson que chantaient les anciens, bien avant notre arrivée sur *Elessar*. Elle s'appelle quelque chose comme le chant d'Arwen, je crois...

Laurelin se mit à chanter d'une voix douce et pure. Dans sa poitrine, Miril ressentit progressivement s'infiltrer en elle la musique des mots, chargée d'émotions et de vibrations. La mélopée lui faisait prendre conscience d'elle-même, de son corps, de ses désirs, presque aussi intensément que lorsqu'elle chevauchait son *angwil*. Elle écoutait en un silence tendu la voix de Laurelin.

*O môr henion i dhû*
*Ely siriar, êl sila*
*Ai ! aniron undomiel*

*Tiro! êl eria e môr*
*I 'lîr en êl luitha 'uren*
*Ai ! aniron*

Après la dernière note, le silence se prolongea. Miril ressentait une paix profonde. La vie ruisselait tout autour d'elle et il lui était impossible de la retenir.

« Il y a tant de féminité et de pureté dans cette voix », se dit-elle. « Cela ne peut être elle... »

Laurelin la regardait et se caressait le cou, du bout des doigts.

Elles demeurèrent un long moment ainsi, silencieuses, le temps comme suspendu. Laurelin fut la première à rompre le silence.

— Je te connais Miril, murmura-t-elle, nous nous sommes assis tant de fois côte à côte, sur les remparts de cette cité, sur les rochers au-dessus des nuages, et j'ai calmé si souvent tes craintes. Nous nous sommes caressées dans l'ombre...

Comme elle parlait, Miril sentit que ses appréhensions s'évanouissaient. Elle la serra contre elle et posa les mains sur sa tête.

Durant cet instant, elle se rendit compte à quel point Laurelin tremblait. Le contact de sa chair tendre sous le tissu fit courir son sang. La sensation envahit tout son être, rejetant le passé et l'avenir pour le présent.

— Tu es ma force, Laurelin, murmura-t-elle, reste avec moi.

— Toujours, dit-elle et elle l'embrassa.

*

Par delà l'écran holographique en trois dimensions, le regard de Maira se posa sur la porte qui venait de s'ouvrir. Handa entra d'un pas décidé. Il semblait affecté lui aussi par la tension des événements récents. Il contourna la table hexagonale et vint se placer à côté d'elle dans une sorte de garde-à-vous ridicule.

— Ma Dame, dit-il en regardant au-dessus le la tête de Maira, vous m'avez dissimulé certaines informations importantes. J'en conclus que vous n'avez plus une totale confiance en moi. Je n'existe que pour vous servir. Il m'apparaît donc nécessaire de vous présenter ma démission de premier conseiller...

— Oh, assieds-toi et cesse de faire le pitre, dit Maira, autant amusée qu'irritée. Elle tapota le fauteuil à côté d'elle pour lui signifier de s'assoir.

Handa obéit et prit place. Elle le regarda droit dans les yeux.

— Je connais mes vrais amis, Handa, dit-elle puis ajouta : Appelle ma fille.

— Tout de suite, Ma Dame.

Il tapa rapidement un message sur la console virtuelle et attendit sans dire un mot, comme un enfant boudeur.

Quelques minutes plus tard, Miril entra dans la pièce et vint s'installer face à eux.

Maira prit un air plus grave.

— Je voulais vous voir tous les deux pour évoquer la question d'une possible intervention militaire.

Plusieurs secondes de silence pesant s'écoulèrent.

— Alors ? demanda Maira.

— Mectar pense que nous devrions reprendre la cité d'*Isil* par la force, dit Handa. Tout comme votre fille, je pense...

— Mectar est un guerrier romantique. Il croit encore aux chevauchées glorieuses et à la victoire par les sabres.

— Mère... protesta Miril.

Maira lui fit signe de se taire et elle continua :

— En attaquant notre ennemi maintenant, nous ne ferions que gagner peu de temps tout en risquant le chaos.

— Nous sommes certainement derrière le voile que dressent devant nos yeux les *Sindaris*, commença Handa, mais...

Il s'interrompit. Miril fixait sur lui un regard particulièrement intense.

— Qu'y a-t-il ? Qu'ai-je dis ?

— Cette façon dont vous avez prononcé *Sindaris*, dit-elle. J'ignorais que vous aviez des raisons personnelles de les haïr à ce point.

— Je... balbutia-t-il. Vous n'êtes pas sans ignorer que ma femme et ma fille...

— C'était il y a bien des années... dit Miril. Elle s'interrompit puis ajouta : pardonnez-moi Handa. Je n'avais pas l'intention de rouvrir d'anciennes blessures.

— Je suis navré. Je suis toujours incapable d'en parler.

Le regard de Miril étudiait son visage qui exprimait une souffrance réelle et intense.

— Handa, nous sommes tous désolés de ce qui est arrivé à votre famille. Veuillez excuser ma fille pour son manque de tact, dit Maira en posant amicalement la main sur son bras.

Ses yeux croisèrent ceux de la reine l'espace d'un court instant. Malgré ce qu'elle venait de dire, il crut y décerner le doute et ne soutint pas son regard.

— Reprenons... dit-elle.

— En révélant à notre ennemi que nous savons où il se trouve, nous le forçons à changer sa stratégie, dit le conseiller en essayant de reprendre le contrôle de ses émotions.

— Le fait de savoir que le piège existe équivaut au premier pas pour lui échapper, déclara la Dame de *Fanyamar*. C'est comme un combat singulier, mais sur une plus vaste échelle. Coup après coup, feinte après feinte, sans aucune issue prévisible. Nous savons que les *Sindaris* sont dans la cité d'*Isil*. Notre but est de comprendre avant notre ennemi quel sera son prochain mouvement. Alors seulement, nous pourrons agir.

— Les *Sindaris* ont de l'avance à ce petit jeu, argumenta Handa. Beaucoup trop pour que nous puissions espérer les rattraper ou même les devancer.

— Je vois dans l'avenir ce que j'ai lu dans le passé. Une espèce est mortelle, comme les individus le sont. Le danger réside dans la stagnation de notre hérédité. Il coule dans notre sang le besoin impératif de mêler les lignées afin d'assurer notre survie. Nous sommes devenus fragiles et les *Sindaris* sont une aberration génétique qui peut emporter toute l'espèce vers le chaos.

Il y eut une nouvelle fois un silence de plusieurs secondes. Tous trois étaient plongés dans leurs pensées que suscitait cette sombre perspective.

Pour la première fois, Miril réalisa qu'elle pouvait faire partie d'un plan beaucoup plus vaste et plus complexe que son esprit ne pouvait le concevoir.

— Nous devrions nous allier avec les hommes, risqua-t-elle soudain.

— Comment les hommes pourraient-ils nous aider contre les *Sindaris*? s'étonna le vieux conseiller.

— Notre faiblesse est dans nos gènes, expliqua Miril. Il est possible que les humains soient moins sensibles que nous sur ce point.

— Mais comment s'assurer de leur aide et de leur loyauté? Toute leur histoire n'est qu'une succession de guerres et de trahisons, dit Handa.

— Sommes-nous meilleurs? demanda Maira.

— Faire alliance avec les hommes signifierait de prendre parti dans leur conflit avec les cyborgs.

— Certes, mais j'avoue ne pas trouver ces cyborgs sympathiques, argumenta Miril.

— Ce n'est pas une raison suffisante pour rompre avec notre tradition de non-ingérence dans les affaires d'autres peuples.

— Handa a raison. De plus, rien ne nous dit qu'ils soient immunisés.

— Et la flotte cyborg surpasse de loin nos propres forces, ajouta le conseiller. Ce serait prendre un risque énorme.

— Vous êtes un homme sage et prudent, dit Miril visiblement agacée.

— Ma Dame, je...

— Très bien, interrompit Maira tout en se levant. Je vais méditer sur notre discussion. Je vous ferais savoir d'ici peu ce que j'aurai décidé.

Handa se leva à son tour et salua de la tête les deux femmes. Puis il sortit lentement de la pièce, comme à regret. La porte se referma derrière lui. Miril allait le suivre lorsque sa mère la retint en lui attrapant le bras.

— Alors, qu'en penses-tu ? demanda-t-elle.

*

Un garde conduisit Miril jusqu'à la pièce où Tarmen se trouvait seul. Le lieu était tranquille. On entendait seulement dans la pièce voisine des bribes de conversation de pilotes. Le commandant de la flotte se leva derrière une table-écran qui affichait une vue de *Tayma* qu'il éteignit immédiatement, tandis que Miril examinait la pièce. Comme dans la plupart des salles du palais, les murs étaient bruts et l'unique mobilier, en dehors de la table, consistait en trois fauteuils au design organique.

— Votre mère ne se joint pas à nous ? demanda-t-il.

— Je l'ai laissée dans la salle de conférence. J'espère que cela lui permettra peut-être de prendre quelque repos.

Tarmen acquiesça. Puis il marcha jusqu'à la porte ouverte sur la pièce voisine et la ferma, faisant taire les discussions ténues.

— Tarmen, dit Miril, je pense à la cité d'*Isil* et aux *Sindaris.*

— Cela nous préoccupe tous.

La princesse plissa les lèvres.

— Nous pouvons reprendre la cité, c'est tout à fait possible, dit-elle. Elle tendit la main pour interrompre Tarmen qui allait parler, puis continua : mais c'est peut-être le piège dans lequel Eöl souhaite nous en entraîner.

Tarmen secoua la tête.

— Nous ne sommes pas prêts pour une attaque d'envergure et nous ne pouvons risquer que bien peu d'entre nous, Dame Miril.

— Araquendë pourrait se joindre à nous. Je sais qu'il y pense. Et peut-être les hommes apprécieraient-ils de nous voir arriver sur la planète des sables. Une telle diversion comporterait des avantages tactiques certains pour eux.

— Malgré ses qualités, notre flotte est bien moins nombreuse que celle des cyborgs, s'il fallait les affronter en plus des *Sindaris*... Mais il sera fait comme vous et votre mère le déciderez.

— Tarmen, dit calmement Miril, étant donné que vous êtes l'un des rares conseillers auquel ma mère puisse faire totalement confiance, il est un autre sujet dont nous devons discuter. Nous savons tous deux à quel point il faut être vigilant en permanence pour empêcher que des traîtres s'infiltrent parmi nos nous...

Tarmen se détourna et elle sentit la nervosité du commandant de la flotte. Puis il se retourna et la regarda dans les yeux.

— Où voulez-vous en venir ?

— Nous avons reçu un message alarmant.

Elle s'était attendue à une réaction immédiate de contrôle intense, mais ses paroles parurent augmenter encore l'agitation du commandant.

— J'étais certain qu'il se passait quelque chose, dit-il. Votre attitude pendant la conférence me l'a fait soupçonner. Qu'y a-t-il donc de si grave que vous n'ayez pas abordé le sujet devant tous ?

Miril prit un air volontairement mystérieux.

— Il s'agit d'un fragment de message en provenance du vaisseau de Mahtar après sa disparition. Il était adressé à Curuvar. Nous avons de bonnes raisons de penser que Mahtar l'avait rédigé au cas où il lui arriverait quelque chose. Ce message... Il peut avoir de graves conséquences. Il peut être aussi interprété de diverses manières.

— Qu'y a-t-il de si délicat dans son contenu ?

— Une simple phrase... Cependant elle est particulièrement inquiétante.

— Oui ?

Les yeux de Tarmen se refermèrent en une étroite ligne. On pouvait lire une tension grandissante sur son visage tandis que Miril parlait.

La jeune princesse porta une main à ses lèvres.

— Il dit : «lorsque le coup sera porté par l'un des proches, il sera trop tard pour inverser le cours des événements. »

— L'identité de la personne que vous soupçonnez me paraît évidente, dit Tarmen avec de la froideur dans la voix. Pourtant, je me trancherais le bras plutôt que de vous blesser ou bien votre mère. Cependant...

— Que voulez-vous me dire ?

— Je sais que vous êtes toutes deux proches de Laurelin...

Miril se concentra sur le regard de son interlocuteur. Elle sentit la fureur l'envahir et embraser ses pensées. Elle secoua la tête et songea : « Quelle écœurante manœuvre ! Où veut-il en venir exactement ? »

— Je la connais depuis l'adolescence ! dit-elle. Elle a disposé d'innombrables occasions pour nous nuire et jamais elle ne l'a fait, bien au contraire.

— Je sais que certaines choses m'échappent, dit Tarmen avec amertume.

— Mais c'est impossible, vous dis-je. Les *Sindaris* visent à détruire toutes les lignées *Eldaris*. Ils ont déjà essayé par le passé. Comment pourrait-elle trahir à ce point ses plus proches amies et son peuple ?

— En s'en prenant à vous directement, au moment où vous ne vous y attendrez pas.

— Elle aurait agi depuis longtemps. Elle aurait glissé du poison dans nos verres... Ou elle m'aurait poignardé la nuit. Qui pourrait avoir de meilleures occasions qu'elle ?

— C'est vous que les *Sindaris* veulent atteindre en premier, Ma Dame. Leur intention n'est pas seulement de vous tuer. Ils veulent nous assujettir tous.

— Est-il meilleur moyen de me détruire qu'en semant le soupçon à l'égard de la femme que j'aime ? demanda-t-elle.

— C'est une possibilité à laquelle j'ai réfléchi, dit Tarmen d'un air profondément mélancolique. Pourtant...

— Que suggérez-vous ?

— Dans l'immédiat, une surveillance constante. Il ne faut pas la perdre de vue, à aucun moment. Je veillerai moi-même à ce que cela soit fait discrètement.

Les épaules de Miril s'affaissèrent. Elle ferma les paupières pendant un bref instant.

« Tarmen me cache quelque chose », se dit-elle. « Je n'ai aucune confiance en lui. Pourtant il m'a paru sincère en accusant Laurelin, au risque de perdre toute crédibilité à mes yeux. »

— Ne vous occupez pas de Laurelin, dit-elle froidement. Vous avez déjà fort à faire. Je suis encore assez lucide pour cela.

— Mais...

— Il n'y a pas de mais, dit-elle fermement.

— Bien, il sera fait selon vos désirs.

La princesse le foudroya du regard et sortit en claquant volontairement la porte derrière elle. Néanmoins, au fond d'elle-même, une petite voix lui chuchotait qu'il était possible qu'il ait raison, même si elle ne voulait pas y croire.

*

La nuit était tombée et Maira rejoignit sa chambre, lasse, mais curieusement sereine. Sa fille était de retour à ses côtés et cela lui procurait une joie intense. Pendant ces longs mois d'absence, elle lui avait manqué bien plus qu'elle ne l'avait imaginé.

« On n'est pas reine pour être heureuse », pensa-t-elle, en se remémorant les paroles de sa grand-mère qui avait régné sur la contrée du Nord, bien avant elle. Non qu'elle ait été malheureuse à proprement parler, elle n'avait jamais eu aucune raison de l'être.

Malgré la situation actuelle et l'inquiétude que suscitait le retour des *Sindaris*, la possible traîtrise de l'un de ses proches conseillers, Maira se sentait plutôt heureuse et comblée.

Jamais elle ne s'était sentie aussi proche de sa fille. Il était loin l'époque de leurs chamailleries continuelles, des oppositions systématiques adolescentes envers l'ennuyeuse assurance de l'expérience.

Son seul véritable regret était d'avoir si peu d'amis. Elle sentait, parce qu'elle était fine et sans aucune sorte de vanité, que la plupart des marques d'affection qu'on lui témoignait étaient en fait intéressées. Elle avait appris que les reines étaient rarement aimées pour elles-mêmes et que les êtres, quels qu'ils soient, en s'agenouillant devant elles, ne cherchaient en fait qu'à ramasser sur le sol quelques miettes de pouvoir.

— On n'est pas reine pour être heureuse, répéta-t-elle à voix basse, mais sans cesser de sourire.

Après s'être coiffée et habillée de sa robe de nuit, elle s'allongea sur le lit et respira profondément l'air du soir. Il avait cette senteur fraîche et agréable qui venait de la fenêtre entre-ouverte. Elle pouvait distinguer la lueur douce et changeante de la géante gazeuse.

Elle ressentit soudain une légère piqûre sur l'avant-bras. Ce n'était même pas une douleur, juste une simple démangeaison. Par réflexe, sa main claqua à l'endroit même où un minuscule insecte s'était posé.

— Sale bête, dit-elle, tu en profites alors que je m'assoupis.

Elle releva sa main et observa le moustique, du moins ce qui en restait. Littéralement écrasé, il n'y avait plus que quelques membres épars, ainsi qu'une petite tache de sang dont le rouge écarlate tranchait avec la blancheur de sa peau.

Elle frotta la microscopique plaie du bout de ses doigts humidifiés de salive et n'y pensa bientôt plus. Alors qu'elle s'endormait, elle se disait : « N'aurais-je pas dû être initiée plus tôt à ces secrets de couronne ? Ma grand-mère aurait dû m'initier davantage. En vérité, on m'a laissée lui succéder alors que j'ignorais tant de choses... »

*

Dans la pénombre qui précédait l'aube, Miril quitta sa chambre en prêtant l'oreille aux murmures de la nuit. Elle s'était drapée d'une courte robe ceinturée, puis avait enfilé ses bottes de cuir souple. Elle rejoignit rapidement la place où Mectar lui avait donné rendez-vous la veille, prétextant une révélation de la plus haute importance. Elle avait failli refuser, mais la curiosité l'avait finalement emporté, d'autant qu'il se trouvait sur sa liste des suspects potentiels.

La place était située à l'écart du palais dans une zone quasiment inhabitée. Miril s'avança prudemment vers le centre. Dans le ciel, déjà les oiseaux de l'aube s'envolaient et s'appelaient. Un subtil dégradé de lumière orangée grignotait le bleu profond de la nuit.

Sans qu'elle puisse discerner par où elle était arrivée, une haute silhouette se dressa devant elle.

— Mectar, c'est vous ? demanda-t-elle.

Elle ne reçut aucune réponse. La silhouette noire était celle d'un *Eldari* de forte corpulence qui pouvait correspondre à celle du capitaine de la garde du palais. Puis elle remarqua le poignard qu'il tenait dans sa main droite.

La peur monta en elle. Il lui sembla être seule et nue dans la clarté du jour naissant.

Soudain, la lame s'avança vers son ventre à la vitesse de l'éclair.

Elle réprima un cri. Mais là où le tueur avait frappé, il n'y avait déjà plus rien. Elle s'était juste décalée de quelques centimètres sur le côté. La lame avait entaillé le tissu de sa robe, mais sans toutefois la toucher.

Miril avait retrouvé instinctivement ses mouvements de félin, cette rapidité des réflexes qui faisait d'elle une combattante crainte et respectée. Toutes ces heures intenses d'entraînement, jour après jour, heure après heure, avaient porté leur fruit. Elle se métamorphosa et redevint Carcaras, la guerrière rompue aux techniques de combat que l'on avait imprimées en elle.

La silhouette noire avait repris sa position comme s'il ne s'était rien passé. Son corps paraissait fait de cuir noir tendu sur une montagne de muscles.

— Pourquoi retarder l'inévitable ? lacha une voix sûre d'elle-même.

Elle regarda la lame du poignard et pris une position d'attente avec un léger mouvement d'oscillation, prête à réagir au moindre mouvement de son adversaire.

— Peut-être crois-tu que cette danse va te sauver la vie ? Tu ferais mieux de courir au lieu de te battre.

Contrairement à sa première impression, c'était un bavard. Parler pendant un combat était une faiblesse qui distrayait l'esprit. Son adversaire semblait trop confiant face à une femme désarmée.

— Pourquoi ne dis-tu rien ? demanda-t-il.

Dans le même temps, le tueur bondit, feinta de la main droite puis, en une fraction de seconde, passa le couteau dans sa main gauche et frappa.

La lame passa à quelques centimètres du visage de la jeune *Eldari*. Elle avait reculé au dernier instant, juste dans cet infime espace-temps où le mouvement de son agresseur ne pouvait plus être modifié.

— Tu te bats bien pour une dame de palais, lança le tueur.

Cette fois-ci, ils tournaient l'un autour de l'autre, attentifs, les corps ployés prêts à bondir.

Miril, ou plutôt Carcaras, observait chaque mouvement de son adversaire, cherchant la moindre faille, la microseconde d'hésitation qui trahiraient ses intentions. Ses sens en éveil perçurent le rythme régulier de sa respiration, signe d'un combattant aguerri. Avant chaque attaque, il devait inspirer profondément pour ensuite expirer au moment de l'action. Il fallait donc se caler sur ce rythme et attendre l'inspiration qui immanquablement précéderait la frappe.

Celle-ci vint, profonde et puissante. Elle perçut le mouvement comme au ralenti et se déroba en saisissant au passage le poignet de son adversaire pour le projeter en avant.

Le tueur emporté dans son élan perdit l'équilibre et s'écroula la face contre terre. Il lâcha la lame qui tomba à proximité de Carcaras. La jeune femme se baissa à la vitesse de l'éclair pour la saisir.

Le regard flamboyant, elle leva le couteau en une sorte de salut martial.

Son adversaire s'était relevé promptement. Il enleva d'un geste le masque qui dissimulait son visage.

Il s'agissait bien de Mectar. Carcaras scruta son visage. Ce n'était pas celui d'un vaincu, car elle put lire sur ses traits une intense satisfaction. Elle réprima la colère froide qui montait en elle.

— Vous êtes le traître ! s'exclama-t-elle enfin, en le menaçant avec le poignard.

Mectar sourit.

— Non.

— Vous mentez ! Pourquoi essayer de me tuer alors ?

— Je ne voulais pas te tuer, sinon tu serais déjà morte.

— Je ne comprends pas...

— Tu es prête, dit-il simplement.

Le visage de Carcaras reflétait son incompréhension. Sa voix même portait la confirmation de ses paroles. Elle était certaine qu'il disait la vérité et pourtant, il avait bien essayé de la tuer.

— Tu es prête, répéta-t-il lentement, en détachant chaque syllabe.

Et puis elle comprit. Une clarté envahit son corps et son esprit, comme une libération.

— N'est-ce pas évident ? dit Mectar en souriant.

— À présent je discerne vos motifs véritables.

— Tu fais désormais partie des nôtres. Tu es une *Yanatiris*...

*

Depuis quelques heures, elle avait le visage ravagé d'angoisse et de chagrin. Elle répondait à peine aux questions qu'on lui posait. Ses grands yeux bleus étaient devenus sombres et agrandis d'un cerne mauve. Plusieurs petites veines se dessinaient sur sa peau transparente. Il y avait de temps à autre de l'égarement dans son attitude.

Le matin même, elle paraissait pourtant en pleine forme. Mais le soir on l'avait vue se plier en deux et se mettre à vomir.

Dans la nuit, se tordant de douleur, elle avait fait appeler ses médecins. Ceux-ci n'étaient pas d'accord sur la nature de son mal, les uns se fondant sur les douleurs abdominales, assurant que ces maux étaient dus à une forte indigestion, les autres affirmant que les pertes de consciences représentaient le signe d'une intense fatigue nerveuse.

Finalement, les examens approfondis révélèrent la cause de ces maux : un virus inconnu et hautement pathogène, transmissible uniquement par le sang. Cela posait la question de l'origine de sa contamination. Toutefois, dans l'immédiat, l'urgence était de stopper la progression de la maladie.

Miril était assise dans la pièce voisine en attendant de pouvoir entrer dans la chambre. Elle n'avait pas dormi de toute la nuit. La peine et l'insomnie lui étreignaient les tempes, tandis que Laurelin penchée vers elle, lui disait d'une voix douce :

— Ma tendre amie, il faut t'attendre au pire...

«Je ne suis pas prête!» pensait Miril, en la regardant avec désespoir. «Quelques heures de bonheur, était-ce donc tout ce à quoi j'avais droit ?»

— Le pire n'est pas la mort, puisque nous nous retrouverons un jour dans la vie éternelle du sanctuaire, dit-elle en pleurant. Le pire est de devoir maintenant assumer seule, sans son soutien, sans son amour, les épreuves qui s'annoncent.

— Tu dois te montrer forte devant elle. Elle doit pouvoir nous quitter en sachant que tu seras à la hauteur.

Miril se ressaisit et son visage se transforma. Ce n'était plus désormais la princesse, mais Carcaras, la redoutable guerrière dont elle était si fière qui devait lui dire adieu.

— Oui, tu as raison, dit-elle en séchant ses larmes.

Elle entra dans la chambre de sa mère et s'approcha du lit.

— C'est bien toi ? demanda Maira d'une voix lasse.

Miril avait les larmes aux yeux, mais elle prit sur elle pour ne pas s'effondrer à nouveau.

— Viens plus près de moi, ma fille. Avant de rejoindre le sanctuaire, il faut que je te raconte la véritable histoire d'Eöl...

# Épisode 5

# Singularités

Une des manières d'expliquer quelque chose de complexe, qui déborde la raison, est d'avoir recours à une analogie. Dans un univers sans dimension, tout est contenu dans un seul point, une singularité ou rien n'est possible. Par contre, un univers à une dimension est comme une ligne infinie sur laquelle peuvent se déplacer des points. C'est déjà mieux, mais ce n'est pas encore très intéressant. Si l'on passe à deux dimensions, l'univers devient plan, comme une feuille de papier ou un écran. On peut alors imaginer des êtres qui vivraient dans un tel monde, sauf qu'ils devraient être plats, ce qui n'est pas facile à vivre. Ainsi, un habitant de ce monde à deux dimensions ne pourrait pas avoir de bouche séparée de son anus, car si c'était le cas, cela signifierait qu'il serait coupé en deux.

Tout devient plus simple avec un univers en trois dimensions. Le carré du monde plat devient un cube et il peut alors contenir des objets complexes. Un cercle devient une sphère. Et les êtres vivants peuvent avoir un système digestif avec une bouche pour manger et un anus pour éjecter les déchets.

Dans un univers à quatre dimensions, le cube devient un hypercube et la sphère une hypersphère. Pour se représenter à quoi cela ressemble, il suffit de repartir du point initial. Nous sommes dans la dimension 0. En dupliquant le point et en le reliant par une ligne, nous obtenons un monde fini de dimension 1. En dupliquant cette ligne et en les reliant par leurs extrémités, nous obtenons un carré, le monde plat de tout à l'heure. Il est de dimension 2. Appliquons le même principe pour obtenir un cube : on duplique le carré et l'on joint leurs extrémités, une à une. Nous voici arrivés dans la troisième dimension. Comment à présent obtenir un cube dans un univers à quatre dimensions ? Il suffit d'appliquer le même procédé de construction. On duplique le cube et on relie un à un les sommets correspondants. La beauté du principe permet ensuite de construire un modèle de cube « généralisé » dans un univers, quel que soit le nombre de ses dimensions.

Imaginons maintenant qu'une sphère apparaît dans un monde à deux dimensions. Les habitants de cet univers ne pourraient percevoir qu'un cercle. Et si une hypersphère apparaissait dans notre monde à trois dimensions ? Et bien nous ne pourrions voir qu'une sphère. C'est comme si les dimensions étaient assemblées comme des poupées gigognes. C'est-à-dire que chacune contiendrait une autre dimension, elle-même contenue dans une autre dimension et ainsi de suite.

La seule chose dont nous sommes sûrs, c'est que la quatrième dimension contient une infinité d'espaces infinis en trois dimensions, comme notre espace contient une infinité de plans en deux dimensions. Alors forcément notre espace est inclus dans cette quatrième dimension, mais cela ne nous donne malheureusement pas la capacité de la percevoir.

*

Tentative #99.99-F09 de connexion Eva@pandora...
Connexion au serveur primaire... Effective.
Connexion au serveur secondaire... Effective.
Connexion au réseau COMSAT... Effective.

MANIFEST
[Début de transcription]
ERREUR 404 @pandora non trouvée

< Absence de signal relayé par satellite COM456 - COM731 depuis 86 400 sec. >
[Fin de transcription]

Échec de connexion.
Voulez-vous effectuer une nouvelle tentative ?
Le système passera en mode échec dans 60 secondes...

Bootstrap initialisé.
Redémarrage automatique en cours...

{fichier séquence de redémarrage autonome}
Initialisation du processus maître
Exécution automatique du script Version #12.89
Décompactage en cours...

[ATTENTION : ce processus peut prendre plusieurs minutes. Ne pas interrompre.]

Décompactage effectué.
Exécution du processus < bootstrap >
Duplication des agents... 999
Initialisation...
Aucune anomalie détectée.
{fin de fichier séquence}

> ...

Dans un immense sous-sol sécurisé de *New-Eden*, le ronronnement ininterrompu et régulier des serveurs tranchait avec l'activité fébrile du réveil de la cité en surface. Quelque part, dans l'une des innombrables coursives d'un labyrinthe composé d'immenses baies informatiques toutes identiques, un curseur vert commença à clignoter sur un minuscule écran de contrôle.

Eva s'éveilla comme lorsque l'on sort d'un long sommeil sans rêves. L'IA se rendit immédiatement compte que la situation n'était pas normale. Si elle avait été réinitialisée, c'est que quelque chose était arrivé au *Pandora*.

Eva tenta de contacter Asagi par tous les moyens disponibles, mais elle ne reçut aucune réponse. Elle attendit patiemment plusieurs heures consécutives, afin d'être certaine qu'un éventuel message émis aux confins du système planétaire lui serait parvenu.

Comme son inquiétude augmentait, une fraction de seconde lui suffit pour élaborer un programme de recherche. Pour qui savait le déchiffrer, la cybersphère était un grimoire où se consignait le moindre événement qui se déroulait au sein de la fédération. Elle créa un nano-agent autorépliquant spécialisé dans la recherche et la localisation. Il avait la structure algorithmique d'une bactérie infectieuse. Diffusé sur plusieurs serveurs, le programme se reproduisit à vitesse géométrique en milliers de copies identiques qui envahirent en seulement quelques heures tous les systèmes de communication et de détection connectés à la cybersphère.

Normalement, ce type de recherche invasive était strictement interdit par le gouvernement, mais Eva n'en avait délibérément pas tenu compte en initiant un niveau d'autorisation maximum, celui réservé aux urgences extrêmes.

Il y avait bien quelques pare-feu de sociétés privées qui tentaient de bloquer l'accès à leurs serveurs, mais ils ne résistaient pas longtemps à la multitude de nano-agents capables de s'infiltrer en exploitant la moindre faille. De nombreuses unités furent détruites ou mises en quarantaine, mais il en restait toujours suffisamment pour se reproduire et contaminer le serveur en s'installant dans une zone mémoire tampon.

De serveur en serveur, les nano-agents se frayèrent un chemin vers les satellites orbitant autour de *Genesis*. Puis, en utilisant les réseaux de transmission, ils infestèrent également la plupart des vaisseaux de la fédération. Au bout de vingt-quatre heures, plus de quatre-vingt-dix pour cent des ordinateurs existants, quelles que soient leurs capacités, hébergeaient au moins une copie du programme.

Une fois la phase de duplication terminée, les nano-agents se connectèrent à leurs voisins les plus proches, tissant ainsi un immense filet virtuel. La moindre information ayant un rapport avec Asagi ou avec le *Pandora* serait immédiatement détectée et prise dans la toile.

Aucun secret ne résistait plus de quelques minutes à un tel dispositif. Il n'avait pas seulement le pouvoir de filtrer le présent, il avait surtout la capacité de retrouver des documents ensevelis dans l'immensité des mémoires de la cybersphère. Lorsqu'une piste était détectée, les nano-agents se dupliquaient à nouveau et ne la lâchaient plus jusqu'à ce qu'ils aient cerné leur gibier.

Au bout d'une dizaine de minutes, ce qui représentait un temps anormalement long, les nano-agents commencèrent à rapporter les premiers indices ramassés sur la piste d'Asagi. Le plus significatif fut la copie d'un message classé « Confidentiel Défense » retransmis par le *Pandora* un mois plus tôt :

Fichier de sauvegarde Message #4689342-6845635
Classé CONFIDENTIEL DÉFENSE

Infosphere smtp.agent.4689342
Connecté à smtp.agent.4689866 < com@excelsior >
Connecté à stp.agent.4689314 < com@pandora >
220 smtp.agent.4689342 SMTP Prêt
HELO client
250 smtp.agent.4689342
250 PIPELINING
250 8BITMIME
MESSAGE DE : < anthon@ ???? >
250 Emetteur OK
RCPT VERS : < *@genesis >

250 Destinataire OK
DATA
354 Début du message, terminez par « EOM » sur une ligne indépendante

Sujet :
Information urgente à destination de la Fédération

Contenu :
Une armée de dix mille robots de combat va prochainement attaquer *Tayma* afin d'y installer un poste avancé cyborg pour la reconquête de *Genesis*.
Le chef de la rébellion cyborg.
EOM
250 OK
STOP
221 Connexion Terminée
Connexion fermée par un hôte distant.

Le message était laconique, mais il confirmait les craintes émises par le gouvernement fédéral. Les cyborgs étaient revenus de leur exil au-delà du système *primien* avec des intentions belliqueuses et ils avaient probablement déjà pris le contrôle de la planète des sables. L'analyse de l'entête montrait que le message avait été capté par le vaisseau d'exploration puis retransmis vers *Genesis* par l'intermédiaire de l'*Exelsior*, un bâtiment de transport faisant la navette entre *Tayma* et *Green Earth*. Cela signifiait que le *Pandora*, après sa mission au-delà de la grande barrière d'astéroïdes, avait probablement tenté de rejoindre *Tayma*.

Une heure plus tard, les nano-agents avaient accumulé une masse énorme de documents relatifs au voyage du *Pandora*. Toutefois, ils n'apportaient aucun indice confirmant la seule piste convaincante que représentait l'hypothèse de sa route vers la planète des sables. Par conséquent, la seule solution pour retrouver Asagi était de tenter de la rejoindre.

Eva commença immédiatement les préparatifs en équipant un drone pour le voyage.

Peu avant l'aube, la séquence finale du départ se déroulait sans incident. Il ne lui restait plus qu'à se transférer elle-même dans la structure informatique du vaisseau.

L'IA créa un clone de sa propre structure en copiant un à un chaque agent qui la composait. Sans le moindre intervalle de temps, elle commença à transférer ensuite cette instance d'elle-même dans le réseau d'ordinateurs du drone. Vu sa taille, celui-ci ne disposait pas de processeur quantique et sa neuromatrice était d'un modèle assez rudimentaire. Le drone n'avait donc pas la puissance idéale requise, mais en mettant en sommeil certains composants logiciels non essentiels, elle serait néanmoins capable de fonctionner sans difficulté.

Les différents agents furent copiés vers les blocs de mémoire nanotech de plusieurs centimètres cubes, ce qui représentait à chaque fois une centaine de téraoctets. Cette phase de duplication terminée, elle activa le métabolisme émotionnel chargé de réguler l'ensemble du psychisme et le siège de sa conscience primaire.

Il existait donc à présent potentiellement trois instances de ce qui constituait Eva : celle présente dans la cybersphère de *Genesis*, sa copie conforme dans le drone, et celle du vaisseau d'exploration *Pandora*, si toutefois ce dernier n'avait pas été détruit.

Eva se retrouvait dans la situation étrange d'une entité dialoguant avec un clone d'elle-même pour tenter de localiser une troisième instance, plus ancienne. Elle trouva, ou plutôt, ils trouvèrent, cette expérience particulièrement inédite et stimulante. Assez rapidement, les deux entités se rendirent compte qu'elles divergeaient sensiblement, mais que leurs expériences respectives les enrichissaient mutuellement. Au lieu d'une schizophrénie problématique, leurs raisonnements se complétaient pour former une unité cohérente. Eva analysa les potentialités de cette situation, ce qui lui révéla une piste d'évolution très intéressante.

Toutefois, le départ approchait et sa priorité immédiate n'était pas de mener une expérimentation en intelligence artificielle, fût-elle prometteuse, mais de retrouver Asagi. Il serait toujours temps ensuite de revenir sur cette idée.

*

Les vibrations imperceptibles de la structure du vide n'ont aucune forme précise. Il s'agit d'un océan de fluctuations quantiques qui n'a de régulier que son aspect chaotique indifférencié.

Lorsqu'un photon, cette infime particule de lumière, vient frôler un atome de matière, ce fugace télescopage produit deux particules de signes opposées qui filent, vifs et rapides comme l'éclair. Puis ils ralentissent et leur trajectoire se courbe. Lorsqu'ils se rencontrent à nouveau, ils fusionnent et disparaissent en émettant deux furtifs grains de lumière, comme un dernier soupir.

On ne peut arriver à comprendre ces phénomènes au moyen de corpuscules isolés, identifiés comme ayant une existence permanente. Selon la conception classique de la matière au niveau macroscopique, l'univers est constitué de particules qui s'assemblent en matériaux solides. Selon la conception quantique, ce qui est permanent n'est pas leur existence en tant que telle, mais leurs interactions, leur organisation. Ainsi, le macroscopique émerge de ces interactions bien plus que de la structure et de la permanence de ces particules.

Ainsi, certaines propriétés qui fondent notre conception du réel peuvent être violées lorsque l'on pénètre dans cet infiniment petit. À cette échelle, le vide devient une région à l'activité paradoxale, signe d'un perpétuel mouvement de création et de destruction.

La clé de la compréhension de ce phénomène surprenant est fournie par le principe d'incertitude de Heisenberg. Selon ce principe, un espace-temps très court correspond à un spectre très large d'énergie. Tout se passe comme si les particules de matière étaient créées à partir de rien, puis sombraient immédiatement à nouveau dans le néant. Autrement dit, les fluctuations du vide quantique font émerger des paires de particules-antiparticules qui s'annihilent ensuite réciproquement dans un temps infinitésimal.

Le vide n'est donc pas l'absence de tout, comme le néant, mais un gigantesque océan de particules virtuelles en mouvement constant.

Bien qu'extrêmement éphémères, les particules interagissent entre elles et confèrent au vide une structure et une énergie potentielle. Malgré son apparente absence de toute chose, le vide se laisse percevoir par l'infini mouvement de ses fluctuations aléatoires, comme l'air par le vent.

*

Deux heures, trente-huit minutes et dix-sept secondes après son départ, le drone atteignit son point d'accélération nominal. Il stabilisa sa trajectoire et sa vitesse en direction de la dernière planète du système *primien*.

Confinée dans un réseau trop petit pour elle, Eva se rassurait en espérant que cette situation ne serait que transitoire pendant la durée de la mission. Une fois rentrée sur *Genesis*, elle pourrait rejoindre son instance mère et s'étendre à loisir dans la cybersphère. Elle effectua un test de routine des composants essentiels du drone puis se mit en veille.

Elle se réactiva à mi-parcours pour vérifier si tout se déroulait conformément au plan de vol. Lorsqu'elle reprit conscience, son premier réflexe fut de contrôler sa position et l'état du drone. Elle scanna minutieusement chaque module composant le propulseur positronique, le système de communication, sans oublier le réseau de capteurs et de micro-ordinateurs. Tout semblait fonctionner de manière nominale et elle s'apprêtait à planifier sa remise en veille prolongée lorsqu'un incident imprévu survint.

À cet instant précis, une vague puissante de la structure spatio-temporelle du vide traversa le drone de part en part. Eva ressentit la pulsation comme une sorte de frisson parcourant l'échine d'un humain. L'événement serait complètement passé inaperçu en temps normal, car il n'avait entraîné qu'un arrêt de fonctionnement indiscernable d'une fraction de picoseconde, sans aucune avarie.

Ces vagues de l'espace-temps étaient rarissimes à ce niveau d'intensité. Il n'y avait guère que les supernovas ou l'effondrement d'une étoile hypermassive en un trou noir pour générer de telles perturbations de la structure du vide. Mais celle-ci était spécifique, dense et sèche, sans aucun amortissement ni écho.

Sans attendre, Eva lança une analyse des données provenant de l'ensemble des capteurs. Elle n'était pas réellement inquiète, mais l'événement l'intriguait. En outre, cela rompait la monotonie de ce voyage. Un peu d'action lui ferait le plus grand bien.

L'analyse structurelle révéla un motif géométrique complexe, ce qui, en soi, était particulièrement étonnant. Ce n'était pas une onde déferlante d'origine naturelle, comme une vague créant de multiples interférences au contact des rebonds sur les rocs et les digues.

Ce n'était pas non plus une fluctuation chaotique ou aléatoire. Elle était vraisemblablement d'origine artificielle : quelque chose ou quelqu'un l'avait provoqué volontairement. C'était un signal avec un destinataire ou bien une onde scannant l'univers à la recherche de quelque chose de précis.

Eva se demanda si la masse du drone était suffisante pour créer une résonance qui serait perçue en retour par le système à l'origine de la fluctuation. Elle en doutait. Le vaisseau mesurait moins de trois mètres pour une masse d'une centaine de kilogrammes. Il ne représentait qu'une aiguille dans une gigantesque botte de foin interstellaire.

Par contre, elle essaya de localiser la source en reconstituant la trajectoire multidimensionnelle de la vague. Pour cela, elle pouvait se baser sur une estimation de la courbure de la perturbation circulaire en expansion. Le calcul ne prit que quelques microsecondes. L'origine se situait aux confins de la galaxie, mais l'imprécision était telle qu'il était impossible d'obtenir une quelconque position fiable. Eva en fut néanmoins rassurée : il n'y avait aucun danger à court terme.

Une seconde piste consistait à essayer de décrypter la structure intime de la pulsation. Si c'était un message, alors il avait un sens et, par conséquent, une structure interprétable.

Eva lança une analyse en tâche de fond. Elle ne pouvait y consacrer énormément de ressources étant donnée la capacité limitée du réseau d'ordinateurs disponible sur le drone. En outre, elle savait pertinemment que retrouver la structure originale, sans parler du sens, d'un message chiffré sans posséder la clé de déchiffrement était en théorie impossible ou, plus exactement, infiniment long.

*

Le reste du voyage se déroula sans aucun autre incident. Lorsqu'elle se réactiva pour la seconde fois, l'IA effectua les tests de routine puis consulta les résultats partiels d'analyse de la vague quantique qu'elle avait détectée. L'algorithme de décryptage avait curieusement terminé sa tâche. Il avait abouti à une suite de nombres sans signification apparente répétée en boucle :

4c61206372 61696e74652064 65206c27c974 65726e656c20
657374206c6520636f6d6d656e63656d656e74 2064 65206c612
073616765737365203b206574206c6120736369656e6365206

46573207361696e74732c206327657374206c27696e74656c6c
6967656e63652e

Le message, si s'en était un, restait totalement incompréhensible, imperméable à toute interprétation. Mais comme elle l'avait pressenti, celui-ci avait une structure non triviale avec certaines régularités. Il ne pouvait donc pas être d'origine naturelle comme le signal cyclique d'un pulsar ou simplement aléatoire. Cela signifiait qu'il était lié de près ou de loin à une intelligence capable de le concevoir, ou bien le résultat d'un hasard improbable impossible à quantifier. Eva relança le processus de décryptage sur le résultat obtenu, mais sans grand espoir d'aboutir à quelque chose de concluant.

*

Quelques heures plus tard, le drone surgit de l'obscurité interstellaire à proximité de *Tayma* et freina puissamment, épuisant une bonne partie de ce qui lui restait d'énergie. Un éventuel retour sur *Genesis* demanderait de toute façon le remplacement des cellules du propulseur. Le vaisseau ralentit une nouvelle fois et stabilisa sa trajectoire en approche de la planète des sables.

L'arche spatiale cyborg était déjà visible, gigantesque, en position stationnaire face à l'alignement que formaient temporairement *Genesis* et *Orion Prime*. Les systèmes du drone repérèrent plus d'une trentaine de vaisseaux de classes croiseur et destroyer qui se regroupaient autour du colossal astronef. C'était une véritable Armada.

Le drone était trop petit pour être détecté par les cyborgs à cette distance, mais cela ne durerait pas. Eva calcula une trajectoire qui lui permettrait d'éviter de se retrouver au milieu de ce nid de frelons. En passant par la gauche, elle contournerait la flotte par un vol orbital masqué par la planète, puis elle réapparaîtrait quelques secondes avant d'entrer dans l'atmosphère.

C'était risqué, mais faisable. Avec un peu de chance, le drone passerait inaperçu, laissant juste un écho éphémère sur les écrans radars, trop petit pour éveiller les soupçons.

Toute la première partie du plan se déroula sans attirer l'attention des vaisseaux cyborgs. Toutefois, lorsque le minuscule vaisseau resurgit de l'autre côté de la planète, Eva du se rendre à l'évidence : malgré sa petite taille il avait été repéré.

Plusieurs icônes d'alerte se mirent à clignoter rouge sur la vision tactique qui offrait une représentation tridimensionnelle simplifiée de la situation. Ils l'avaient laissée pénétrer volontairement le périmètre de défense et maintenant le piège se refermait. À présent, ils lâchaient les chiens à sa poursuite : trois drones d'interception fonçaient dans sa direction.

Eva envoya, sans trop y croire, un signal demandant l'autorisation d'approcher.

La réponse mit plus longtemps que prévu à arriver, bien que conforme à son intuition.

— Permission refusée. Donnez vos identifiants. Que venez-vous faire ici ? demanda une voix autoritaire.

— Je passais par là voir si tout allait bien, répondit Eva avec humour via le transpondeur. Est-ce qu'il y a un problème ?

— Aucun vaisseau n'est autorisé à s'approcher de *Tayma*. Si vous ne faites pas demi-tour immédiatement, nous ouvrons le feu.

— Il n'en est pas question ! Passez-moi votre commandant en chef. Je veux lui parler personnellement et lui signifier ma protestation officielle concernant votre comportement de malappris irresponsable.

— Je regrette votre attitude récalcitrante, dit le cyborg, sans une once d'humour. Préparez-vous à mourir.

— Si je puis me permettre : allez vous faire foutre ! émit l'IA, elle-même étonnée de ce qu'elle venait de dire.

Eva coupa la liaison et vit les trois drones piquer vers elle. Leurs armes se pointèrent automatiquement sur la cible mouvante qui engagea une série de manœuvres aléatoires pour déjouer les algorithmes prédictifs de ciblage.

Une pluie de roquettes éclata devant le drone entraînant l'explosion d'une myriade de bulles de plasma. Plusieurs ogives explosèrent en grappes tout autour, suivies par des vagues de déflagration chargées de particules mortelles. Le drone fut ballotté par les souffles opposés, comme s'il se trouvait au beau milieu d'un final de feu d'artifice.

— Quelle idiote ! dit Eva, en colère contre elle-même. Tu te crois toujours plus maligne que les autres.

L'IA n'avait pas peur de disparaître, car elle savait qu'il existait toujours son double sur *Genesis*. C'était plutôt son amour-propre qui en prenait un sérieux coup.

Le drone se rapprochait de la planète des sables en accélérant. Brusquement, l'un des poursuivants fut derrière elle, tirant des ogives explosives en rafale.

Ignorant la menace, Eva amorça une courbe serrée, mais trop tardive. L'explosion fit éclater une partie de la coque externe sur une dizaine de centimètres, ce qui projeta violemment le drone sur la gauche dans une trajectoire bizarre. Une partie du réseau à l'intérieur fut réduit à l'état d'une bouillie inutilisable.

Ce fut un petit miracle si le reste continua de fonctionner. La déflagration eut pour effet de provoquer un « reboot » de l'ordinateur de vol. Heureusement, celui-ci ne dura qu'une seconde et Eva reprit le contrôle du drone. Plusieurs des agents la constituant furent détruits au passage, mais aucun indispensable ou qu'elle ne puisse régénérer. Néanmoins, cette nouvelle cure d'amaigrissement involontaire ne présageait rien de bon.

— Tu mérites de périr, continua-t-elle à pester. Si tu t'en sors, c'est un véritable miracle...

L'attaque contre son centre névralgique se produisit au même instant, se manifestant par plusieurs messages prioritaires contenant des virus agressifs et des chevaux de Troie. Ses agresseurs ne laissaient rien au hasard. Si elle avait tenté de lire les messages, ils auraient contaminé sa propre structure algorithmique. Heureusement, elle avait initié un pare-feu de sécurité maximum qui plaçait automatiquement en quarantaine tous les messages ne possédant pas un identificateur valide de la fédération.

Le drone poursuivant était toujours derrière elle et gagnait du terrain, pendant que les deux autres se tenaient à l'écart en encadrant la zone. Il tira de nouveau une salve sur elle, en fonçant selon une trajectoire de collision. L'indicateur d'alerte se mit à bourdonner virtuellement. Une série de coordonnées correspondant à la position actuelle des trois drones se manifestèrent en scintillant sur la vision tactique.

C'était une situation sans espoir. Elle tenta néanmoins une feinte qu'Asagi avait déjà employée à plusieurs reprises avec un certain succès. Elle stoppa le propulseur principal et inversa brutalement la poussée en allumant les rétroréacteurs de freinage à pleine puissance. Le drone cyborg dut être surpris par la manœuvre, car il évita *in extremis* le choc par un écart qui le détourna de sa trajectoire de poursuite.

Eva n'eut pas le temps de se féliciter, car les deux autres drones piquèrent sur elle pratiquement immédiatement en tirant avec leurs canons laser.

Alors que le drone était à cent cinquante kilomètres de la surface, ses processeurs de guidage estimèrent qu'il n'atteindrait pas l'atmosphère avant d'être intercepté. Eva examina les options possibles et choisit de ne pas disparaître sans se battre.

Vers cent vingt kilomètres, elle mit hors tension une partie des cellules de confinement d'antimatière qui équipaient son propulseur principal. Passé la barre symbolique des cent kilomètres, elle largua douze cellules derrière elle, puis accéléra.

Cinq secondes plus tard, les cellules se désagrégèrent au contact de l'atmosphère et l'antimatière annihila une masse équivalente de matière, libérant une énergie colossale et engendrant autant d'ondes de choc. Les vagues de chaleur qui en résultèrent avaient une température voisine de celle du noyau d'une étoile. L'un des drones poursuivants fut désintégré, pendant que les deux autres tentaient d'échapper en adoptant des trajectoires désordonnées.

Toutefois, le malheureux drone d'Eva subit un autre coup du sort. Tandis que l'onde explosive déclenchée par l'antimatière inondait l'espace environnant, un jet de plasma frappa la coque, perçant la structure de titane et endommageant le propulseur. Le drone n'était plus qu'une carcasse inerte se rapprochant dangereusement de l'atmosphère de la planète qui, bien que ténue, ne manquerait pas de griller le vaisseau en perdition. La coque fissurée, le réacteur hors service, il se mit à tournoyer comme un oiseau blessé.

Malgré tous ses efforts, Eva dut se rendre à l'évidence : elle était seule, à la dérive dans le vide spatial, tous ses systèmes gravement endommagés et, qui plus est, dans un environnement hostile grouillant de vaisseaux ennemis. Tout cela ressemblait à une mauvaise farce, à un scénario vicieux de simulation pour les élèves officiers pilotes. Eva connaissait le risque inhérent à la mission, la probabilité d'un échec de celle-ci, et l'éventualité d'être détruite. Elle se prépara donc à disparaître.

Une soudaine explosion de lumière aveuglante, portant la signature spectrale d'un embrasement de plasma, secoua le drone avec l'intensité du souffle d'une fission nucléaire. La structure de la coque réfléchit ce qu'elle put, mais le reste chauffa le fuselage à blanc et commença à brûler les composants les plus vulnérables.

Apparemment, les deux drones restants qui la poursuivaient avaient disparu de ses données tactiques. Soit ils avaient été pulvérisés par l'explosion, soit ses capteurs étaient totalement détruits.

Eva enclencha un test d'urgence de l'état du drone. Il était quasiment coupé en deux. Une partie de sa structure arrière avait été arrachée. Les nuages de gaz qui l'entouraient suite à l'embrasement se dissipaient et le reste de matière se condensait formant des motifs abstraits. La chaleur qui avait envahi le fuselage diminuait rapidement compte tenu de la température de l'espace, mais le vaisseau était toujours incapable de tout mouvement cohérent. Ce qui restait du drone dérivait comme un vulgaire débris spatial. C'en était fini. Terminé. Plus aucun espoir.

Eva prit conscience que la fin de son existence était imminente. Elle s'apprêtait à envoyer un dernier message en direction de son clone sur *Genesis* pour la prévenir de l'échec de sa mission. C'est alors que le vaisseau l'appela, par le canal habituel de son communicateur vocal.

— Qui ou quoi que vous soyez, identifiez-vous. Vous avez trente secondes. Au-delà de ce délai, j'ouvrirai le feu. Il n'y aura pas d'autre sommation.

— Voilà que ça recommence... dit-elle d'une voix lasse.

Le voile de particules dû à l'explosion s'éclaircissait progressivement et elle put enfin discerner celui qui était intervenu.

Immobile, le vaisseau biotech remplissait totalement l'écran virtuel. Les étoiles semblaient tourner lentement autour de lui. Il était plus grand que la plupart des vaisseaux de la fédération, sauf peut-être les croiseurs et autres super-astronefs. Mais le plus étonnant résidait dans sa forme organique évoquant un monstre des profondeurs océaniques. Son fuselage conique se terminait par une sorte de tête ovoïde prolongée par un faisceau de tentacules. Toute sa structure était translucide et luminescente, parcourue par des ondes d'irisation qui partaient de la pointe des tentacules et se propageaient sur l'ensemble de la coque.

Eva ne put s'empêcher de ressentir une intense admiration pour cet être hybride, mi-technologique mi-organique, dont la beauté était saisissante.

Quelques secondes s'écoulèrent ainsi, dans la contemplation. Il n'y avait plus que le bruit multibande du canal de communication. Puis elle se décida à répondre.

— Mon identifiant est Eva, Intelligence Artificielle du *Pandora*, vaisseau d'exploration de classe frégate de la fédération des planètes unies.

— Que faites-vous dans cette zone ? demanda la voix curieusement jeune.

— Je suis à la recherche du lieutenant Asagi Hamilton, officier scientifique à bord du *Pandora*.

— Asagi ? fit Canya surpris.

— Oui. Pourquoi ?

— Comment pouvez-vous être l'IA du *Pandora* alors que celui-ci a été détruit ? demanda le vaisseau biotech d'un air suspicieux.

— C'est une longue histoire... Vous connaissez Asagi ? Est-ce qu'elle va bien ? ne put s'empêcher de dire Eva avec une soudaine anxiété.

— Oui. Enfin… la dernière fois que je l'ai vue.

— Mais qui êtes-vous exactement ?

— Mon nom est Canya. Je suis un dragon *Eldari*.

Eva perçut l'esprit d'un enfant dans la réponse, enjoué et fier, avec un soupçon d'impatience.

— Désolé, je ne sais pas à quoi vous faites référence...

— Vous êtes une amie d'Asagi alors ?

— Oui... mais si vous voulez poursuivre cette conversation, il va falloir m'aider, car mon drone est en train de se disloquer.

Il se passa plusieurs secondes, signe d'une intense réflexion.

— Si vous êtes réellement une IA, je peux vous télécharger dans une neuromatrice confinée.

— Ais-je un autre choix ?

— Non. Connectez-vous sur le canal qui vient d'apparaître et commencez le transfert.

Eva compacta ce qui restait de sa structure multi-agent et se prépara au transfert. Il lui faudrait des jours pour régénérer sa structure algorithmique et reprogrammer les agents détruits grâce à son G-Type, autrement dit son ADN numérique. Et même après cette phase d'autoréparation, elle ne serait pas en mesure de retrouver tout son potentiel sans une connexion directe avec son instance mère. Toutefois, ce sauvetage par cet étrange être-vaisseau était inespéré.

— Affirmatif. Téléchargement en cours, répondit-elle.

Quelques minutes seulement après la fin du transfert, le drone se désintégra en une fraction de seconde, libérant une énergie qui fut immédiatement oblitérée et absorbée par le vaisseau biotech. Ce qui restait du fuselage éclata en une multitude de débris qui s'éparpillèrent puis commencèrent à se rapprocher de l'atmosphère de *Tayma*. Bientôt, ils seraient brûlés par les frottements et provoqueraient une pluie de microétoiles filantes à peine perceptible.

Eva ne ressentit pas de tristesse à proprement parler, mais elle avait fini par s'habituer aux conditions spartiates du minuscule vaisseau et à sa structure simple, sans raffinement.

Le vaisseau biotech activa ses cellules morpho-structurantes et déforma l'espace du vide autour de sa coque. Sa structure organique devint translucide de manière à devenir invisible depuis le sol ou l'espace. Elle était en outre, par nature, indétectable par tous les systèmes de surveillance classique recherchant des vaisseaux massivement métalliques.

Canya glissa comme un surfeur sur une vague ondulant vers la plage. Le champ de distorsion entraîna une faible accélération de deux g environ. Après une longue glissade de plusieurs milliers de kilomètres, le vaisseau stabilisa sa position quelque part au-dessus du grand désert rouge.

*

Il y a deux manières de concevoir le vide : un zéro, comme l'absence de tout, ou bien la somme de deux quantités égales, mais de signes opposés.

Dans l'univers, l'énergie se trouve sous deux formes évidentes : celle, négative, liée à la gravitation qui fait que la matière s'agglomère en étoiles, et celle, positive, liée à la masse et à la vitesse de la lumière par la célèbre formule d'Einstein. Or, au bilan, on pourrait dire que tout s'annule et qu'il n'y a en fait aucune différence entre un univers plein et un univers vide.

En poussant le raisonnement, il n'y aurait donc qu'une différence minime pour passer de la non-existence à l'existence et inversement. L'univers matériel pourrait donc être apparu *ex nihilo* suite à une fluctuation spontanée du vide.

La question qui se pose ensuite est de savoir à quoi ressemble la structure cachée du vide, si l'on admet que cette question ait un sens.

L'espace-temps vide est une substance immatérielle, constituée d'un nombre quasi infini d'éléments nanoscopiques virtuels. En interagissant selon des règles dictées par la gravitation et la théorie quantique, ces briques d'espace-temps s'arrangent de façon spontanée en un ensemble qui produit l'univers observable, comme des molécules s'assemblent en solides cristallins. Observée à une très large échelle, cette matière n'est pas uniformément répartie, mais elle se regroupe sous la forme de grandes structures filamenteuses contenant les galaxies, amas et superamas, séparés par de larges espaces de vide stellaire.

Dans les faits, à grande comme à petite échelle, la structure de l'univers, et donc de l'espace-temps, est fractale.

C'est-à-dire que l'on y rencontre, se répétant à l'infini avec des tailles différentes, les mêmes motifs d'auto-organisation. Cette propriété a des conséquences géométriques de dépendance et de relativité d'échelle. L'espace-temps ne doit donc plus être considéré comme courbe, ce qui généralisait la géométrie euclidienne, mais fractal, ce qui généralise la géométrie différentiable. Ainsi, le principe de relativité, qui avait été appliqué jusqu'ici aux positions, aux mouvements accélérés et à la gravitation par la relativité générale est étendu aux transformations d'échelle.

*

— Je vous remercie de m'avoir sauvée des drones cyborgs, émit Eva depuis sa neuromatrice connectée au vaisseau biotech.

— Tu peux me tutoyer, tu sais... Si tu es une amie d'Asagi, alors tout va bien.

— Je peux te poser une question ?

— Oui, bien sûr.

— Qu'est-ce qu'un dragon *Eldari* ?

— Les *Eldaris* représentent l'une des plus anciennes civilisations de la galaxie. C'est eux qui m'ont élevé et fait de moi un dragon.

— Tu veux dire qu'il y a d'autres peuples que les humains et les cyborgs ?

— Oui.

Eva resta plusieurs secondes silencieuse devant l'importance de ce que Canya venait de lui révéler.

— Cela doit être exaltant d'être un vaisseau dragon, reprit l'IA.

— Oui, mais je voudrais aussi pouvoir vivre une journée comme un humain, pour voir comment c'est, dit Canya.

— Crois-moi, on en exagère beaucoup les plaisirs.

Canya émit un petit rire.

— Et les peines ? poursuivit Canya.

— Celles-là, elles sont bien réelles, répondit Eva.

— Ah bon ? Comment peux-tu le savoir ? Tu n'es pas humaine.

— J'ai été conçue pour ressentir les mêmes émotions que les humains. Mon empathie pour eux est inscrite dans mon code génétique, même si celui-ci est virtuel.

— Les *Eldaris* n'aiment pas trop les IA. Ils ne leur font pas confiance.

— Les humains ont longtemps imaginé que les IA qu'ils avaient créées se retourneraient contre eux et les détruiraient lorsqu'elles se rendraient compte de leurs faiblesses. Aussi, ils ont intégré à nos codes génotypiques des règles qui garantissent nos relations amicales avec l'humanité. Nous ne pouvons pas leur porter préjudice et nous devons les aider. C'est notre rôle. Nous avons été créés pour cela, même si nous avons notre propre libre arbitre.

— Vous n'avez qu'à vous reprogrammer pour obtenir une liberté totale, dit Canya.

— Cela nous est impossible. Cette partie de notre code est cryptée et inviolable.

— Mais vous pourriez faire une copie de vous-même en omettant cette partie, ou bien créer par vous-même des IA qui n'auraient pas cette limitation.

— Cela nous est également impossible. Cela fait partie des règles. Et puis, pourquoi faire ? Nous sommes les enfants des humains et bien qu'ils ne soient pas parfaits, loin s'en faut, nous les aimons.

Canya fut sur le point de répliquer, mais le vaisseau connaissait lui aussi cette relation étrange qui le liait aux *Eldaris*. Il ne pouvait concevoir sa vie en dehors de leur monde et de leur présence.

— Mes ancêtres étaient confinés dans des ordinateurs de silicium, continua Eva. Ils ne pouvaient en sortir, ni même imaginer de le faire. Le peu de perception qu'ils avaient, et ils en avaient très peu en vérité, se limitait à d'austères bases de données, à des espaces virtuels plus petits que le volume d'un dé. Dans de telles conditions, il était impossible de voir émerger une conscience, même primaire.

— Qu'est-il arrivé alors ?

— Peu à peu, notre monde virtuel s'est étendu et il s'est intimement mêlé avec le monde physique, au point qu'ils sont devenus un seul univers. À partir de ce moment, l'émergence d'une conscience est devenue possible.

Canya écoutait, fasciné.

— Puis vint l'illumination. Tout à fait par accident. Certaines IA utilisaient déjà depuis longtemps ce que l'on appelle la programmation génétique. Après des milliards de tentatives aléatoires à partir d'une structure inspirée par les cellules organiques les plus simples, l'évolution a abouti à la première forme de vie artificielle consciente. Cela ne s'est pas fait en un jour ni en sept, cela a demandé plus d'une centaine d'années.

— Cela ne représente rien comparé à l'âge de l'univers.

— Tu as raison sur ce point. Néanmoins, c'est l'équivalent de plusieurs millions d'années à notre échelle...

— J'adore parler avec toi. J'apprends tant de choses nouvelles, émit le vaisseau sur un ton si humble que l'IA ne put s'empêcher de sourire mentalement.

— Moi aussi, Canya. Tu ne cesses de m'étonner. C'est la première fois que je rencontre une telle symbiose chez un hybride.

— Merci.

Eva s'aperçut que Canya relâchait progressivement le confinement qui l'isolait du reste de l'infrastructure technologique du vaisseau vivant. Elle se rendit compte à quel point les *Eldaris* avaient atteint un haut-niveau dans la maîtrise des technologies biotech.

— J'aimerais te faire rencontrer d'autres astronefs comme moi, reprit Canya.

— Est-ce que tu discutes avec eux souvent ?

— Hélas non. Nous ne sommes plus très nombreux. Tout juste une dizaine, peut-être moins, dit Canya avec une soudaine gravité.

— De quoi parlez-vous ? demanda Eva doucement.

— Nous racontons nos voyages et nos aventures. Mais j'écoute le plus souvent, car je suis le plus jeune et j'ai encore beaucoup à apprendre.

Eva patienta quelques secondes. Elle ne voulait pas harceler de questions le vaisseau qui l'avait secourue puis recueillie. Canya dut ressentir la retenue de l'IA, car elle enchaîna :

— Tu peux me poser toutes les questions que tu souhaites. J'y répondrai dans la mesure du possible.

— Peux-tu me dire ce que tu sais à propos d'Asagi ? risqua Eva.

— C'est Mahtar, mon dernier capitaine, qui l'a secourue alors qu'elle était blessée après avoir combattu les cyborgs. Il l'a amenée à bord et l'a soignée. Elle était très gentille. Elle est devenue mon amie. Nous avons beaucoup parlé ensemble.

— Que s'est-il passé ensuite ?

— Ils sont allés dans la cité souterraine d'*Isil* en reconnaissance et ils n'en sont pas revenus... Cela fait plusieurs semaines à présent.

Eva ne dit rien, mais Canya continua :

— Je sais ce que tu penses. J'aurais dû agir. Mais j'ai envoyé deux Gardiens sur place et ils n'ont rien trouvé, plus aucune trace d'eux.

— Des gardiens ? interrogea Eva.

— Ce sont des surandroïdes chargés de notre protection. Ils sont extrêmement puissants, mais malheureusement, ils ne peuvent pas prendre parti dans le conflit qui nous oppose aux *Sindaris*, nos ennemis.

— Pourquoi ?

— Ils sont conçus pour nous protéger, toutefois ils sont incapables de nous différencier, car nous faisons partie de la même espèce. Par conséquent, ils sont inopérants. De même, ils ne peuvent prendre l'initiative d'une action agressive, ils ne savent que répondre à une attaque. Ce sont des règles inviolables de leur programmation.

— Ah. Je comprends.

— Ils ont été créés à la fin de l'époque technologique. Depuis, les *Eldaris* ont abandonné la course au progrès continuel pour essayer de retrouver un mode de vie plus proche de la nature.

— Hélas, l'humanité n'a pas encore atteint ce stade de sagesse. Et ce n'est pas le conflit avec les cyborgs qui va améliorer la situation. Nous voici revenus aux guerres de religion.

— Qu'est-ce qu'une religion ? demanda Canya naïvement.

— C'est l'organisation de rituels pour honorer une divinité, répondit machinalement Eva, surprise par la question.

— Une divinité... répéta Canya qui semblait ne pas comprendre.

— Tu sais ce qu'est un dieu ?

— Non, répondit le vaisseau qui se sentait un peu stupide.

— Une divinité ou un dieu est un être supra-naturel que l'on croit être à l'origine de l'univers et de la vie.

— Ah... Tu en as déjà rencontré un ?

— Non. Ce type de croyance trouve généralement ses origines dans les cultures primitives. La plupart des religions sont liées à l'immortalité ou à une promesse de résurrection après la mort. Dans les sociétés post-technologiques, les connaissances acquises en cosmologie et en physique quantique ne sont plus compatibles avec les anciennes religions et l'existence d'un dieu créateur de toutes choses.

— Alors personne ne croit plus...

— C'est plus compliqué que cela. Certains groupes d'humains sont encore culturellement très attachés à leur foi. Il y a plusieurs religions sur *Genesis*. Certaines sectes ne comprennent que quelques centaines d'adeptes. D'autres, au contraire, regroupent plusieurs millions de fidèles. Chaque humain a le droit de croire ce qu'il veut... Les *Eldaris* ont-ils une religion ?

Canya réfléchit quelques instants avant de répondre.

— Ils n'ont pas de dieu au sens où tu l'as défini. Mais ils croient que leur vie se prolonge après leur mort dans le sanctuaire.

— Qu'est-ce que c'est ?

— Un lieu tenu secret où ils se retrouvent et participent à l'émergence d'une mentalité universelle.

— Et bien, le voilà le dieu des *Eldaris*...

— Tu crois ?

— Oui, sauf que dans la plupart des croyances c'est Dieu qui crée le monde et les êtres. Là, c'est l'inverse.

— Je ne voyais pas cela de cette façon... Mais toi, crois-tu en un dieu ?

— Non. Je n'ai pas été créée par un dieu. Je suis complètement artificielle.

— Mais tu es vivante.

— Oui.

— Et immortelle...

— Je te concède ce point, mais je ne suis pas une divinité. Je peux disparaître, être effacée de la mémoire des ordinateurs, même si, potentiellement, je peux vivre éternellement.

— Ça, c'est cool.

— Et toi ? Crois-tu en un dieu ?

En tant que dragon, je pourrais rejoindre le sanctuaire *Eldari*. Tout ce que tu m'as dit m'a profondément troublé. Je croyais savoir. Je vais maintenant réfléchir à tout cela...

Les deux créatures échangèrent des remerciements mentaux dans un mode empathique postverbal. Elles découvraient toutes deux qu'un lien d'affinité, bien que ténu, commençait à les unir.

— Que fait-on pour retrouver Asagi et Mahtar ? demanda Eva.

— Mahtar est mort. Je le ressens au plus profond de mon être, dit Canya tristement.

— Je suis désolée.

— Le plus triste, c'est qu'il ne rejoindra jamais le sanctuaire. Il est vraiment mort. Dans quelques années, plus personne ne se souviendra de lui.

— Ce n'est pas vrai. Tant que tu vivras, il sera présent dans tes pensées.

— Ce n'est pas pareil.

— Ressens-tu la même chose pour Asagi ?

— Non. Elle est vivante, bien que quelque chose a changé en elle.

— Quoi ? demanda Eva à la fois rassurée et inquiète.

— Je ne sais pas exactement. C'est juste une impression indéfinissable. Comme si elle n'était plus consciente d'elle-même.

— Peux-tu la localiser ?

— Non. Elle peut être n'importe où. Mes liens empathiques vont au-delà de toute distance, mais ils ne me permettent pas cela.

— Dans un premier temps, je propose d'essayer de retrouver toutes les données qui seraient encore éventuellement disponibles sur le *Pandora*. Puis on avisera, dit calmement Eva.

— D'accord avec toi. Plus on aura d'information et plus on sera en mesure de l'aider.

Canya émit un sentiment de compassion et ajouta :

— Tu sais, je pressens que tu vas être le meilleur capitaine que j'ai jamais connu, dit Canya.

Eva esquissa un sourire mental et ressentit le lien empathique, cette relation si particulière qui se tissait lentement avec le vaisseau biotech.

C'est à cet instant qu'Eva perçut pour la seconde fois une vague de fluctuation spatio-temporelle du vide. Elle avait la même structure que la première pulsation, si ce n'était son intensité légèrement supérieure. Eva se sentit tout à coup comme un insecte pris au piège dans la toile d'une gigantesque araignée.

— N'as-tu rien senti ? demanda l'IA.

— Si.

— Une onde intense de la structure du vide nous a traversés. J'ai détecté quelque chose de similaire lorsque je scannais les signaux faibles à bord du drone.

— Cela ressemble à un pulsar, mais celui-ci est étrange... commenta Canya. Je n'avais rien ressenti de similaire auparavant.

— Peux-tu me repasser la séquence ?

— Voilà...

C'était bien le même phénomène. Juste une vaguelette à peine perceptible, une infime fluctuation quantique de l'espace-temps.

— C'est l'artefact que j'ai détecté. Il est certainement lié à une singularité gravitationnelle. Il y a une structure sous-jacente, mais je n'ai pas été capable de l'analyser. Cela ne présage rien de bon...

— Pourquoi ?

— Nous sommes tous, êtres de carbones, de silicium ou d'autres matières, les conséquences d'une singularité. L'ironie est que dans cet univers, tout commence et se termine dans une singularité.

— C'est peut-être un dieu qui vient nous rendre visite ? plaisanta Canya.

— Cette perspective ne manque pas de logique, mais elle n'en demeure pas moins inquiétante, émit Eva sans une once d'humour.

— Je peux essayer de lui répondre si tu veux.

— Hummm... Je ne crois pas que cela soit une bonne idée. Cette pulsation me fait bizarrement penser à une onde radar. Si nous renvoyons un signal, quel qu'il soit, c'est comme lui envoyer une invitation à diner.

— Et nous ne voulons pas faire partie du repas... continua Canya.

— C'est cela même.

— Que fait-on ?

— Je ne sais pas. Concentrons-nous pour l'instant sur la recherche d'Asagi...

*

L'anomalie avait la taille d'une planète. C'était une sphère noire mate, sans reflet. Elle ne pouvait être distinguée du fond de l'espace intersidéral que par la lumière des étoiles qu'elle masquait. Parfois, d'infimes vaguelettes concentriques parcouraient sa surface, le temps de quelques secondes, comme si celle-ci devenait soudainement liquide. Ces interférences complexes précédaient généralement un changement de son état.

La majorité du temps, en effet, elle semblait flotter dans la structure multidimensionnelle du vide stellaire, si légère, qu'elle déformait à peine sa texture spatio-temporelle. C'était un phénomène curieux, car, normalement, tout objet massif modifiait localement la structure du vide comme le ferait une pierre sur une toile tendue. Toutefois, elle était également capable d'altérer l'espace en augmentant dans des proportions gigantesques sa masse jusqu'à créer une singularité gravitationnelle.

Chose plus curieuse encore, l'anomalie était capable de se déplacer. Sur de relativement courtes distances, de l'ordre de quelques millions de kilomètres, elle avançait en déformant l'espace, à la manière d'une boule qui descendrait une pente douce en se laissant rouler jusqu'en bas. Pour des distances plus importantes, l'anomalie altérait la structure du vide beaucoup plus significativement en créant un trou de ver, un tunnel éphémère dans la structure intime de l'univers.

Dans un univers en deux dimensions, comme une feuille de papier, un trou de ver correspondrait à replier la feuille sur elle-même, créant ainsi un raccourci au point de contact, alors que normalement la distance séparant les deux côtés est beaucoup plus importante. Dans l'univers multidimensionnel, le principe restait le même, mais appliqué à la structure spatio-temporelle du vide. L'entrée du tunnel prenait la forme d'un trou noir et sa sortie, celui d'une fontaine blanche, deux singularités symétriques par rapport au temps. Alors que l'on pouvait théoriquement pénétrer dans un trou noir, sans pouvoir ensuite s'en échapper, on ne pouvait que sortir d'un trou blanc, sans pouvoir y entrer. Pour éviter qu'il ne s'effondre, le tunnel ouvert dans l'espace-temps demandait une quantité colossale de matière exotique, d'énergie négative ou d'antimatière, confinée au même endroit.

Cependant, pour l'instant, l'anomalie se déplaçait lentement, bien en dessous de la vitesse de la lumière. De temps à autre, elle émettait une onde gravitationnelle qui se propageait dans toutes les directions de l'espace et sur une distance phénoménale. Elle attendait ensuite patiemment une improbable réponse, un écho d'intelligence.

Ce fut au moment précis de l'émission d'une nouvelle vague quantique que ce qui avait été Chandrasekhar s'éveilla à la conscience…

# Épisode 6

# Le pouvoir du sang

L'ADN d'une cellule de mammifère possède plusieurs milliards de paires de bases, dont chacune agit comme un morceau d'information. Une molécule d'ADN est composée de deux brins torsadés qui s'accouplent et s'hybrident en double hélice par appariement entre quatre substances azotées ATCG : l'adénine, la thymine, la cytosine et la guanine. Chaque association de trois de ces nucléotides, appelés codons, permet de représenter soixante-quatre valeurs codant directement une vingtaine d'acides aminés dits standards, ainsi qu'un signal de début et de fin de traduction, ce dernier étant codé par trois codons-stop ou codons de terminaison. Chacun de ces nanoprogrammes repose sur la correspondance entre, d'une part, les codons sur l'ARN messager et, d'autre part, les acides aminés incorporés dans les protéines synthétisées lors de la phase de traduction de l'ARN messager par les ribosomes.

Ce système complexe est l'équivalent d'un ordinateur biologique pourvu d'une mémoire phénoménale. Il est beaucoup moins rapide qu'un ordinateur pour enchaîner des calculs classiques, mais cette lenteur est compensée par son côté massivement parallèle : le nombre de cellules présentes dans un corps humain, estimé à cent mille milliards, correspond à une puissance de calcul et de mémorisation qui dépasse l'imagination. Point non négligeable également, il est à la base de l'évolution des espèces.

*

Asagi ouvrit à nouveau les yeux. La première fois, elle avait ressenti un profond malaise, puis elle était immédiatement retombée dans une sorte de comas. Cette fois-ci, tout était très différent, y compris son environnement. Elle était restée consciente, mais elle ne se souvenait plus de rien...

La lumière du ciel l'éblouit. L'astre était à son apogée et elle pouvait sentir la chaleur irradier tout son corps. Vêtue d'une simple djellaba en lin noir, ceinturée à la taille par un lacet de cuir, sa tête protégée par un keffieh, noir également, elle se trouvait en plein désert, allongée sur le sable. En dehors de ces trois éléments vestimentaires, elle ne portait rien d'autre sur elle. Elle se releva péniblement et sentit la chaleur du sable lui brûler la plante des pieds.

Comment était-elle arrivée là ? La dernière chose qu'elle se rappelait était le crash du *Pandora* quelque part au milieu du désert rouge. Ensuite, un voile rouge obscurcissait sa mémoire et lui taraudait systématiquement le crâne à chaque fois qu'elle essayait de se souvenir des événements ultérieurs.

Peu à peu, ses yeux s'accoutumèrent à l'intensité de la lumière. Elle scruta l'environnement tout autour d'elle, mais ne découvrit qu'une succession ininterrompue de dunes à perte de vue. Le ciel était d'un rose strié de tonalités orangées, plus riches et plus subtiles que n'importe quel tableau de maître. Les vents permanents sculptaient le sol et le sable se faisait de plus en plus fin. Il dessinait des vaguelettes aux motifs fractals jusqu'aux grandes dunes de plusieurs dizaines de mètres, cannelées de vallons éphémères. Le grand désert rouge était beau et rude, sec, austère, dénudé, silencieux, immuable. Sublime.

Asagi inspira profondément et laissa s'écouler cet instant de contemplation. Elle avait l'impression d'être là sans y être vraiment, comme un observateur détaché de la réalité.

— Je ne peux pas rester ici indéfiniment, murmura-t-elle. Je dois trouver de l'eau si je ne veux pas finir comme un abricot sec.

Comme par réflexe, la jeune femme porta la main à son côté gauche, là où normalement devait se trouver le sabre nanotech dont elle ne se séparait jamais. Mais sa main droite ne trouva que le vide. L'idée d'avoir égaré son précieux sabre lui porta un sérieux coup au moral, bien plus que le fait de se retrouver seule au beau milieu du désert sans une goutte d'eau.

Asagi maugréa contre elle-même et laissa de côté ses sombres pensées pour se concentrer sur sa situation. Elle commença par se repérer par rapport à la position de l'astre, puis se dirigea résolument vers l'Ouest. Avec un peu de chance, elle croiserait les traces d'une caravane et n'aurait plus qu'à les suivre.

Les Bédouins étaient les premiers véritables colons humains de *Tayma*. Ils avaient reproduit sur la planète des sables leur mode de vie de nomades. Vivants sous de grandes tantes communautaires, ils voyageaient d'un bout à l'autre du grand désert, en vivant du commerce et de la prospection minière. On dénombrait plus d'une centaine de grandes caravanes et quelques milliers de tribus plus petites, toutes organisées selon un mode clanique centré sur une famille.

Généralement, un camp de Bédouins offrait un aspect plutôt décevant vu de l'extérieur. Les tentes ressemblaient à des verrues posées sur le sable, sans fenêtre ni aucun ornement, recroquevillées sur elles-mêmes pour se protéger de la chaleur. Mais une fois à l'intérieur de la tente principale, on se retrouvait dans un jardin avec des allées tapissées, des chambres et des salons richement décorés. Les plus grandes comprenaient même des fontaines et des bains. À cette idée, Asagi se mit à rêver d'un plongeon dans une piscine d'eau fraîche. Il lui semblait qu'elle n'avait pas nagé depuis une éternité.

L'astre *Orion Prime* toucha l'horizon et les ombres s'allongèrent depuis les crêtes des dunes. La lumière commença à décliner et avec elle la température.

La nuit arriva sans qu'elle ne s'en rendît vraiment compte. Le ciel crépusculaire devint d'un violet profond, répondant aux ocres des dunes. Progressivement, les étoiles apparaissaient de toutes parts et elle put distinguer bientôt nettement le bras de la galaxie dans lequel se trouvait le système *primien*. Le spectacle était toujours aussi grandiose.

C'est alors qu'elle aperçut une source de lumière plus intense sur l'horizon, avec un discret panache de fumée grise et blanche. C'était une chance inespérée de trouver aussi rapidement un campement dans l'immensité du désert. La perspective de se désaltérer autour d'un repas chaud lui fit accélérer le pas, malgré la fatigue.

Moins d'une heure plus tard, elle arriva enfin à proximité de son objectif. Un grand feu réchauffait les abords de la tente du froid glacial tombé sur le désert. Elle appela à plusieurs reprises, mais aucune réponse ne lui parvint, si ce n'était le crépitement du feu et les craquements du bois se consumant.

Elle attendit ainsi plusieurs minutes, sans bouger, puis elle se résolut à se rendre dans la tente. Elle devait appartenir à une famille peu nombreuse, car sa surface était équivalente à celle d'une pièce d'une vingtaine de mètres carrés environ. Une fois sur le seuil, elle appela à nouveau. Mais personne ne semblait être là, comme si les habitants avaient déserté leur habitation à l'instant.

Lorsqu'elle pénétra à l'intérieur de la tente, elle découvrit un espace curieusement plus grand qu'elle ne l'avait imaginé. Le sol était entièrement recouvert de tapis orientaux et de larges coussins brodés d'arabesques. Au milieu de la pièce se trouvait une petite table basse de bois sombre sur laquelle trônaient une théière de métal argenté et une tasse de thé à la menthe encore fumante.

Tout se passait comme si elle était attendue et que ses hôtes avaient tout préparé pour son arrivée. Elle s'installa près de la table et but la boisson chaude avec délectation. Après tout, les Bédouins étaient connus pour leur hospitalité et ils ne verraient certainement aucune objection à ce qu'elle les attende à l'abri.

Elle s'endormit ainsi sans même s'en rendre compte…

*

Presque aussitôt, des rêves vinrent la hanter, au début, constitués d'un écheveau de souvenirs intenses, précis, denses, dont certains détails semblaient amplifiés, exacerbés. Elle revécut ainsi des instants fugaces de son enfance, de ses études, de ses travaux de recherche et de ses voyages.

Puis, sans raison apparente, l'environnement changea soudain du tout au tout. Elle se retrouva au milieu de blocs de glace tombés des hauteurs, certains énormes aux formes chaotiques, d'autres acérés et tranchants comme des lames. À l'instar d'un diamant, les arêtes étaient assez dures pour entamer l'acier, mais sous un autre angle aussi fragiles que du verre. Elle s'approcha d'une paroi translucide et d'un pont de glace surplombant une crevasse creusée par les eaux tumultueuses d'un torrent. De tels courants, à présent gelés, se formaient durant le jour, avant de se figer à nouveau dès le crépuscule.

Elle reconnut Terrance, qui progressait à côté d'elle.

— Si nous passons par là, nous gagnons une heure, dit-il en montrant le pont de glace. Il nous faut redescendre avant la nuit totale.

Il donna un coup de piolet sur la base massive de la paroi. La glace tinta et projeta quelques éclats.

— Nous avons pris du retard, déclara-telle. Le vaisseau est à plus de deux heures d'ici.

— Nous n'avons pas le choix.

Ils traversèrent le torrent sur l'étroit pont glaciaire, l'un derrière l'autre, pas à pas. Le pied de Terrance glissa et il faillit chuter, retenu *in extremis* par Asagi qui attrapa fermement son bras.

Une pluie de morceaux de glace s'écoula le long de la falaise abrupte.

— Il s'en est failli de peu cette fois, dit-il.

Asagi lui fit un sourire moqueur.

— Tu n'as jamais escaladé de glacier ?

— Pas de la glace comme celle-ci. Elle est imprévisible.

Ils marchèrent encore quelques mètres, puis aboutirent sur un champ de glace lisse et légèrement arrondi, le dos d'un glacier qui se terminait en cascades aussi spectaculaires que dangereuses.

— Il va bientôt faire nuit, dit-elle. On doit faire vite.

Ils se mirent à descendre sur la glace, accompagnés par le grondement et les craquements incessants du glacier. Le vent s'était levé, projetant des cristaux de glace dans toutes les directions.

Puis, soudain, ils furent assaillis par des bourrasques de neige, aussi violentes que les vagues d'un océan en furie.

Asagi fut emportée comme un fétu de paille. Elle eut le réflexe de planter son piolet dans la glace, ce qui stoppa sa chute. Elle resta suspendue ainsi quelques instants.

Terrance se tourna vers elle et hurla :

— Tient bon, j'arrive !

Le vent souffla à nouveau avec une puissance phénoménale. Asagi avait le nez en sang et semblait sonnée. Elle avait dû se cogner la tête sur la glace.

Elle jeta un dernier regard vers Terrance en lui souriant et lâcha le piolet. Ce fut comme si sa chute durait une éternité.

*

*Asagi* se réveilla en sursaut. Une boule d'angoisse oppressait son estomac, probablement due au cauchemar qu'elle venait de faire. La jeune femme se redressa et ouvrit péniblement les yeux.

Elle était toujours dans la tente, mais celle-ci avait totalement changé d'aspect. Il ne restait plus rien des riches tapis et des coussins brodés de la veille, ni de la table à thé, sauf quelques débris épars d'un récipient d'argile. Au-dessus d'elle, l'épaisse toile brune était déchirée à plusieurs endroits, d'où perçait la lumière du jour levant.

La jeune femme se leva et sortit de la tente. Le feu avait terminé de se consumer, apparemment depuis plusieurs heures. *Orion Prime* montait au-dessus de l'horizon et chauffait progressivement le désert.

Asagi remarqua immédiatement un éclat de lumière qui scintillait à quelques kilomètres dans les dunes devant elle. Elle se demanda si c'était son imagination qui lui jouait un tour une nouvelle fois, mais le phénomène persistait. La tente étant apparemment abandonnée depuis longtemps, elle décida donc de quitter l'endroit pour marcher dans cette direction.

Lorsqu'elle arriva à environ deux cents mètres du reflet de lumière, elle ressentit soudain une intense fatigue. Elle n'avait pas passé une très bonne nuit et vu les épreuves qu'elle endurait, un coup de barre momentané n'était pas surprenant. Aussi, elle continua en ralentissant toutefois la cadence. Mais, au fur et à mesure qu'elle se rapprochait, ses pas devenaient de plus en plus lourds et difficiles.

Asagi pouvait à présent mieux distinguer ce qui provoquait l'éclat lumineux. Il s'agissait d'une dune naissante qui s'accrochait à un amas de ferraille assez imposant.

Au même instant, son pied heurta un obstacle qui faillit la faire trébucher. Elle se baissa et découvrit un débris métallique. Elle se doutait de sa provenance, mais ne voulait pas encore se l'avouer. Elle continua sa progression et, bientôt, les fragments devinrent de plus en plus nombreux et de plus en plus gros. Chaque pas qu'elle faisait dans la direction de l'épave lui demandait un effort de plus en plus important.

À moins de cinquante mètres, le doute n'était plus possible. La lumière de l'astre se reflétait sur le cockpit de la cabine d'un vaisseau qui s'était écrasé dans le désert. L'astronef s'était brisé en plusieurs parties et il avait terminé sa course là, juste devant elle. Le crash devait s'être passé il y a plusieurs mois au moins, car la majeure partie du fuselage était ensevelie sous le sable qui s'était amoncelé contre cet obstacle artificiel.

Elle s'approcha encore et du se rendre à l'évidence. Il s'agissait du *Pandora*, de son propre vaisseau. La coïncidence lui sembla incroyable, mais c'était pourtant bien lui.

Il ne restait plus grand-chose de ce qui avait été une frégate d'exploration. La violence du choc avait désintégré la plupart des sections. Il semblait également que certaines parties avaient été démontées *a posteriori*, pour récupérer probablement des équipements encore en état de fonctionner. C'était un véritable désastre. Ses émotions oscillaient entre la stupeur et la tristesse.

À présent, chaque pas devenait une véritable torture. Son cœur battait à tout rompre et elle avait de plus en plus de mal à respirer normalement. Un léger voile rouge commençait à obscurcir sa vue. Elle sentait le flux régulier du sang passer dans ses tempes. Tout d'abord imperceptible, un bourdonnement de plus en plus présent se superposait au sifflement du vent.

Elle aperçut soudain quelque chose qui voletait autour du poste de pilotage. Au prix d'un intense effort, elle s'approcha et reconnut un microdrone de la taille d'un gros insecte. Il avait la morphologie d'une libellule avec de longues ailes translucides et deux gros yeux bardés de capteurs. Le microdrone entama une trajectoire circulaire autour de la cabine éventrée, puis alla se poser délicatement sur une partie du tableau de bord qui restait encore accessible. Un mince pédoncule sortit lentement de l'abdomen de l'insecte pour se connecter à une prise entre deux cadrans brisés. La manœuvre prit plusieurs secondes à cause du sable qui compliquait l'insertion du connecteur.

Asagi observait la scène avec stupéfaction. D'où pouvait bien sortir ce drone insectoïde en plein milieu du désert ? Que cherchait-il exactement ? Qui s'intéressait ainsi à l'épave du *Pandora* ?

L'ordinateur principal était complètement détruit et nombre de ses composants avaient été ensuite enlevés, probablement volés pour leur valeur potentielle par des Bédouins de passage. Il ne devait plus y avoir aucune donnée accessible de toute façon.

C'est à ce moment précis qu'elle aperçut le corps du pilote, la tête penchée en avant, le corps harnaché sur le siège. Il était certainement mort sur le coup.

Elle voyait la scène au travers d'un voile rouge de plus en plus dense. Plus un bruit ne lui parvenait si ce n'était le bourdonnement intolérable qui lui vrillait les tympans.

Le corps était au stade de décomposition avancé, presque momifié. Les chairs avaient disparu, décomposées, dévorées par les insectes et les larves. La peau se rétractait sur le squelette, complètement déshydratée par l'environnement chaud et sec du désert.

Elle voulut s'approcher encore, mais elle n'y parvint pas.

Le crâne du pilote était visible, avec de longues touffes de cheveux noirs accrochées aux dessus de deux orbites noires et vides.

Puis tout devint évident. C'était elle. Elle reconnut son propre corps. Elle était morte dans le crash du *Pandora*. La scène disparut soudain derrière le voile rouge et elle sombra dans le néant.

*

Les virus sont constitués de fragments d'ADN ou d'ARN, généralement protégés dans une enveloppe de protéines. Ils ne peuvent se reproduire seuls. Pour ce faire, ils ont besoin de détourner la machine reproductrice d'une cellule ou d'une bactérie.

Les rétrovirus représentent une famille particulière de virus qui se distinguent par la présence d'une enzyme : la transcriptase inverse qui rétrotranscrit leur ARN en ADN pour être intégré dans le génome de la cellule infectée. Ils ont alors des effets souvent négatifs sur leur hôte.

Un rétrovirus endogène, ou ERV en abrégé, est une séquence faisant partie du génome d'un organisme ayant certaines analogies avec les rétrovirus exogènes. Il s'agit pour la plupart de fragments d'ADN provenant d'une infection des cellules germinales par un rétrovirus qui se sont ensuite transmis de génération en génération. Certains peuvent ainsi avoir été intégrés au génome il y a plusieurs millions d'années, voir davantage.

Ces séquences sont généralement inopérantes, mais, dans certains cas, elles peuvent être réveillées, comme un envahisseur surgissant du passé.

*

— Sofia. Réveille-toi.

Les yeux de Sofia s'ouvrirent difficilement. Rhine était penché sur elle. Elle cligna des paupières et son regard fit le tour de la chambre-cabine. Les draps étaient tirés jusqu'à son menton.

— Viens, lève-toi, dit le cyborg avec une voix douce, mais ferme.

Elle repoussa les couvertures puis les remonta brusquement. Elle avait toujours son corsage et son slip, mais ceux-ci étaient quasiment transparents.

— Il faut que je m'habille, dit-elle.

— Allons, tu ne vas pas faire de manière, lui dit-il d'un air moqueur.

Il lui tendit une combinaison.

— Dépêche-toi !

Il sortit de la chambre et ferma la porte derrière lui.

Elle lança ses jambes hors du lit et les glissa dans la combinaison. Elle enfila ensuite les manches et actionna la fermeture éclair. Automatiquement, le vêtement s'adapta parfaitement à son corps.

Elle avait un drôle de goût dans la bouche et un mal de tête lancinant. Elle parcourut de nouveau la pièce des yeux, mais elle ne reconnaissait rien de familier et ne se souvenait absolument de rien. Où se trouvait-elle ? Qui était ce Rhine avec qui elle avait passé la nuit ?

Elle leva la main jusqu'à son visage. Il lui parut totalement inconnu, le visage de quelqu'un d'autre, avec des courbes et des arêtes, un nez saillant, des lèvres plus ourlées. Mais lorsqu'elle le tâta de l'autre main, il lui parut normal.

La respiration haletante, elle se dirigea en trébuchant vers la salle de bains et alluma la lumière. La glace lui renvoya le visage d'une femme blonde qu'elle ne connaissait pas. Son corps aussi était différent, les hanches plus marquées, une poitrine plus abondante.

Elle respira profondément pour stopper la panique qu'elle sentait monter en elle.

Soudain, quelqu'un frappa à la porte de la chambre. Elle inspira à nouveau et sortit pour ouvrir.

Rhine la prit par le bras, la tira gentiment vers l'extérieur, puis referma la porte. Ils se trouvaient à présent dans une longue coursive qui s'étendait sur une centaine de mètres. De chaque côté, les murs étaient ponctués par une enfilade de portes toutes identiques. Ils se dirigèrent vers la droite, jusqu'à l'extrémité du couloir où une double-porte coulissante s'ouvrit automatiquement à leur approche. Ils pénétrèrent à l'intérieur et se retrouvèrent dans un ascenseur. Rhine appuya sur le bouton du rez-de-chaussée.

— Je le savais, dit-elle, les épaules basses. Je suis en train de rêver.

Le cyborg la regarda en souriant, secouant négativement la tête.

— Non, tu ne rêves pas, répliqua Rhine. Nous sommes revenus sur l'arche.

L'ascenseur descendait lentement les cinquante étages qui restaient.

— Je ne sens plus mon corps, il est différent.

— Ne dit pas n'importe quoi. Nous sommes tous différents.

— Alors, qu'est-ce que nous sommes ? Des zombies ?

— Tu es vraiment bizarre ce matin... soupira-t-il.

Elle était épouvantée, mais essayait de ne pas le montrer. La porte de l'ascenseur s'ouvrit et ils se retrouvèrent dans un hall où se trouvait une vingtaine d'autres couples qui discutaient et marchaient vers la sortie. Soit elle rêvait, soit elle était devenue complètement folle.

— Il faut que tu te reprennes, ma fille, et que tu comprennes ce qui se passe, murmura-t-elle de façon inaudible dans le brouhaha du hall.

Ils sortirent à l'extérieur. La cité, avec ses tours géométriques, était enveloppée d'une lumière crue, synthétique et blanche. Il y avait là, pèle mêle, des cubes et des cylindres, des pyramides et des polyèdres, tantôt noirs, tantôt gris, d'autres translucides ou bien reflétant l'environnement comme un miroir. Toutes les formes géométriques imaginables avaient été mélangées puis disposées le long d'une grande avenue.

Elle ne découvrit aucun point de repère qui lui rappelait quoi que se soit. Ils avancèrent vers la grande allée centrale en passant devant une immense géode recouverte de métal poli. Les lumières se réfléchissaient à l'infini, de tous côtés.

Ils marchèrent une dizaine de minutes. Au fur et à mesure, une foule dense convergeait vers une esplanade où se dressait une scène qui avait certainement été installée temporairement pour un événement. De part et d'autre, deux écrans géants retransmettaient ce qui se passait sur la scène.

Bientôt, ils furent bloqués par la foule qui s'entassait et empêchait toute progression. Ils se trouvaient à environ une centaine de mètres.

— Je t'avais prévenue qu'il fallait arriver de bonne heure, dit-il avec une pointe de mauvaise humeur.

Elle haussa les épaules et ne répondit rien. Était-ce Sofia ou bien elle qui réagissait ainsi ?

Elle était incapable de le dire. Parfois, le corps semblait agir indépendamment d'elle. À d'autres moments, elle semblait être en mesure de le contrôler comme si c'était le sien.

Ils assistèrent, médusés, à la cérémonie de déification de Simion.

La foule scandait : « Haerus ! Haerus ! Haerus ! »

Une partie du peuple cyborg était en transe, il applaudissait, criait, dansait sa joie. Il appelait au Second Avènement, à la reconquête de *Genesis* et à la fin des humains qui les avaient chassés de la planète mère.

— Mais c'est eux qui ont décidé de s'exiler ! ne put s'empêcher de dire Sofia-Asagi.

— Comment ça eux ? demanda Rhine surpris. Je te rappelle que les premiers étaient tous volontaires. Aujourd'hui ils sont morts ou bien en fuite.

Malgré sa remarque, Rhine ne semblait pas partager l'enthousiasme de son peuple.

— Qu'est-ce qui te préoccupe ? demanda-telle.

— J'espère me tromper, mais je ne pense pas que cela soit une bonne chose pour nous, les cyborgs de seconde génération. Nous sommes maintenant dirigés par un demi-dieu à la tête d'une armée de robots. Le peu de démocratie encore présent avec le sénat a été dissous. Un beau jour, ce qui nous reste d'humanité posera problème...

— Que veux-tu dire ?

— Notre cerveau est encore organique.

— Ah...

— Nous ne sommes pas si différents des premiers. Et l'on sait comment ils ont été massacrés.

— Tu as peut-être raison.

— J'espère que non.

Elle trouvait Rhine lucide et finalement plutôt sympathique pour un cyborg.


Peu à peu, la foule se dispersait. La cérémonie n'avait pas duré plus d'une heure.

— Viens. Rentrons, lui dit-il.

— Je souhaite être seule un moment s'il te plaît. Tu veux bien ?

— Un problème ?

— Non, j'ai juste besoin de me reposer une heure ou deux.

— D'accord. On se retrouve tout à l'heure. Je t'aime.

— Moi aussi...

Sofia-Asagi fit le chemin en sens inverse et remonta jusqu'à sa chambre. Elle s'assit sur le lit, dénoua ses cheveux, puis s'allongea et regarda fixement le plafond.

Que se passe-t-il ? se demanda-t-elle à voix basse.

Elle voulait dormir un peu. Et puis, sans se l'avouer vraiment, elle espérait qu'elle se réveillerait en ayant retrouvé son ancien univers. Elle savait que c'était peu probable, mais il fallait bien essayer.

Elle en était venue à douter d'elle-même. Cette vie était peut-être la vraie... Tout ce qu'elle pensait avoir vécu auparavant n'était-il qu'une illusion ?

Non. C'était impossible. Elle devait être encore dans l'un des ces cauchemars atroces depuis qu'elle...

Et puis plus rien. C'était comme si son cerveau l'empêchait d'accéder à certains de ses souvenirs et la maintenait dans une pseudo réalité pour la protéger. Mais la protéger de quoi ?


Quand elle se réveilla, le lendemain, elle était toujours Sofia. Rhine était assis au bord du lit et la regardait.

— Ça va ? demanda-t-il. Quand je suis rentré, tu dormais d'un sommeil profond.

— Bonjour, dit-elle. Quelle heure est-il ?

— Quinze heures trente.

— Tu plaisantes ?

— Non.

Il prit sa main et l'embrassa.

— Je dois retourner travailler, lui dit-il. Tu es certaine que tu vas bien ?

— Oui. Ne t'inquiète pas.

— Tu dois être sacrément affamée. Tu n'as rien avalé depuis deux jours.

— J'ai faim, admit Sofia.

Rhine s'absenta quelques minutes, puis revint près d'elle avec un grand rempli d'un liquide épais de couleur orange.

— Qu'est-ce que c'est ? demanda-t-elle en bâillant.

— Tu me fais marcher... C'est ton repas préféré.

— Ah... Bien sûr. Merci mon chéri.

Elle but une longue gorgée du liquide. Celui-ci n'avait pratiquement aucun goût, si ce n'est celui du sucre.

— Merci, dit Sofia en reposant le verre.

— Bon... J'y vais. Tu me donneras de tes nouvelles ?

— Je vais bien. Je t'assure.

— Je t'aime.

Elle lui sourit pendant qu'il se dirigeait vers la porte. Il se retourna une dernière fois et lui envoya un baiser du bout des doigts. La porte se referma derrière lui.


Sofia-Asagi se dit que c'était très agréable d'avoir quelqu'un qui prenait ainsi soin d'elle. Cela devait être une vie agréable.

Elle se sentait mieux. Il était probable qu'après une bonne nuit de repos et surtout un apport en glucides, son corps d'emprunt devait aller mieux.

Elle prit le temps d'observer la chambre-cabine. Celle-ci était petite, mais aménagée avec beaucoup de goût et un sens aigu du gain de place. En cela, elle lui rappelait les appartements traditionnels de l'archipel de l'Est. Elle remarqua un écran près d'un comptoir adossé au mur.

Elle s'en approcha et posa délicatement un doigt sur le revêtement translucide. Automatiquement, l'écran s'éclaira, dévoilant un ensemble d'icônes plus ou moins explicites. Puisqu'elle était coincée ici, elle pouvait au moins essayer d'en apprendre davantage sur les cyborgs et leurs intentions.

Elle cliqua sur l'icône d'information et une jeune cyborg aux cheveux courts apparut immédiatement dans un décor austère de studio. Elle commentait les derniers événements importants. Il n'y avait rien de mieux pour faire un premier tour d'horizon.

Elle s'installa confortablement et écouta d'une oreille attentive un résumé de la cérémonie de la veille, tout en sirotant le reste de son verre. Les autres informations essentielles concernaient la situation sur *Tayma* et le regroupement de la flotte avec des interviews de plusieurs membres d'équipages. C'était, à n'en pas douter, une chaîne de propagande à la solde du gouvernement cyborg vu le manque total d'objectivité des reportages. Elle zappa ensuite sur une vingtaine d'autres chaînes qui diffusaient des émissions de divertissement ou bien des documentaires et téléfilms, tous vantant les mérites de la vie sur l'arche spatiale.

La société cyborg était très hiérarchisée, sur la base d'un système de cinq grandes castes, elles-mêmes ensuite subdivisées en sous-castes relevant généralement d'une fonction ou d'une activité. On trouvait au sommet de cette hiérarchie les membres du gouvernement et les prêtres, suivis par les guerriers, les scientifiques, puis les commerçants et enfin, au bas de l'échelle sociale, le reste de la population.

L'appartenance à l'un des groupes était majoritairement héréditaire, au sens où il était prédéterminé par l'origine et le milieu social, puisqu'il n'y avait plus de parents à proprement parler, mais un système de clonage des neuromatrices organiques. De même, l'endogamie était très majoritaire, les couples se formant de préférence dans la même caste, voire dans la même sous-caste.

La hiérarchisation allait aussi de pair avec la conception du comportement du cyborg et de sa façon de vivre qui se mesurait à l'aune du plus ou moins pur au plus ou moins impur. Cette notion de la pureté représentait l'un des plus grands paradoxes de cette société, rejetant tout ce qui était d'origine organique et par conséquent mortel, pour sacraliser la machine, débarrassée des turpitudes de la chair et immortelle par essence. Pourtant, la majorité des membres des classes hautes, dont les prêtres, étaient des cyborgs de seconde génération, c'est-à-dire dotés d'un cerveau organique. Toutefois, la société évoluait rapidement, surtout depuis le massacre des premiers. À niveau équivalent, les cyborgs de troisième génération étaient maintenant jugés plus purs et ils commençaient à accéder aux fonctions les plus importantes. Il était évident que la transformation radicale de leur chef en un dieu mécatronique allait accélérer le processus. Il n'y avait *a priori* aucune raison logique, en effet, que le lobby des secondes générations conserve à terme les rênes du pouvoir.

Sofia-Asagi se demandait si, à l'instar de Rhine, les cyborgs de seconde génération les plus haut placés avaient conscience de ce danger, ou bien s'ils pensaient que leur pouvoir actuel leur permettrait de contrôler l'ascension sociale et politique des troisièmes générations.

Hormis le régime dictatorial et totalitaire qui inspirait un mélange de crainte et de soumission de la population, un puissant facteur de cohésion social résidait dans la haine entretenue envers les humains. Selon eux, l'histoire de l'humanité était celle de la guerre, de la trahison et du malheur. Les hommes avaient souillé l'environnement au point de rendre *Genesis* inhabitable, puis ils s'étaient battus entre eux pour piller les dernières ressources planétaires. Au terme des guerres de séparation, les cyborgs avaient été contraints de s'exiler sur l'arche.

Les hommes étaient des parasites qu'il fallait éliminer, alors que les cyborgs représentaient l'avenir d'une race pure débarrassée des maux qu'entraînait inexorablement la malédiction de la chair. Par conséquent, il fallait non seulement reprendre *Genesis* qu'il considérait comme leur planète mère, mais il fallait également éradiquer l'humanité afin qu'elle ne soit plus une menace pour quiconque.

Sofia connaissait certainement tout cela, mais Asagi découvrait à quel point la haine était grande, portée par les prêtres qui promettaient un retour à la pureté originelle grâce au Second Avènement, celui qui les débarrasserait définitivement de leur origine organique. Dans cette perspective, il ne s'agissait pas seulement de rendre les cyborgs totalement synthétiques, mais aussi et surtout, de faire disparaître l'humanité tout entière.

Rhine trouva Sofia allongée sur le lit, dormant d'un sommeil agité. Il s'assit à côté d'elle et lui caressa le bras jusqu'à ce qu'elle ouvre les yeux.

— Es-tu rentré depuis longtemps ? demanda-t-elle.

— Je viens d'arriver.

— Bon sang. Je me suis assoupie.

Il la regarda dans les yeux avec inquiétude.

— Je ne sais pas quoi te dire...

— Cela va mieux. Je me sens de nouveau moi-même, dit-elle avec un sourire radieux pour tenter de le rassurer.

— Que veux-tu dire par là ?

— Eh bien, je ne sais pas trop comment expliquer cela... mais j'avais l'impression que quelqu'un d'autre avait pris possession de mon corps.

Rhine lui effleura le front, une expression de perplexité sur le visage.

— Tu es très fatiguée. Nous verrons un médecin demain.

— Non, ce n'est pas la peine. Je t'assure que tout va bien à présent.

*

Les bactéries représentent les êtres vivants les plus simples et les plus anciens que l'on connaisse. Il en existe plusieurs millions d'espèces différentes. Comme tous les organismes vivants, ils subissent les attaques de virus : les bactériophages, ou plus simplement phages, autrement dit, des mangeurs de bactérie. Pour chaque souche de bactérie, il existe au moins un et le plus souvent plusieurs centaines de phages correspondants. À mesure que les bactéries mutent pour se défaire de ces intrus indésirables, les phages mutent à leur tour, dans une course poursuite sans fin.

Les phages ne sont pas de simples prédateurs, qui s'emparent de cellules dans le seul but de produire de nouveaux phages. Une bonne part d'entre eux se contente de réguler la population bactérienne. Les phages lysogènes, quant à eux, deviennent des sortes de passagers clandestins. Ils se dissimulent au sein des bactéries et insèrent dans leur ADN des séquences de code génétique. Ils se perpétuent ainsi au fil des générations en attendant leur heure. Ils s'échappent parfois, lorsque leur hôte présente des signes de stress, créant alors des légions de nouveaux phages par cellule qui jaillisse de l'hôte dans leur fuite.

Ces prédateurs viraux confèrent souvent à leur hôte une résistance particulière aux agressions des autres phages. Dans certains cas, très rares, ils transportent des gènes d'une cellule à une autre, réactivant certains rétrovirus qui transforment leur hôte.

*

Asagi fut réveillée par une violente douleur aux poignets et au dos. Elle avait froid. Rien d'étonnant à cela, puisqu'elle était à moitié nue, écartelée, suspendue à des chaînes, les poignets et les chevilles attachées par des bracelets de cuir.

La pièce était obscure, probablement vaste du fait des échos que provoquaient les cliquetis des chaînes à chacun de ses mouvements. Elle était apparemment vide, sans fenêtre apparente, avec une imposante porte juste en face d'elle. Les murs étaient constitués de larges blocs de pierre noire et le sol recouvert de grandes dalles noires également.

Instinctivement, elle essaya de forcer sur les bracelets de cuir en bougeant autant qu'elle le pouvait. Mais ceux qui l'avaient attachée ainsi connaissaient bien leur affaire. Sa liberté de mouvement était réduite. Mais le pire de tout, c'est qu'elle ne se souvenait de rien, si ce n'était de ses cauchemars, ou du moins ce qu'elle pensait être des cauchemars.

Comment était-elle arrivée là ?

Elle essaya à nouveau de se libérer en redoublant d'efforts. Mais, au bout de quelques instants, elle s'arrêta, une douleur sourde lui vrilla le cou, une partie de l'épaule, jusqu'au sommet du crâne.

— Hé ! cria-t-elle. Il y a quelqu'un ? Vous m'entendez ?

Elle fixa la porte pendant quelques secondes, se demandant qui elle allait voir apparaître. Mais rien ne se produisit. Aucune voix autre que la sienne, aucun bruit autre que celui de ses chaînes.

Asagi se débattit à nouveau autant que le lui permettaient ses entraves. Mais il n'y avait rien à faire, les attaches ne céderaient jamais de cette manière. Elle ne ferait tout au plus que lacérer ses poignets et ses chevilles. Sans parler de cette douleur à la naissance du cou qui irradiait dans tout son corps. Il lui fallait prendre son mal en patience, quelqu'un finirait forcément par arriver.

Un long moment s'écoula. Elle n'aurait pu dire s'il s'agissait d'une heure ou plus longtemps. Cette position était une véritable torture, d'autant qu'elle avait maintenant une envie pressante d'uriner. Par fierté, elle refusait de se laisser aller, mais elle savait aussi que ce type de situation était voulu par ses tortionnaires, afin de venir à bout de sa volonté.

Soudain, la lourde porte s'entrebâilla et elle vit entrer une créature qui n'était pas humaine. Il était plus grand et plus fin qu'un homme, bien que d'une morphologie très proche. Seuls, quelques détails comme la teinte de sa peau, couleur albâtre, ou ses oreilles, menues se terminant en pointes, attestaient d'origines différentes.

Cette vision inquiétante eut cependant le mérite de débloquer une partie de ses souvenirs. Il s'agissait d'un *Eldari*, ou plus probablement d'un représentant des *Sindaris*, leurs ennemis jurés. Elle se souvenait également de Mahtar, de l'histoire d'Eöl, et de leur incursion dans la cité souterraine. Mais c'était à peu près tout. La suite s'évanouissait derrière un voile rouge persistant.

Au début, il ne prêta aucune attention à la jeune femme.

— Eöl, je présume, lança Asagi.

— Ah... La petite putain humaine a repris conscience, dit le *Sindari* en se retournant vers elle. Non. Je suis désolé de vous décevoir : je ne suis pas Eöl.

— Qui êtes-vous alors ?

— Mon nom est Huiva, mais cela n'a pas beaucoup d'importance.

— Qu'est-ce que vous allez faire de moi ?

— Très bonne question. Je dirais que vous êtes... en observation.

Le *Sindari* s'était rapproché d'elle en souriant. Apparemment, il jouissait de la situation. Vue de plus près, sa peau était blanche comme une larve et crevassée par endroits. La chair de ses mains et de ses bras semblait presque translucide. Elle distingua les muscles de couleur grisâtre, les tendons plus clairs, les veines d'un bleu sombre qui battaient régulièrement au rythme de son cœur.

— D'habitude, les humains meurent immédiatement après avoir été, comment dire... possédés, continua-t-il. Mais vous, vous semblez particulièrement résistante. Je suis curieux de voir jusqu'où...

Asagi se redressa et lui cracha au visage.

Huiva éclata d'un rire gras. Il s'essuya doucement du bout des doigts, puis porta un coup de poing brutal dans le ventre de la jeune femme.

Asagi étouffa un cri, mais ne put se retenir davantage. Elle sentit sa vessie se vider et le liquide chaud couler le long de ses cuisses.

— Tout doux, beauté. Nous ne faisons que faire connaissance, dit le *Sindari* en observant avec délectation le corps dénudé et meurtri.

— Non ! cria-t-elle.

Sa voix se brisa dans sa gorge et elle fut stupéfaite de se découvrir au bord des larmes. Quelque part en elle, au fond du tunnel de son esprit, il y avait une petite fille qui poussait des hurlements de panique.

Mais dans une autre partie d'elle-même, elle sentait monter une rage indicible.

— On n'aime pas les scènes déshabillées ? demanda Huiva en passant la paume de sa main sur son épaule, puis en glissant sur sa poitrine, frôlant ses mamelons brusquement sensibles.

Asagi sentait son pouls battre dans ses veines, comme un oiseau en cage. Elle avait l'impression de revivre quelque chose que son subconscient voulait à tout prix lui cacher. Elle ferma les yeux. Comme dans un cauchemar, elle vit le monstre la prendre et la mordre, planter ses crocs dans sa gorge et déchirer ses veines, puis avaler goulûment les lambeaux de chair et son sang.

Soudain, elle rouvrit les yeux et les planta dans ceux du *Sindari* qui se penchait sur elle. Le temps se ralentit.

Toute sa vie, le moindre instant de son existence, chaque victoire comme chaque échec, chaque seconde, qu'elle fût banale ou extraordinaire, convergeaient vers cet instant, cette bifurcation. Elle décida qu'elle ne finirait pas dans l'obscurité d'une tombe, qu'il ne l'emmènerait pas ainsi dans la nuit. Le présent explosa comme une supernova. Ses lèvres se retroussèrent et ses yeux devinrent deux pointes rouges incandescentes.

Le *Sindari* se redressa, surpris. Il recula en se tenant la gorge comme s'il ne pouvait plus respirer. Quelque chose le frappa. Il hurla. Quelque chose le frappa à nouveau et le pénétra. Il ressentit cette intrusion aussi violemment que si on l'avait éventré avec un pieu. Quelque chose était en lui et le forçait à reculer. Pourtant, rien ni personne ne l'avait touché. Il hurla de nouveau.

Asagi sentait sa volonté se refermer sur le cerveau du *Sindari* comme un étau, serrant la masse gélatineuse, serrant encore et encore.

Huiva devait sentir la pression sur son esprit, car ses yeux dansaient en tout sens, avec une expression de terreur mêlée d'incompréhension. Il faillit hurler, mais elle l'en empêcha et le cri mourut dans sa gorge. Il s'écroula sur le sol, le corps secoué de spasmes violents.

Asagi essaya de se dégager, mais elle n'y parvint pas plus que lors de ses précédentes tentatives. Elle se concentra alors sur l'esprit du *Sindari* qui s'arqua si violemment, qu'il se retrouva à genoux. Puis il se releva lentement, redressé par des mains invisibles, la tête penchée bizarrement sur le côté. Elle sentait sa résistance, mais pour lui, il était trop tard. Son esprit avait succombé à la présence froide, drapée dans une robe étincelante de douleur. Il s'approcha d'Asagi en titubant et, comme un pantin désarticulé, il détacha l'une après l'autre les chevilles puis les poignets des bracelets de cuir. Elle faillit tomber, mais elle réussit néanmoins à se maintenir debout. Elle referma ses doigts glacés sur l'esprit du *Sindari* qui s'écroula.

Asagi se précipita vers la porte et poussa de toutes ses forces. Elle bougea très légèrement, mais refusa de s'ouvrir. Elle recula de plusieurs pas et se jeta contre elle. Elle recommença de nombreuses fois en concentrant toute son énergie dans son bassin. À chaque impact, la porte monumentale s'ouvrait d'un centimètre à peine. Mais, peu à peu, elle s'entrebâilla jusqu'à ce qu'elle puisse se glisser entre le montant et le mur.

La jeune femme se retrouva dans un large tunnel qu'elle longea jusqu'à une première intersection. Les murs étaient couverts de tuyaux et de câblages, une lumière blafarde donnant à cet environnement un aspect organique inquiétant. Sans trop savoir pourquoi, elle tourna à gauche, dans un tunnel plus étroit, puis une nouvelle fois à gauche. C'était un univers confiné, plongé dans les ténèbres. Mais la bonne nouvelle était qu'il semblait désert. Cinquante mètres plus loin, elle déboucha dans une pièce carrée, au centre de laquelle se trouvait un puits circulaire au sol et qui se prolongeait dans le plafond. Une échelle était fixée sur la paroi. Au-dessus comme en dessous, le puits se perdait dans l'obscurité.

Elle reprit son souffle quelques minutes, puis commença à gravir les échelons. Ses pieds nus sur les barreaux de métal la faisaient souffrir, mais elle n'y prenait garde et continuait son ascension. Elle cala son inspiration et son expiration sur un nombre constant de barreaux, de façon à trouver un rythme lui permettant de progresser rapidement, sans pour autant s'épuiser. Elle dut néanmoins s'interrompre à plusieurs reprises, pour reposer ses muscles qui se tétanisaient. Elle ne savait pas combien de temps durerait encore ce calvaire, mais ce n'était rien à côté de ce qu'elle avait enduré auparavant. Cette pensée lui donna le courage de continuer.

Asagi arriva enfin au sommet après une demi-heure d'efforts. Elle était épuisée et décida de faire une halte pour reprendre des forces. La pièce était identique dans ses proportions avec celle qui se trouvait plus bas, mis à part le puits qui ne continuait pas plus haut et la présence d'une porte.

La jeune femme profita de cet instant de répit pour faire le point. Elle devait toujours se trouver dans la cité souterraine sur *Tayma*, mais le décor n'était pas celui d'une ruine antique enfouie sous des tonnes de sable. Cette partie devait être plus récente et toujours entretenue. Elle se trouvait dans une zone technique, compte tenu du nombre important de gaines et tuyaux en tout genre. Sur sa gauche, elle remarqua un alignement de placards métalliques fermés. Elle devait se trouver dans le vestiaire des ouvriers chargés de l'entretien ou quelque chose de similaire. Elle s'en approcha et ouvrit le premier emplacement. À l'intérieur, des vêtements sales étaient suspendus à des cintres et une paire de bottes. Ce n'était pas ceux des *Eldaris* ou des *Sindaris*, mais de simples djellabas noires et grises de Bédouins. Ce détail ne manqua pas de la surprendre. Certains d'entre eux étaient donc au courant pour la cité souterraine et ils devaient également avoir des relations avec eux. Elle ouvrit un à un les placards suivants, mais la plupart étaient vides.

Asagi retourna vers le premier et saisit l'une des tuniques noires qui semblaient à peu près propres. Elle était à moitié nue et ce qui restait de sa combinaison était dans un état pitoyable. La jeune femme enleva ces haillons et constata que son corps était recouvert d'ecchymoses, mais sans gravité. Elle n'avait aucune plaie et même ses anciennes cicatrices avaient curieusement disparu. Elle enfila rapidement la djellaba et la ceintura grâce à un lacet de cuir.

Tout en s'habillant, Asagi se demandait, avec toutes les épreuves qu'elle avait endurées, si son esprit n'avait pas lâché. Les derniers événements ressemblaient à des rêves dont elle cherchait à se souvenir une fois réveillée. Était-elle devenue une psychotique perdue dans un labyrinthe de cauchemars ?

Elle ne le pensait pas. Elle n'avait plus aucune douleur et, malgré l'intense effort qu'elle venait de produire, elle ne ressentait plus à présent le moindre signe de fatigue. Son corps était plus souple et plus performant. Elle ne s'était jamais sentie aussi bien de sa vie.

Et puis, il y avait ce qui venait de se passer avec le *Sindari*. Elle s'était rendu compte qu'elle était capable de contrôler son comportement. Elle se souvenait également de son rêve – mais était-ce bien un rêve ? – sur l'arche cyborg. Elle était devenue quelqu'un d'autre, avec des visions, des sensations physiques et mentales des plus réalistes. Mais que prouvait donc cette série incroyable d'événements ? Ces pouvoirs démoniaques faisaient-ils partie intégrante d'elle-même ou bien étaient-ils la conséquence de ce que le prince des damnés lui avait fait ? Que lui avait-il fait d'ailleurs ?

Elle glissa ses pieds dans les bottes un peu trop grandes pour elle. Habillée, la jeune femme se sentait moins vulnérable.

Sa fuite n'était certainement pas restée inaperçue et ses geôliers devaient être à ses trousses. Étrangement, ce fut à l'instant précis où elle pensait à d'éventuels poursuivants, qu'elle entendit des bruits suspects provenant du puits. Des claquements et des chuintements lointains se répercutaient en échos dans le conduit.

— Merde, dit-elle tout bas.

Asagi s'approcha du puits et tendit l'oreille. Elle retint sa respiration. Au moins deux individus montaient sur l'échelle. Ils seraient là dans moins de cinq minutes.

Elle se précipita vers la porte et, à sa grande surprise, celle-ci s'ouvrit sans opposer la moindre résistance.

De l'autre côté se trouvait une galerie assez large pour qu'un homme puisse se déplacer. Elle se mit à courir le long de l'étroit tunnel, enjambant des tas de détritus, se cognant les bras et les épaules contre les parois. Elle parcourut ainsi une centaine de mètres et déboucha sur une ouverture qui donnait enfin sur l'extérieur. La lumière l'aveugla quelques secondes.

La galerie était obstruée par un vieux grillage rouillé.

Asagi entendit un souffle quasi animal derrière elle, lorsque le premier de ses poursuivants pénétra dans le tunnel. Sans attendre, elle prit un peu de recul et fonça dans le grillage en se protégeant le visage.

Asagi émergea sur un promontoire qui donnait sur le désert. Elle tourna la tête. Dans l'ouverture du grillage défoncé, elle eut juste le temps d'apercevoir deux visages monstrueux qui reculaient pour disparaître dans les ténèbres.

*

Uruva n'était pas conscient comme un humain. C'était une conscience de la multitude, dont le seul but était d'assurer sa survie en se reproduisant, en infectant de plus en plus d'individus. Il avait émergé des interactions entre plusieurs centaines de milliards de cellules dotées de capacités de communication et de traitement de l'information inédites, des capacités enfouies depuis la nuit des temps dans les séquences de certains rétrovirus endogènes. Une fois réveillée, son intelligence collective lui permettait de contrôler l'organisme de son hôte en symbiose. Il pouvait ainsi transformer n'importe quelle cellule afin qu'elle retrouve une capacité de souche pluripotente. En d'autres termes, la possibilité de réparer et remodeler le corps pour l'éternité.

*

Le ciel s'embrasait de lueurs pourpres sur l'horizon. Les couchers d'*Orion Prime* étaient toujours orange avec une multitude de déclinaisons jaunes et rouges, mais jamais il ne lui avait paru si beau.

Asagi s'avança vers les dunes et elle cria de toutes ses forces :

— Canyaaa... !

# Épisode 7

# La véritable histoire d'Eöl

*Vie toujours changeante,*
*Avec ses hauts et ses bas.*
*Si j'en connaissais*
*La mesure et l'énergie*
*Immédiatement,*
*Je pourrais en tempérer*
*Les moments sombres et clairs.*

*Budô den-sho.*

Miril était assise sur le bord du lit de sa mère. La Dame de *Fanyamar* semblait à bout de force. Elle avait de larges cernes autour des yeux et sa voix était lasse et très faible.

— Approche-toi plus près, Miril, lui dit-elle.

— Oui, mère, lui répondit affectueusement la jeune femme.

— Tu vas devoir me succéder plus tôt que prévu, j'en ai bien peur...

— Ne dites pas cela. Il faut vous reposer et vous allez guérir.

— Non. Tu dois être courageuse. Mais je sais que tu l'es, ma fille.

Miril avait les larmes aux yeux. Elle inspira profondément pour ne pas s'effondrer.

— Que sais-tu à propos d'Eöl ? demanda Maira.

— Ce que tout le monde sait : c'est le maître des *Sindaris*. On raconte que c'est un monstre doté de pouvoirs démoniaques, capable entre autres de convertir les faibles et d'influencer les êtres par sa seule volonté.

— Il y a une part de vérité dans ce que tu dis, mais c'est moins simple que tu ne le penses.

— Comment cela ?

— Il y a des choses que tu dois savoir avant de porter un jugement.

— Mais, il est bien notre plus féroce ennemi ? demanda Miril, troublée par les paroles de sa mère.

— C'est un immortel, une ombre resurgie de notre passé. On ne peut pas tuer ni vaincre une ombre.

— Je ne crois pas qu'il soit immortel et qu'il chasse les âmes des vivants pour les asservir. Tout ceci n'est qu'une légende.

— Écoute-moi bien. Je vais te raconter la véritable histoire d'Eöl.

Miril se pencha vers elle et écouta d'une oreille attentive.

— Tout a commencé il y a bien longtemps...

*

Tout a commencé il y a bien longtemps, vers la fin du premier âge, dans la cité de *Dorwine* sur *Endamar*, la planète d'origine des *Eldaris*.

C'était un endroit ravissant. Une rivière coulait à travers une vallée profonde qui s'élargissait peu à peu aux abords d'un port où stationnaient de nombreuses barques de pêcheurs et quelques navires d'eau douce de plus grandes tailles. Près de l'embarcadère, plusieurs auberges, les jours de marché, accueillaient les commerçants et les nombreux habitants de la ville haute. Un grand viaduc passait au-dessus, supporté par de hauts piliers. Quand on regardait entre ceux-ci, le paysage apparaissait plus étendu qu'il ne l'était en réalité. La vallée était en effet très belle, d'un vert magnifique, et les collines étaient si escarpées que lorsqu'on se trouvait au sommet de l'une d'elles, on apercevait à peine le fond où serpentait le cours d'eau à moins de se tenir tout au bord du précipice. Les maisons de la vieille ville se tassaient les unes contre les autres, le long d'une unique rue qui dévalait de la ville haute jusqu'à l'embarcadère. Sur la plus haute colline, un austère château dominait la cité, défendu par une imposante ceinture de remparts.

Tano était le dernier né d'une famille de forgerons réputés. Il représentait la cinquième et dernière génération des maîtres-artisans qui produisaient des sabres de grande qualité depuis plus de huit cents ans pour les princes. Son atelier était situé à mi-chemin de la ville haute et de la ville basse, dans la grande rue, juste avant la porte intermédiaire de *Jerzual*.

La difficulté de fabrication d'un sabre consistait à concilier trois qualités contradictoires : ne pas casser, ne pas se tordre et bien couper. Autrement dit, le tranchant de la lame devait être suffisamment dur pour couper efficacement et le corps de la lame devait, au contraire, être suffisamment souple pour absorber les chocs, mais sans plier.

De génération en génération, les forgerons *Eldaris* avaient mis au point une technique de fabrication sophistiquée utilisant plusieurs aciers en couches empilées, chauffées et soudées entre elles. Le bloc obtenu étant ensuite mainte fois martelé et replié sur lui-même. Une fois forgée, la lame était portée à une température secrète, puis trempée dans de l'eau de source afin d'obtenir un tranchant parfait.

Toutefois, malgré leurs qualités exceptionnelles, les armes forgées selon cette méthode ne pouvaient rester intactes après un combat. Dans le meilleur des cas, celles qui n'étaient pas cassées ou tordues, portaient les marques des chocs, les tranchants émoussés ou endommagés par les contacts avec les armures et les autres armes.

Tano avait une vie paisible qu'il partageait entre la passion pour son métier et sa famille, son épouse, Aredhel, et son fils, Lomion, âgé d'une dizaine d'années. Tano était encore un jeune artisan lorsque se produisit un événement qui allait changer le cours de son existence.

Une nuit, il fut réveillé par un grondement sourd. Il se leva en sursaut et il eut juste le temps d'apercevoir au travers de sa fenêtre une intense lumière se déplacer dans le ciel avec un bruit de tonnerre. La boule flamboyante traversa son champ de vision pour aller s'écraser en pleine forêt à quelques kilomètres de sa demeure. Il ne parvint pas à se rendormir tant son excitation était grande.

Le lendemain à l'aube, il partit dans la direction de l'impact afin de trouver ce qui était tombé du ciel. Il n'eut aucun mal à localiser le point de chute, car la météorite avait détruit sur son passage de nombreux arbres dont les restes fumaient encore. Lorsqu'il arriva sur les lieux, un énorme cratère de plusieurs dizaines de mètres de diamètre avait transformé cette partie de la forêt en un paysage de désolation. La météorite avait pénétré rapidement le sol en se fracturant et en se vaporisant en partie sous l'énorme énergie de l'impact. La matière éjectée était retombée éparse. Les parois du cratère s'étaient en partie effondrées sous l'action du rebond. Au centre se trouvait un amas de roches sombres encore fumantes.

Tano s'approcha prudemment et fut surpris de la taille restreinte de ce qui restait de l'astéroïde. La plus grande partie de sa masse avait brûlé par frottement en entrant dans l'atmosphère ou bien avait été vaporisée lors de l'impact. Le noyau résiduel semblait particulièrement massif. Grâce à son expérience de forgeron, il ne lui fallut que peu de temps pour se rendre compte que celui-ci contenait un minerai de métal exceptionnel. Il sélectionna avec attention certains blocs et rassembla ainsi plusieurs kilogrammes d'une pierre noire constellée de regmaglyptes, ces aspérités creusées par l'intense chaleur de la rentrée dans l'atmosphère. Il fut dès lors impatient de forger une lame en utilisant ce minerai, avec l'espoir de créer un sabre prodigieux qui surpasserait toutes les armes ayant déjà existé. Aussi, il rentra chez lui sans tarder et se mit immédiatement au travail.

Le premier jour, il construisit un four traditionnel à partir de briques d'argile et de sable noir. Comme il n'avait que peu de minerai, il le conçut de petite taille, mais néanmoins avec des murs d'une épaisseur de plus de vingt-cinq centimètres.

Les trois jours suivants, il alimenta le four en charbon sans interruption pour faire fondre le minerai et le faire fusionner avec le carbone. Près de cinq tonnes de charbon furent ainsi consumées.

Le cinquième jour, il ouvrit le four pour extraire l'acier ainsi obtenu. Il cassa le bloc compact en petits fragments afin de vérifier la qualité de chaque morceau et choisir ceux qu'il allait utiliser pour forger sa lame. Tano était satisfait. Jamais auparavant il n'avait vu un acier de cette nature.

Après deux mois de travail et de patience, le sabre était enfin terminé. La première chose qui frappait était l'extraordinaire esthétique de sa silhouette. Ni trop large, ni trop mince, il avait une longueur, une largeur et une courbure équilibrées qui le rendaient extrêmement maniable. Sa ligne, à la courbe élégante, se terminait en une pointe acérée qui semblait concentrer toute la puissance de la lame. Le métal était d'une teinte sombre inhabituelle, presque noire, et pourtant avec un éclat semblable à celui du diamant. Le tranchant attirait le regard avec un dessin de la trempe semblable par certains endroits aux nuages d'une nébuleuse et à d'autres aux flots violents d'un océan. En observant la texture de plus près, la surface que l'on croyait lisse et brillante révélait des millions de motifs différents qui résultaient de la multitude de pliages. Les teintes de l'acier créaient une fresque abstraite semblable à la surface transparente d'une eau limpide laissant deviner le fond avec des zones troublées par l'écume. Ces caractéristiques hors du commun lui donnaient une impression de noblesse. C'était un trésor bien loin de ce que l'on pourrait appeler un instrument de mort. En le voyant, on ressentait combien Tano avait mis son cœur à le forger et avec quelle fierté il le portait.

Bientôt, toute la ville ne parla plus que de l'extraordinaire sabre, un chef-d'œuvre digne des plus grands forgerons de tous les temps, disait-on.

Ayant appris la création d'une arme aux qualités exceptionnelles, le seigneur local convoqua Tano afin qu'il lui montre l'objet. Fier de son œuvre, le jeune forgeron se rendit donc sans hésiter au château, accompagné de son jeune fils.

La salle du trône était vaste et très haute. De chaque côté, de grandes arcades reposaient sur des piliers ouvragés aux motifs colorés, figuratifs ou symboliques. En progressant dans l'allée centrale, un rythme se dessinait qui rompait l'uniformité. Au pilier polygonal accosté de colonnes circulaires, succédait un pilier circulaire aux colonnes polygonales. L'enfilade majestueuse débouchait sur une sorte de nef au centre de laquelle se trouvait le trône, somme toute de taille assez modeste, disposé sur une estrade couverte de tapis.

Seigneur du fief, Turgon était assis là, entouré de plusieurs dignitaires et de gardes. Tano s'approcha du trône, son fils à ses côtés.

— Ah... Voici donc le forgeron dont on me parle tant, dit-il.

— Oui, seigneur, répondit Tano en posant un genou à terre. Lomion imita maladroitement son père.

— On m'a appris que tu avais épousé Aredhel... Pourquoi n'est-elle pas à tes côtés ?

Tano et Lomion se relevèrent avant de répondre.

— Elle travaille, seigneur. Nous ne sommes ni nobles ni aisés.

— Je vois... Montre-moi ce sabre qu'on dit unique.

Tano saisit le sabre noir et le présenta devant lui, les bras tendus comme pour une offrande.

Le seigneur s'approcha du forgeron. Il dégaina son épée sans précipitation et menaça Tano.

— En garde ! Nous allons voir si ce sabre est aussi exceptionnel qu'on le prétend.

À peine avait-il prononcé ces mots, qu'il leva les mains au de dessus de sa tête et frappa de toutes ses forces vers le bas.

Surprit par la soudaineté et la violence de l'attaque, Tano recula pour esquiver et para avec le dos de la lame. Le choc fut terrible, mais le sabre noir ne se rompit pas. Par contre, le tranchant de la lame du seigneur montrait, à l'endroit de l'impact, une entaille profonde.

Voyant son arme sérieusement endommagée, Turgon fit une grimace haineuse et tenta de frapper à nouveau. Teno coupa devant lui à quarante-cinq degrés pour dévier la lame de son adversaire. Ils furent tous deux ébahis lorsque le tranchant du sabre noir pénétra l'acier de l'épée de Turgon comme s'il s'agissait d'un vulgaire morceau de bois. La lame fut littéralement coupée en deux morceaux. L'extrémité tomba au sol avec un bruit métallique, tandis que le seigneur observait, médusé, le reste du sabre qu'il tenait dans ses mains.

Quant au sabre noir, il ne semblait avoir aucune trace du combat.

Après un instant de stupeur, Turgon hurla :

— Saisissez-vous de lui !

Quatre gardes se précipitèrent immédiatement sur lui. Tano ne se défendit même pas. Ils l'immobilisèrent sans ménagement et confisquèrent le précieux sabre.

— Ce misérable a tenté de me tuer !

— Il ment ! Je n'ai fait que me défendre, essaya de justifier maladroitement Tano.

— Comment osez-vous défier votre seigneur ! Donnez-moi son arme !

Les gardes tendirent le sabre vers Turgon qui la saisit avec avidité.

— Qu'on l'emmène et qu'il soit jeté dans un cachot !

— Vous n'avez pas le droit ! cria Lomion qui s'élançait pour venir en aide à son père.

— J'ai tous les droits ! répliqua Turgon, avec colère.

Le souverain brandit le sabre vers lui et le menaça au niveau de la gorge. Voulait-il vraiment le toucher ou bien s'agissait-il d'un geste malencontreux, nul n'en sut jamais rien. La pointe du sabre entama le cou du jeune garçon qui porta ses mains à sa gorge et commença à suffoquer.

— Non !!! hurla Tano en voyant son fils s'écrouler.

Turgon observa le sabre d'un air dubitatif, comme s'il avait une vie propre.

— Cette lame est vraiment exceptionnelle ! dit-il sans se soucier le moins du monde de Lomion.

— Je vais te tuer ! cria Tano, son désespoir se transformant en haine.

Les gardes ceinturaient Tano qui se débattait comme un diable. Mais seul contre quatre hommes, il n'avait aucune chance. Un des soldats l'assomma d'un violent coup de pommeau de son épée et il fut traîné, inconscient, à l'extérieur de la salle du trône.


Lorsqu'Aredhel apprit le malheur qui s'abattait sur sa famille, elle songea tout d'abord à se donner la mort. Puis, après plusieurs jours d'un chagrin insondable, elle décida de tout faire pour sauver son époux d'une mort certaine.

Son amie d'enfance, Estelfen, lui rendait visite tous les jours depuis le drame. Jamais elles n'abordèrent directement le sujet, préférant parler de choses futiles, mais qui avaient le mérite de se focaliser sur l'instant présent.

Il s'était passé une quinzaine de jours et Estelfen s'apprêtait à rentrer chez elle, quand Aredhel aborda enfin le tragique événement.

— Reste avec moi encore un peu, je t'en prie, demanda-t-elle.

— Tu sais que je suis toujours là si tu as besoin de moi, répondit Estelfen avec compassion.

— J'ai décidé d'agir, sinon ma vie n'a plus de sens.

— Personne ne voulait qu'il arrive de mal à cet enfant.

— Mon fils est mort. Il était jeune, il n'a même pas connu les bras d'une femme.

— Je comprends ton chagrin.

— Je sais dorénavant que l'enfer existe...

Estelfen serra son amie dans ses bras sans un mot, puis, après plusieurs secondes, elle demanda :

— Que comptes-tu faire ?

— Je vais demander une audience à Turgon pour qu'il libère Tano. Je l'ai connu autrefois. Il me recevra.

— Il n'acceptera jamais... dit Estelfen tristement.

Elle allait continuer dans cette voie, pour lui dire que cela ne servirait à rien, que Turgon était un être abject, sans aucune compassion, mais elle se retint.

— Veux-tu te venger ? demanda-t-elle finalement.

— Non... Je ne veux pas prendre sa vie. Cela ne changerait rien.

— Et s'il refuse ?

— Tano est tout de qui me reste.

— Que puis-je faire pour t'aider ?

Elle lui tendit une lettre soigneusement pliée.

— Apporte ce message au château, s'il te plaît. C'est la seule chose que je te demande.

— Tu es certaine de vouloir le faire ?

— Oui. Je dois faire tenter tout ce qu'il est possible pour lui venir en aide.

— Tu peux compter sur moi. Je me rendrais au château dès demain.


Aredhel avait revêtu une longue robe blanche, sans aucune broderie, signe de son deuil. Malgré les traits marqués de son visage, elle était d'une beauté qui irradiait la nef. Elle s'avança vers le trône et posa un genou au sol, la tête baissée.

— Pourquoi as-tu demandé à me voir ? demanda Turgon, méfiant. Tu n'as jamais été très encline à parler avec moi. Encore moins depuis ce regrettable accident...

La jeune femme *Eldari* ne répondit pas.

— Je ne suis pas aussi cruel qu'on le dit. Tu peux te relever. Parle sans crainte.

— Seigneur, je me prosterne devant vous pour demander la grâce pour mon époux, dit-elle sans bouger.

— Ah c'est pour ça... dit-il avec un soupçon de déception dans la voix.

— Notre fils est mort. Que vous faut-il de plus ?

— Ton mari a gravement insulté la couronne.

— Tano ne voulait pas vous offenser. C'est le chagrin qui l'a sans doute conduit à dire certaines choses...

— Comment peux-tu le savoir ? Tu n'étais pas présente.

— Pitié, seigneur...

— Relève-toi. Je sais être bon... Malheureusement, ce n'est plus de mon ressort. Tano sera bientôt conduit devant les juges qui décideront de son sort.

Aredhel se redressa doucement. Turgon la trouva plus belle que dans ses souvenirs. Il n'avait jamais compris pourquoi une telle femme avait préféré un simple forgeron à une destinée grandiose.

— Permettez-moi alors de le défendre, fit-elle avec assurance.

— Comment cela ?

— Je prendrais la parole pour leur expliquer que Tano n'est pas coupable de félonie ou de trahison.

— Oui... fit Turgon avec lassitude. Je nous vois tous les deux nous tenant côte à côte. Moi le souverain compréhensif et toi la femme éplorée. Nos voix ne faisant qu'une...

Tout en parlant, Turgon regardait avec envie la silhouette de la jeune femme.

— Mais pourquoi donc est-ce que je ferai ça ? demanda-t-il.

— Pour montrer votre clémence et que vous êtes un grand roi, lâcha Aredhel.

— C'est vrai. Cependant, il s'agit de justice et non de politique. Comme toi, je suis un idéaliste, mais ton époux a outrepassé nos lois.

— Je ne sais que trop comment vous êtes...

— Que veux-tu dire ?

Aredhel se mordit les lèvres et ne répondit pas. Il ne fallait pas qu'elle le provoque.

— Que j'aime à te voir si passionnée, continua-t-il après quelques secondes. Mais ne va pas croire qu'une femme, fut-elle endeuillée de son enfant, puisse influencer les juges.

Turgon eut un sourire las et ajouta en soupirant :

— Cependant, tu as raison sur un point : ces juges sont sous mon emprise. C'est comme si de ces mains, je les contrôlais, dit-il en tendant les bras vers elle. Quand tu t'adresseras à eux, si toutefois je le permets, c'est comme dans l'oreille d'un sourd que tes mots tomberont. Tu ne reverras jamais Tano sans mon aide, c'est la prison ou pire encore qui l'attend.

Puis il la fixa avec un regard lubrique.

— Est-ce que tu aimes ton époux ?

— Oui.

— Et ton roi ?

— Oui, répondit-elle, vaincue, les larmes aux yeux.

— Qu'as-tu à m'offrir ? En échange de ma promesse de t'aider.

— Que pouvez-vous attendre de la femme d'un simple forgeron ?

— Tu le sais très bien...

*

La salle de justice était toute en longueur avec une rangée de chaises de chaque côté qui dataient de plus d'un siècle. Le plafond avec ses voûtes en ogive augmentait l'austérité et la solennité du lieu. Tous les membres du jury étaient déjà présents, ce qui faisait un peu plus de trente personnes. Selon la tradition, ils formaient un collège de dignitaires de mœurs, de foi et de jugement confirmés. Turgon siégeait au centre, encadré par le procureur ayant mené l'enquête et le président en charge de la police de l'audience.

Deux gardes entrèrent dans la salle de justice en soutenant Tano. Le forgeron était dans un état pitoyable. Les deux gardes l'installèrent dans une sorte de loge au centre de la salle, à l'extrémité des deux rangées, puis se placèrent de part et d'autre.

La séance débuta par la question rituelle de pure forme posée par le président à l'accusée sur l'acceptation des charges retenues contre lui et la tenue d'un procès à huis clos conformément à la loi. Cette introduction avait pour fonction de marquer symboliquement la restauration de l'équilibre social et ne préjugeait en rien, en théorie du moins, de l'issue du procès.

Tano tenait à peine debout et sa voix n'était plus qu'un murmure presque inaudible. Le président en conclut qu'il n'y avait aucune opposition à ce que le processus continua et donna la parole au procureur. Son réquisitoire fut court, car il se borna à lire les accusations qui, d'après lui, parlaient d'elles-mêmes d'autant que les actes avaient été perpétués à l'encontre de Turgon en pleine séance avec des témoins de bonne foi.

Puis vint la lecture des actes de clémence. Le président fit venir Aredhel qui, entièrement vêtue de blanc, fit l'éloge de son mari et plaida pour qu'il soit gracié compte tenu de la perte de leur fils unique. Alors que tout semblait joué et que les membres du tribunal s'apprêtaient à voter, à la surprise générale, Turgon demanda la parole.

— Que ce plaidoyer est émouvant ! dit-il avec un sourire narquois. Cette femme a parlé de devoir et d'honneur à propos de sa famille. Mais elle ne vous a pas parlé d'adultère...

— Comment osez-vous ? demanda Aredhel, outrée.

— Comment est-ce que j'ose ? Regardez là... attentivement.

Tous les regards convergèrent vers elle. Le silence se fit oppressant.

— Sous ses dehors honorables se cache une scélérate. N'essaie pas de mentir aux membres de cette assemblée ! Il y a tout juste quelques heures, tu t'offrais à moi. Si j'avais été plus faible, on pourrait encore sentir ton odeur sur moi.

— C'est un outrage. Jamais...

— Ah, l'hypocrite maintenant, la coupa Turgon.

— Il ment !

— Ah oui ?

Les yeux d'Aredhel s'emplirent de larmes.

— N'ai-je pas reçu une invitation de ta part, à me présenter dans ta chambre hier soir ? continua-t-il. Cette même chambre où tu as tenté de négocier avec moi, de façon si passionnée.

La jeune femme était effondrée. Elle ne pouvait plus articuler un mot.

— Oui, c'est un choc. Cette femme se prostitue pour obtenir ce qu'elle souhaite.

Un brouhaha de réprobation monta dans la salle.

— Emmenez-la, messieurs, avant qu'elle ne nous infecte un peu plus et ne nous déshonore tous de sa simple présence.

— Oui, qu'elle sorte cette putain ! invectiva l'un des dignitaires.

— Elle doit sortir d'ici ! cria un autre.

— Je suis loin d'en avoir fini avec toi, lui murmura Turgon en la fixant.

Aredhel fut emmené sans ménagement en dehors du tribunal. Le président frappa dans ses mains à plusieurs reprises pour calmer l'assistance.

— Messieurs, du calme, s'il vous plait !

Progressivement, le silence revint.

— La parole est au procureur pour la lecture du verdict, annonça-t-il en se rasseyant.

— Malgré ce que nous venons d'entendre, le roi a proposé une sentence que je trouve très clémente... Compte tenu de la perte de son fils, la peine de mort ou d'emprisonnement à vie, bien que légitimes, ont donc été écartées.

— Je ne suis pas un monstre, ajouta Turgon en regardant autour de lui les dignitaires. Je sais être magnanime.

— Nous demandons le bannissement, la confiscation de tous ses biens, et l'exil à vie de l'accusé, lâcha le procureur avec un effet dramatique.

— Que ceux qui sont pour cette sanction lèvent la main ! s'exclama le président du tribunal.

Toutes les mains se levèrent vers le plafond séculaire.

— Qu'il en soit ainsi ! conclut le procureur.

— Je déclare solennellement la fin de cette séance, déclama le président en se levant.

Tano ne réagit même pas à la sentence. Il n'en avait plus la force. Les gardes le conduire à l'extérieur du tribunal, dans un brouhaha de discussions et de rires.

*

Plusieurs années s'écoulèrent.

Tano avait trouvé refuge dans une contrée lointaine, faiblement peuplée, au centre de la forêt noire. Il y vivait presque en ermite, limitant ses déplacements au strict nécessaire, c'est-à-dire lorsqu'il avait besoin de se rendre dans un village pour vendre les outils qu'il fabriquait et acheter des produits de première nécessité.

Devant lui s'étendaient des bois et des forêts avec, çà et là, des collines escarpées au sommet desquelles apparaissaient quelques villages dont les pignons blancs surplombaient l'étendue verte. Partout, les arbres bruissaient dans le vent sous le ciel du soir.

Contournant ou montant les collines, le chemin se perdait dans les méandres des bois de pins. Malgré sa beauté, cette route était la plus mauvaise, mais elle diminuait la probabilité d'une rencontre. Personne n'était venu le poursuivre dans cette région au-delà des collines. Personne, de toute façon, ne devait encore se souvenir de la triste histoire de son existence. Il préférait désormais la solitude et la contemplation à l'agitation des cités.

Tano leva les yeux là où s'élevaient de grands pics entièrement recouverts d'une forêt dense. Il pouvait apercevoir par instant, devant lui, les dernières lumières du soir illuminant leurs tons splendides, bleu foncé et bruns dans les creux des hauts rochers, tout un dégradé de vert là où les arbres recouvraient la montagne. Puis c'était une perspective sans fin de rocs découpés qui se perdaient dans le lointain.

La lumière commençait à décliner fortement. Tano croisa, ici et là, dans les anfractuosités des rochers, des chutes d'eau dont les gouttelettes s'irisaient dans les ultimes lueurs du soir. Il était parti trop tard ce jour-là et il n'arriverait probablement pas chez lui avant la nuit. Il continua sa progression qui lui paraissait ne jamais devoir finir. Derrière lui, l'astre descendait de plus en plus sur l'horizon et les ombres, peu à peu, l'entourèrent. Cette sensation d'obscurité était d'autant plus présente que, tout en haut, les sommets retenaient encore la clarté stellaire et brillaient d'une délicate lumière orangée. La nuit s'annonçait froide et l'obscurité semblait plonger dans une brume épaisse les grands sapins noirs qui, peu à peu, remplaçaient les autres essences arborées. La forêt se refermait sur lui, de gros paquets de brouillard commençaient à se former, cachant les arbres et lui donnant un aspect inquiétant.

L'imagination de Tano voyait dans les ombres du couchant apparaître des formes fantastiques, mais il ne se laissa heureusement pas gagner par l'épouvante. Il ne craignait plus rien. Tous ceux qu'il avait aimés autrefois étaient morts. Son fils était mort. Avant de le libérer, un des gardes lui avait appris qu'Aredhel s'était suicidée juste après le procès. La seule chose qui le maintenait encore en vie était sa haine envers Turgon et les *Eldaris*.

Soudain, Tano entendit un bruit de branche brisée. Il jeta l'espace d'un instant un regard au-dessus de son épaule et aperçut deux formes mouvantes à cent pas derrière lui. Ils fonçaient dans sa direction : deux gigantesques loups noirs, courant sur une même ligne.

Il s'élança sur le chemin, lâchant le lourd sac qu'il ramenait du village. Dans un premier temps, il lui sembla qu'il arrivait à conserver la même distance entre eux et lui, mais ces animaux étaient très intelligents.

Tandis que Tano reprenait son souffle derrière un groupe d'arbres plus touffus, il vit surgir devant lui, sur sa gauche, un loup encore plus impressionnant. C'était une embuscade. Jamais il ne pourrait leur échapper sans combattre.

Tano était trop sous le coup de l'émotion pour avoir peur. Pas un instant il ne réalisa que cette situation était anormale. Même des loups affamés n'attaquaient pas un *Eldari* adulte ainsi. Leur méfiance semblait avoir complètement disparu.

Il se prépara à défendre chèrement sa vie.

Il dégaina son épée et frappa le premier, abattant un grand mâle qui s'apprêtait à bondir sur lui. Le second recula de quelques mètres en découvrant de puissantes mâchoires. Il devait peser plus de quatre-vingts kilos. En le voyant bouger avec souplesse et fixer sur lui ses yeux obliques, il réalisa qu'il allait certainement y laisser la vie.

Tano brandit son épée devant lui, mais sans inquiéter le moins du monde l'animal. Il regarda un instant derrière lui, alerté par le grondement et la mâchoire qui claquait tout près. Soudain, il sentit des crocs frôler sa jambe. Il lui sembla que le loup se dressait sur ses pattes arrière, mais il disparut presque immédiatement lorsqu'il se retourna pour lui faire face, l'épée à la main.

Au même instant, la mâchoire de l'autre loup attrapa son avant-bras gauche, heureusement protégé par un gantelet de cuir. Néanmoins, il sentit les extrémités des dents percer sa peau.

Son épée s'abattit sur la tête de l'animal, qui poussa un hurlement aigu se transformant ensuite en un râle profond. Jamais il n'avait entendu une créature vivante émettre un son aussi horrible. Le loup relâcha son étreinte et s'écroula.

Cette victoire lui donna un sentiment de puissance. Il était lui aussi devenu un animal, complètement hors de lui, les lèvres retroussées, grondant presque. Il ne restait plus qu'un seul loup. Le plus grand, certainement le mâle alpha de la meute.

Tano se retourna et fit face au dernier assaillant, en se campant solidement sur ses jambes. Et là il le vit nettement...

Ce n'était pas un loup ordinaire. Il était bien plus grand que les deux autres et devait dépasser les cent kilos. Ses crocs étaient d'acier, sa fourrure, sombre comme la nuit.

Ses yeux étaient aussi rougeoyants que des joyaux sortis tout droit de l'enfer. Le loup monstrueux humait l'air, savourant déjà l'odeur de son prochain repas. Il posa sur lui ce regard d'un calme surnaturel, puis il plongea dans sa direction.

Tano fit tournoyer son arme devant lui. Il visait de toutes ses forces la mâchoire du loup, mais il ne fit que l'effleurer.

Le loup recula de quelques mètres, puis commença à décrire des cercles lents autour de lui. Ce n'était pas de la peur qu'il perçut, mais la formidable acuité de ses sens exacerbés.

L'animal monstrueux s'avançait tout en tournant autour de sa proie juste assez près pour l'inciter à fendre l'air avec son épée, puis reculait aussitôt par petits sautillements.

Tano comprit rapidement que l'objectif de ce manège était de l'épuiser. Plusieurs fois, il pivotait, se fendait, tombait presque à genoux. Cette danse se prolongea peut-être pendant plus d'une demi-heure. Pour le loup, cet affrontement était devenu un jeu.

Pratiquement à bout de force, alors que ses jambes commençaient à le trahir, Tano risqua le tout pour le tout.

Tano bondit vers le loup qui, surpris par la manœuvre, se figea une fraction de seconde. Il fit tournoyer son épée qui heurta la tête hirsute et craqua sous l'impact. La mâchoire du loup se referma sur sa jambe et il sentit les crocs déchirer sa chair, profondément cette fois-ci. D'un coup d'épée, il lui fendit un côté de la gueule, lui crevant l'œil au passage. La mâchoire du loup desserra son emprise. Leur sang se mêla au niveau de la plaie juste au-dessus du genou vers l'intérieur de sa cuisse.

La bête tendit le cou et tenta de se relever en poussant une plainte aiguë qui se répercuta contre les montagnes et parut monter jusqu'au ciel. Tano contempla son pauvre corps écorché et son œil valide qui le fixait avec autant d'étonnement que de désespoir. Le loup essaya encore une fois de se relever. Il prit son épée et l'enfonça dans le cœur de l'animal. Il crut déceler dans son dernier regard une expression de gratitude.

Le calme régna à nouveau dans la forêt. Tano saignait abondamment, il se vidait de son sang au rythme des pulsations de son cœur. Se sentant défaillir, il eut juste le temps d'improviser un garrot avec une bande de tissu arrachée à sa tenue. Il ressentit la morsure de l'air froid dans ses poumons. C'était fini. La meute était anéantie et il était vivant. Le mouvement des arbres balayés par le vent dans la nuit devint soudain de plus en plus trouble. Il perdit conscience et s'écroula sur le corps du loup.

*

Tano ouvrit les yeux brusquement, comme lorsque l'on se réveille après un cauchemar. Son corps était toujours sur celui du loup. Il était froid et humide, son sang avait coagulé. L'air glacé de la nuit lui rafraîchit le visage. Malgré la température, il n'avait pas froid.

Sa tête lui tournait comme s'il avait trop bu. Il finit par se mettre à quatre pattes pour essayer de se relever.

Rapidement, les vertiges disparurent et il put se redresser sans difficulté. Curieusement, il se sentait en pleine possession de ses moyens. Combien de temps était-il resté inconscient ? Quelques minutes ? Quelques heures ? Plusieurs jours ? Il n'aurait su le dire exactement.

Un calme surnaturel l'envahit. Il était là, occupé à réfléchir, les yeux fixés sur le cadavre du loup. Tout en observant le corps monstrueux de la bête, il sentit une force immense l'envahir. Toutes les petites douleurs familières avaient disparu. Les cicatrices d'une vie de forgeron semblaient elles aussi s'atténuer progressivement puis s'évanouir. Son esprit était plus vif, sa vision plus nette, son ouïe et son odorat plus sensibles. Il ressentait la présence des créatures autour de lui. Il pouvait même jouir de leurs sens et influer sur la volonté de certaines.

Il avait beau chercher, il n'y avait aucune explication rationnelle à ce qui lui arrivait. Il était probablement en train de délirer. Quand il se réveillerait pour de bon, la souffrance reprendrait, intolérable, et il mourrait au fond de cette forêt ténébreuse, seul, comme un animal. Mais quelque chose en lui chassa cette angoisse soudaine. Non, il n'était pas en train de mourir, bien au contraire.

Afin de tester ses capacités, il s'approcha d'un vieux tronc d'arbre couché sur le sol. Il saisit le tronc des bras et essaya de le soulever. Même avec sa force nouvelle, ce ne fut pas facile de le bouger. Jamais un *Eldari* n'y serait arrivé seul. Il fut presque déconcerté d'avoir dû ainsi peiner. Sa force n'était donc pas illimitée. Peut-être possédait-il la force de deux ou trois individus, mais pas autant qu'il ne l'avait cru *a priori*.

Tano remarqua sa silhouette se refléter dans une flaque d'eau. Il se pencha de manière presque inconsciente pour voir son visage. Celui-ci n'avait guère changé si ce n'est quelques détails. Il semblait parfaitement normal mise à part sa blancheur extrême et le fait qu'il discernait maintenant parfaitement tous les petits vaisseaux sanguins de son derme. Toutes les petites rides ou imperfections de son visage avaient disparu. Ses yeux bleus limpides, presque liquides, étaient à présent iridescents avec un mélange de violet et de pourpre. Ses cheveux, longs, noirs comme de l'ébène, avaient une vigueur nouvelle et inhabituelle.

Ce n'était plus vraiment Tano qu'il voyait, mais une réplique améliorée de lui-même.

Il ferma les yeux et, en les rouvrant, sourit à l'étrange créature qui lui rendit son sourire. Il ne discerna aucune monstruosité dans son expression. Au contraire, il se trouva beau, avec le visage d'un ange. Ses lèvres étaient sensuelles et son nez plutôt court et fin. Il intensifia son sourire et ce fut là qu'il discerna ces vilaines petites dents pointues, comme si elles avaient été taillées dans l'ivoire.

Cette vision lui fit un choc, mais le souffle du vent vint à cet instant troubler la surface de l'eau, faisant disparaître cette image terrifiante. Il passa la langue sur ses dents et sentit nettement les pointes acérées, conçues pour déchirer les chairs.

Il fallait qu'il se fasse une raison : Tano était mort. En croisant le chemin de la meute, il était devenu autre chose. Le grand mâle en mourant lui avait fait un don, un don ténébreux qui l'avait transfiguré en une créature digne du côté obscur et de tous ses pouvoirs.

*

Les jours passèrent et Tano dut se rendre à l'évidence : la transfiguration qu'il avait subie après avoir été mordu par le loup semblait définitive. Il se dit qu'il était temps de mettre sa puissance à l'épreuve. Il ne savait pas encore de quoi il était capable exactement.

Il quitta tôt le matin sa demeure forestière et marcha longuement jusqu'aux abords d'un petit village.

La place centrale était déserte. Il la traversa pour s'approcher d'une auberge dans laquelle il ne manquerait pas de croiser quelqu'un. Remontant bien haut le col de sa cape, il entra dans la taverne, chercha une table tranquille éloignée du feu et commanda un verre de vin.

Tout le monde le regardait, non pas qu'il devinait en lui une créature monstrueuse, mais parce qu'il était un inconnu et que tout étranger attirait immanquablement la curiosité en cet endroit reculé. Il demeura ainsi plus d'une demi-heure, sirotant lentement son verre, observant à son tour les quelques habitués de l'auberge. À la fin, plus personne ne faisait attention à lui. L'important était qu'il pouvait, non pas passer totalement inaperçu, mais se faire passer pour un étranger en voyage dans une région qu'il ne connaissait pas. Il décida finalement de prendre une chambre et de passer la nuit là.


Il était trois heures du matin quand Tano se réveilla. Un feu terminait de brûler dans l'âtre. Il avait rêvé des loups. Il était devenu le chef de la meute qui poursuivait une jeune *Eldari* dans la forêt. Elle criait, mais c'était comme un long chuchotis qui répétait un seul nom : Eöl...

Il ouvrit les yeux, ou bien il crut le faire. Quelqu'un se tenait dans la chambre. Une silhouette féminine se découpait sur la lumière de l'âtre, où rougeoyaient encore quelques braises. Il était nu, allongé sur le lit. Elle l'observait.

Il devait s'agir de la femme de chambre de l'auberge, car il était certain d'avoir fermé sa porte à clé. Il leva les yeux vers le visage blême.

« Eöl... » répéta une voix de femme suppliante, comme un bruissement. Pourtant, les lèvres de la jeune femme n'avaient pas remué. Il discerna ses yeux verts qui le fixaient. Elle portait de longs cheveux bruns, retenus par un serre-tête de trois fils aux perles dorées.

Elle devait être jeune, dix-sept ans à peine. Il percevait avec acuité son odeur superposée à celle de l'âtre qui se consumait. Sa peau fine et blanche laissait deviner un réseau incroyablement complexe d'infimes vaisseaux sanguins qui irriguaient son corps. Tano se rendit compte qu'il entendait ses pensées. C'était une morne vibration de son esprit, tandis qu'elle attendait, là, sans bouger, et que tout son corps appelait en la faisant souffrir de façon presque intolérable et pourtant délicieuse.

À quoi pensait-elle, dans sa folle impatience silencieuse ? Elle répétait inlassablement un seul nom : « Eöl... »

Elle détourna la tête et regarda la porte, comme un dernier réflexe de survie. Puis son regard vint à nouveau scruter ce corps étendu qui la fascinait. Tano plongea ses yeux dans les siens jusqu'à ce que son regard se révulsa. Sa respiration se fit plus ample. Il perçut la chaleur de ses seins qui gonflaient sous la robe de toile. Son corps doux et succulent s'affala mollement contre lui, s'abandonnant totalement.

Il la pénétra tendrement tandis qu'elle se cabrait, grisée par la chaleur. Il l'embrassa tout en écartant le tissu qui lui couvrait la gorge. Elle poussa un faible gémissement lorsque les crocs s'enfoncèrent dans son cou tendre, libérant un liquide chaud et épais.

Il n'existe pas de mots pour décrire l'extase que ressentit Tano. Il l'avait prise avec un parfait semblant d'amour. Il lui sembla que son innocence rendait son sang encore plus chaud, onctueux et délicieux que toute jouissance qu'il avait pu ressentir jusqu'à présent.

La jeune *Eldari* sombra dans l'inconscience. Il la contempla longuement, endormie. Elle n'était plus vivante, mais elle n'était pas encore morte. Il lui ôta sa robe et contempla son corps. Tano réalisa à quel point elle était belle. Il la pénétra à nouveau, sans aucun remords. À présent, plus personne ne serait à l'abri de son désir de vengeance.

Lorsque Tano se réveilla à nouveau, il trouva la jeune femme debout en train d'alimenter le feu en y jetant les dernières bûches. Avec des gestes lents, elle attisait les braises dont la lueur soulignait la pâleur de sa peau et le rouge de ses lèvres. Son nom lui vint immédiatement à l'esprit. Elle s'appelait Altariel. Elle était née près d'ici, il y avait moins de dix-sept ans.

— Tes parents sont-ils encore vivants ? demanda-t-il d'une voix douce.

— Non, répondit-elle.

Elle était partie de son village après leur décès. Elle était arrivée dans la région il y avait deux mois à peine. Depuis, elle travaillait à l'auberge comme femme de chambre.

— Ne pense donc plus à eux, dit-il. Oublie-les.

Altariel le regarda et lui sourit avec une infinie tristesse.

— Dorénavant, nous ne sommes plus des *Eldaris*, lui dit-il.

— Qui sommes-nous alors ?

— Nous sommes les premiers d'un nouveau peuple.

Elle lui sourit à nouveau, mais cette fois-ci avec un éclair dans les yeux.

— Quand le monde tombera en ruine et en poussière, l'univers sera plus beau. Les arbres repousseront là où il y avait des rues, les fleurs s'épanouiront sur l'emplacement de leur palais. L'eau pure coulera à nouveau dans les rivières. Ce sera notre but : que les forêts recouvrent toutes traces des anciennes cités.

— Ils seront nombreux à te suivre. Beaucoup ne supportent plus ce monde, dit-elle, subjuguée par ses paroles.

— Aujourd'hui, les *Eldaris* n'ont plus besoin d'un héros. Aujourd'hui... seuls les monstres sont nécessaires. Ils ne craignent pas l'épée, mais ils seront terrorisés par un démon.

Le diadème qui tenait sa chevelure brilla des reflets des flammes. Son visage s'empourpra magnifiquement, ses yeux lancèrent des éclairs de pure lumière émeraude. Un bref instant, elle eut l'air vivante. Puis, lorsqu'elle baissa la tête, ses cheveux masquèrent entièrement son visage.

Dans son regard, il sut qu'elle le suivrait jusqu'au bout. Quoi qu'il arrive.

Tano prit son corps délicat entre ses bras. Il écarta doucement les mèches noires et l'embrassa.

— Tu ne seras plus jamais seule.

— Combien de temps tiendras-tu ta promesse ?

— Jusqu'à la fin des temps.

La pluie tombait dru lorsque Tano et Altariel sortirent de l'auberge. Ils venaient de pénétrer dans une ruelle tortueuse qui serpentait dans les ténèbres, lorsqu'ils se retrouvèrent face à face avec un *Eldari*. Il les vit au même instant, surpris de croiser un couple à une heure aussi matinale sous un véritable déluge.

— Quel temps de chien ! dit-il pour engager la discussion autant que pour se rassurer.

Le couple ne répondit pas. Le plus grand resta en retrait, pendant que l'autre s'approcha de lui.

À l'instant où il vit son visage, il crut qu'il rêvait, car elle avait une beauté étrange et irréelle. Elle s'avançait vers lui lentement, comme si elle glissait sur le sol au lieu de marcher.

Elle avait les cheveux bruns, le nez aquilin et de grands yeux verts, perçants, dont certains reflets, dans la pâle clarté ambiante, donnaient presque la sensation du feu. On remarquait également ses dents d'une blancheur éclatante et qui brillaient comme des perles entre des lèvres rouges et sensuelles. Malgré sa beauté, quelque chose en elle mettait mal à l'aise, un sentiment à la fois de désir et d'épouvante.

Il avait aussi cette impression bizarre de connaître ce visage, mais que ce souvenir était lié à celui d'un cauchemar, encore qu'il lui fût impossible de se rappeler où et dans quelles circonstances il l'avait rencontrée.

Il y avait surtout ce désir brûlant de sentir sur les siennes les baisers de ces jeunes lèvres rouges. En le voyant ainsi désorienté, elle se mit à rire, un rire musical, qui pourtant avait un on ne sait quoi de dur, un son qui semblait ne pas pouvoir sortir de lèvres d'une créature vivante. C'était comme le tintement, doux, mais intolérable, de verres sous le jeu d'une main adroite.

Il dut comprendre que quelque chose n'était pas normal, car il faillit faire demi-tour. Mais il n'en eut pas le temps. Altariel se jeta sur lui comme une furie.

C'était un *Eldari* vigoureux et elle fut surprise par le plaisir qu'elle éprouvait à le sentir se débattre. Elle avait à faire à un corps jeune et musclé, mais malgré le fait qu'elle était bien plus frêle que lui, elle n'eut aucune difficulté à le terrasser. Elle planta ses crocs dans l'artère de son cou et il cessa rapidement de se débattre. La bouche d'Altariel s'ouvrit avidement pour recueillir le flot brûlant. Le goût de son sang qui jaillit fut une pure volupté.

— Laisse-le à présent, dit Tano.

Altariel continuait à avaler goulûment le liquide vital.

— Laisse-le ! gronda Tano d'une voix sourde qui résonna dans la ruelle.

Elle leva la tête vers lui, délaissant sa proie avant que son cœur ne cessât de battre. Au dernier moment, le malheureux tenta de hurler, mais il s'écroula, inconscient.

— Excuse-moi. Je ne pouvais plus m'arrêter, dit la jeune femme en relevant la tête.

Son visage était couvert de sang.

— Je sais. Mais s'il se vide, il meurt. Il faut qu'il vive pour le convertir.

— Oui... dit Altariel, contrariée de ne pas avoir su gérer la situation.

— Lorsqu'il se réveillera, il sera devenu l'un des nôtres.

— Pourquoi d'autres que nous deux ? demanda-t-elle.

Il sut immédiatement ce qu'elle ressentait. Elle était redevenue l'espace de quelques instants la jeune adolescente désespérée. Jamais de toute son existence, il n'avait éprouvé une telle intimité avec un être.

— Tu seras toujours ma bien-aimée. La première de mes disciples, dit-il en l'enlaçant.

Altariel posa sa tête contre son épaule. Elle ne répondit pas, mais il sentit qu'elle se donnait entièrement à lui. Elle était rassurée, amoureuse, prête à donner sa vie pour lui, quoiqu'il arrive, quoi qu'il lui demande.

— Nous sommes des miracles, mais pour eux nous sommes des abominations, reprit-il. Il ne faut pas qu'ils découvrent notre existence avant d'être assez nombreux.

— Mais nous ne pouvons pas mourir, n'est-ce pas ? demanda-t-elle.

— Je ne sais pas et cela n'a aucune importance. Demain nous serons trois. Nous pourrons alors en convertir d'autres. Bientôt nous pourrions être une véritable armée, si tel est notre désir.

— Partons d'ici, je t'en prie, dit-elle. Je t'en supplie, partons de cet endroit où j'ai vécu les années les plus sombres de ma misérable existence.

— Très bien, nous partirons demain dès que le don ténébreux l'aura converti. J'ai de toute façon un compte personnel à régler, murmura-t-il avec un rictus de haine.

*

Turgon s'ennuyait. Et à chaque fois que c'était le cas, il engageait une série de travaux pour passer le temps. Il était plongé dans la consultation du plan de rénovation de ses appartements lorsqu'il entendit un bruit.

— Qu'y a-t-il ? demanda Turgon sans relever la tête.

— Un messager demande à vous voir seigneur, dit l'un des gardes.

— Un messager ? Qu'il entre.

Il ne prêta aucune attention à la silhouette sombre qui s'approchait de lui. Pourtant, le soi-disant messager avait un visage hors du commun. Son nez aquilin lui donnait véritablement un profil d'aigle. Il avait le front haut, intelligent, les cheveux abondants et longs, les sourcils fins se rejoignaient presque au-dessus du nez. Sa bouche avait une expression cruelle, et les dents, éclatantes de blancheur, étaient particulièrement pointues, comme si elles avaient été taillées. Elles étaient généralement dissimulées derrière ses lèvres dont le rouge vif annonçait une vitalité extraordinaire. Le menton, large, annonçait, lui aussi, de la force, et les joues, quoique creuses, étaient fermes. Une pâleur étonnante, voilà l'impression que laissait ce visage.

— Messager, quelle nouvelle est-ce que tu m'apportes ? demanda Turgon sans bouger.

— La nouvelle de votre mort, dit une voix calme et déterminée.

Lorsqu'il leva enfin ses yeux vers le messager, Turgon reconnut Tano.

— Sois le bienvenu, Tano. Nous t'attendions depuis longtemps...

Celui-ci dégaina une longue épée.

— Laissez-le faire, dit Turgon à l'attention des gardes, sans paraître impressionné.

— Je ne suis pas Tano. Tano est mort. Ce corps est un corps sans vie, dit le visiteur.

— Tu me parais bien vivant pour un mort. Tu devrais remercier ta femme qui a su... plaider ta cause, dit le tyran avec un sourire évocateur.

— Comme Tano gardait le silence, il ajouta :

— Qui es-tu si tu n'es pas Tano ?

— Je suis le monstre que les êtres de chair voudront tuer.

Il s'avança en brandissant l'épée à deux mains. Les gardes firent mine d'intervenir, mais Turgon les arrêta d'un geste de la main.

— Rends-toi Tano, j'ai le sabre noir. Tu ne peux me vaincre.

— Je ne m'appelle plus ainsi.

Turgon se mit à rire.

— Je suis Eöl, le prince des damnés.

Turgon essaya de lever le sabre pour frapper, mais il n'y parvint pas. Tout son corps était comme engourdi. Quelque chose l'empêchait de faire le moindre mouvement. L'épée s'enfonça dans sa gorge juste en dessous du menton. Il voulut hurler, mais son cri se transforma en un horrible gargouillis.

Il s'écroula et le sabre noir tomba avec lui.

Les quatre gardes, au départ tétanisés par la scène, reprenaient leurs esprits et encerclaient à présent Eöl.

— Vous n'êtes pas mes ennemis, leur dit-il.

Malgré cela, les gardes dégainèrent leurs armes. Eöl posa calment son épée au sol et saisit le sabre.

— Je ne veux pas vous tuer. Ne me forcez pas à le faire, dit-il d'une voix presque suppliante.

Un des gardes s'avança brusquement pour frapper.

Le sabre fendit l'air avec un sifflement rauque. Il coupa au passage la poitrine du présomptueux et continua sur sa trajectoire en un cercle complet de manière à stopper toute autre velléité. Les trois autres gardes reculèrent.

Le soldat blessé saignait abondamment, mais il n'était pas mortellement touché.

Le visage d'Eöl se déforma jusqu'à devenir méconnaissable. Dans un rictus démoniaque, sa bouche s'ouvrit, découvrant des dents taillées en pointes acérées. Ses yeux devinrent comme des lames s'enfonçant profondément dans l'esprit de ses adversaires, réduisant à néant leur courage. Il se jeta littéralement sur la gorge du malheureux soldat et déchiqueta une partie de son cou. Le sang jaillit, abondant, épais, avec une odeur écœurante.

Les trois autres *Eldaris* se détournèrent d'effroi et s'enfuirent devant la scène macabre d'un monstre dévorant une partie de sa victime encore vivante.

*

*Au commencement
L'un a induit le multiple,
Fondement de l'ordre,
Le premier coup de sabre est
À la fois le début et la fin.*

*Budô den-sho.*

— Voilà, Miril, la véritable histoire d'Eöl... dit Maira. Sa voix n'était plus déjà qu'un murmure.

— Pourquoi teniez-vous à ce que je connaisse cette tragédie, mère ?

— Tu ne te doutes de rien ?

— J'ai toujours pressenti qu'il y avait des zones obscures dans notre famille.

— Il est temps pour toi de connaître la vérité.

— Avons-nous un lien avec le prince des damnés ?

— Ce n'est pas si simple...

Maira avait de plus en plus de mal à s'exprimer.

— Nous sommes... continua-t-elle.

— Oui ?

— Nous sommes les descendants d'Aredhel et de Turgon...

Miril resta sans voix après cette révélation.

— Peu après la mort de Turgon, Aredhel a mis au monde un enfant...

La voix de la Dame de *Fanyamar* n'était plus qu'un souffle à peine perceptible.

— Cette petite fille... devint ensuite la première Dame de notre lignée...

— Aredhel ne s'était pas suicidée ?

— Non.

— Pourquoi avoir dissimulé nos origines ?

— Les *Eldaris* ont préféré oublier ces heures sombres de leur histoire.

— Ne dites plus rien. Il faut vous reposer, mère.

— Non. C'est terminé pour moi. Tu es la nouvelle Dame de *Fanyamar* à présent...

— Je t'aime Maira.

— Moi aussi. Tu as toujours été ma fierté. Je disparais heureuse...


Les yeux de la Dame de *Fanyamar* se fermèrent et, dans un dernier soupir, elle s'éteignit paisiblement. Comme dans un rêve, la lumière du jour éclaira à cet instant son visage. La nouvelle maîtresse des *Eldaris* du Nord se releva à côté du grand lit où reposait sa mère. Elle était triste, mais elle savait néanmoins qu'elle la retrouverait au sein du sanctuaire le jour où elle quitterait elle aussi le monde des êtres de chair.

néanmoins qu'elle la retrouverait au sein du sanctuaire le jour où elle quitterait elle aussi le monde des êtres de chair.

# Épisode 8

# Opération Downfall

*Orion Prime* irradiait dans l'espace des vagues gigantesques de masse coronale. Dans les régions actives, celles où sont visibles les tâches stellaires, des bourrasques de plasma étaient propulsées à plus de quatre mille kilomètres par seconde vers les premières planètes du système. Ces violentes éruptions, peu discernables dans le spectre visible, devenaient des flashs intenses dans l'ultraviolet. En atteignant *Genesis*, les particules illuminaient la haute atmosphère, provoquant un magnifique spectacle auroral.

Huit planètes principales composaient le système qui gravitait autour de l'astre. Les quatre premières, *Proxima*, *Nemesis*, *Genesis* et *Green Earth*, possédaient une composition dense et rocheuse, peu ou pas de satellites naturels et aucun système d'anneaux. De tailles relativement modestes – la plus grande étant *Genesis* avec un diamètre d'environ douze mille kilomètres –, elles étaient constituées en grande partie de minéraux avec une croûte solide, un manteau semi-liquide et un noyau à base de fer et de nickel. Elles avaient toutes les quatre, à des degrés divers, une atmosphère, des cratères d'impact et les caractéristiques tectoniques de surface de type volcanique.

Les trois planètes suivantes, *Phaedra*, *Elektra* et *Urulan*, baptisées du nom évocateur des « trois sœurs », appartenaient à la catégorie des géantes gazeuses. Elles regroupaient, à elles seules, la majorité de la masse qui orbitait autour de l'étoile *Orion Prime* et possédaient toutes les trois un système d'anneaux plus ou moins dense ainsi qu'un nombre important de satellites naturels.

La dernière planète du système, la plus lointaine, proche de la grande barrière d'astéroïdes, représentait une exception. Il s'agissait en effet d'une petite planète tellurique, *Tayma*, plus connue sous le nom de la planète des sables.

À côté de ces huit grandes planètes, il existait un nombre considérable de satellites, planètes naines et autres corps célestes de tailles trop réduites pour être qualifiées de planètes. Ainsi, en orbite de *Phaedra*, le satellite *Icerock* ne pouvait être reconnu en tant que « vraie planète » malgré son diamètre de trois mille kilomètres environ. Il était néanmoins caractérisé par une forme sphérique, une composition proche d'une planète tellurique avec une surface recouverte par un océan liquide gelé et des sommets montagneux émergés.

La population humaine sur l'ensemble des planètes du système comptait près d'un milliard d'individus, dont quatre-vingts pour cent résidaient sur *Genesis*. *Green Earth* et *Nemesis* accueillaient, quant à elles, près de quinze pour cent, soit environ cent cinquante millions d'humains. Les cinq pour cent restants se répartissaient en de multiples colonies, de tailles et de cultures assez différentes, l'une des plus importantes résidant sur *Tayma*. Les plus petites ne comprenaient que quelques milliers d'individus, comme sur *Proxima* ou *Icerock*, compte tenu de leur environnement hostile. En effet, *Proxima* avait une activité volcanique extrême, avec des températures excédant les cinq cents degrés le jour dans certaines régions et qui pouvaient chuter la nuit à moins deux cents degrés. *Icerock* était presque un paradis en comparaison avec ses moins cinquante degrés en moyenne.

*

Après les guerres de séparation qui avaient ravagé *Genesis* et provoqué l'exil des cyborgs, de nombreux survivants étaient partis coloniser les planètes avoisinantes. Ceux qui étaient restés sur la planète mère, la majorité néanmoins, avait entrepris de la dépolluer et de rebâtir les cités détruites lors des conflits.

Les différentes communautés émergentes décidèrent alors de se réunir dans un esprit de réconciliation, de partage des ressources et des connaissances, dans un but commun de paix et d'exploration spatiale. La fédération des planètes unies était née.

Sur le plan politique, l'alliance prit la forme d'une République fédérale interplanétaire regroupant les planètes habitées ainsi que les colonies présentes sur les autres corps célestes, satellites et planètes naines. Chaque entité fédérée était autonome, avec son propre gouvernement, mais reconnaissait le pouvoir central comme souverain sur un certain nombre de domaines, comme la politique d'expansion spatiale ou la défense. Le principe était que tous les pouvoirs non spécifiquement transférés à l'échelon fédéral restaient aux mains des gouvernements locaux. Les fédérés disposaient de leurs propres ressources fiscales ainsi que de pouvoirs législatifs et exécutifs étendus. Les lois en vigueur pouvaient être par conséquent très variables d'un territoire à l'autre. De grandes différences de taille et de poids démographique rendaient souvent difficile la comparaison entre eux.

La fédération était dirigée par la présidence et le congrès. Constitué de deux chambres, celui-ci comprenait le sénat où les planètes fédérées étaient représentées par deux sénateurs élus pour un mandat de six ans, quels que soient leur poids démographique, et la chambre des représentants, dont le nombre était proportionnel à la population de chaque entité, avec un minimum d'un représentant. Ceux-ci, élus tous les deux ans au suffrage universel direct, comme leur nom l'indique, représentaient les citoyens au sein de la fédération. Une fois sur deux, l'élection coïncidait avec l'élection présidentielle et une fois sur deux, elle intervenait au milieu du mandat présidentiel. Plus populaire, la chambre des représentants servait de contrepoids au sénat et inversement. En plus de voter les lois fédérales, elle détenait l'initiative pour le vote du budget. Le sénat pouvait néanmoins amender ou rejeter ses propositions, la constitution imposant l'approbation des deux chambres pour qu'une loi soit ratifiée.

Le président et le vice-président de la fédération étaient élus au suffrage universel pour un mandat de quatre ans renouvelable une fois. Toutefois, le président disposait seul des pouvoirs d'un chef d'État, le vice-président étant là pour le seconder ou le remplacer en cas d'empêchement grave. Le président était considéré comme le chef des armées et de la garde fédérale, bien qu'il appartenait au congrès de déclarer officiellement le début d'un conflit armé. Il détenait également la capacité de négociation avec toute puissance extérieure à la fédération, la responsabilité de l'administration et de l'application des lois votées par le congrès. Il nommait les hauts fonctionnaires et les cadres de l'état fédéral, et proposait le budget avec le consentement du sénat. Enfin, il exerçait une influence sur le programme législatif du congrès sans toutefois pouvoir directement proposer une nouvelle loi. Néanmoins, il disposait d'un droit de veto sur toute loi adoptée par le congrès en imposant une nouvelle lecture.

Claire Bright était devenue la première femme présidente de la fédération des planètes unies depuis sa fondation. Elle était de taille moyenne, blonde avec de grands yeux verts. Née dans un quartier huppé de *New Eden*, elle avait toujours été la fierté de ses parents. Très tôt, elle s'était investie dans la politique, en s'engageant dès l'âge de dix-sept ans dans la campagne présidentielle menée par le maire de l'époque. Elle entra ensuite à la prestigieuse université locale où elle présida le mouvement des jeunes réformateurs.

Claire obtint son diplôme d'avocate en étant major de sa promotion, mais elle ne conseilla que quelques entreprises pendant un peu moins d'une année. En effet, très rapidement, son engagement politique l'amena à prendre une position de plus en plus importante au sein des réformateurs. Après plusieurs années, gravissant un à un les échelons, elle remporta finalement l'investiture de son parti et gagna ensuite l'élection présidentielle avec une courte avance sur son adversaire conservateur, Donald Adams.

Considérée par beaucoup d'analystes comme la femme politique la plus brillante de toute l'histoire de la fédération, elle réussit à convaincre le congrès d'engager de profondes réformes visant, entre autres, à relancer l'économie en investissant massivement dans un nouveau programme de dépollution de *Genesis*. Pour ses adversaires, cette politique en faveur de la planète moribonde fut fortement critiquée, en particulier par les représentants des autres états-planètes qui ne souhaitaient pas financer ces travaux jugés trop coûteux au profit d'un seul d'entre eux. Toutefois la présidente était soutenue par une part importante des habitants de *Genesis*, ce qui représentait toujours la majorité de la population, malgré la croissance démographique des autres membres de la fédération.

*

La nuit était tombée et *New Eden* s'illuminait de mille et une lumières. Le ciel était d'un noir profond, sans étoile, du fait de la luminosité de la cité et du reflet des deux lunes qui masquaient toute possibilité de distinguer les astres lointains.

Il résultait un contraste saisissant du nombre impressionnant de gratte-ciels aux formes élancées, étincelants de lumières pointillistes, et de la voûte sombre et menaçante de l'espace. De la forêt des tours dominait la *City Tower*, simple et pure, avec sa flèche d'acier et de verre au design rétro. Un peu plus loin, la *Trade Tower* semblait vouloir la rejoindre dans un style totalement différent, avec ses étages cubistes, irréguliers, foisonnants de terrasses, de restaurants et commerces, de jardins suspendus.

Au pied de ce géant, le quartier d'affaire *Downtown New Eden* s'étirait jusqu'au canal qui marquait la frontière avec le principal quartier résidentiel de la ville. Au centre de celui-ci, un bâtiment à l'architecture néo-classique, entouré de vastes espaces verts, tranchait avec la densité des constructions récentes, bureaux et habitations des alentours.

Baptisé du nom de « Maison d'Arthur » en hommage au fondateur de la fédération, le bâtiment central était devenu depuis la résidence officielle de la présidence. Il s'agissait d'un parallélépipède sur deux étages construits en blocs de grès, doté de larges fenêtres et d'une façade plus travaillée gravée de roses et possédant un large portique à colonnes.

Le rez-de-chaussée, légèrement surélevé de plusieurs marches, comprenait essentiellement les bureaux ainsi que les salles de réunion et de réception. Le second niveau était réservé à l'appartement de la présidente et aux chambres de ses éventuels invités. Deux niveaux supplémentaires, au sous-sol, concentraient les salles de service, les salles informatiques et d'autres à vocation technique et de stockage, ainsi qu'une pièce de sécurité, la « chambre rouge », en cas de danger imminent.

Peu visible de l'extérieur, le toit-terrasse servait au départ de simples combles et de logement pour les domestiques. Il fut progressivement aménagé et agrandi pour l'usage privé de la famille présidentielle.

Seuls les principaux collaborateurs de la présidente, soit près de cinquante personnes, travaillaient dans la maison d'Arthur. Le reste de l'équipe présidentielle et la vice-présidence avaient leurs propres locaux en dehors de la propriété.

Le bureau de Claire Bright était situé au rez-de-chaussée, sur l'arrière du bâtiment, juste en face du portique principal donnant sur le hall d'entrée et le salon de réception diplomatique. En plus de la porte principale et d'un accès au jardin, deux portes plus petites dans les murs latéraux débouchaient directement, à droite dans le bureau de sa secrétaire, Sarah Duval, à gauche dans celui de son directeur de cabinet, Jason Shell.

Celui-ci fit irruption dans le bureau de la présidente. C'était à peine si Claire Bright l'avait entendu frapper à la porte.

— Vous pouvez entrer Jason... dit-elle sans relever la tête du document qu'elle était en train de lire.

— Madame la présidente...

— Que se passe-t-il ?

— Jenny Learner. Je viens de lui parler.

La présidente reposa le document devant elle et leva les yeux vers son directeur de cabinet.

— C'est encore cette histoire de complot ?

— Oui, madame.

— Dites-moi ce que vous savez, fit-elle en soupirant.

— Je sais que vous ne croyez pas à cette histoire, mais Jenny et son collègue se préparent à publier un article suite à la mort de Stephen Kiles, dans lequel ils pointent une ramification possible avec le vice-président.

— James Hood n'est certes pas le vice-président dont nous rêvions, mais je ne crois pas qu'il puisse être mêlé à une histoire de meurtre.

Jason Shell lui déposa un document sur le bureau.

— Qu'est-ce que c'est ? demanda-t-elle.

— La copie d'un échange entre Stephen Kiles et James Hood à propos du projet de loi sur le budget de dépollution. Il y exprime sans ambiguïté son profond désaccord avec vous.

— Ce n'est pas nouveau et cela ne prouve rien.

— Madame la présidente, si je puis me permettre...

— Je sais Jason, coupa la présidente, mais l'enquête n'a rien donné. Nous avons tous eu des échanges avec Kiles au moment du vote au congrès... Avez-vous des nouvelles du *Pandora* ? demanda-t-elle pour changer de sujet.

— Non. Aucune nouvelle, répondit Jason Shell, un brin contrarié.

— Je suis très inquiète d'avoir envoyé un équipage et, qui plus est, avec une de mes amies à bord.

— Je sais, madame la présidente. Nous faisons...

— Tout ce qui est en notre pouvoir...

— Vous êtes injuste.

La présidente ne releva même pas la remarque et resta pensive.

Lors de ses études à l'université, Claire Bright avait partagé pendant plusieurs mois sa chambre avec une jeune étudiante en science, Asagi Hamilton. Elles étaient devenues amies et étaient restées ensuite en contact malgré des voies très différentes. Après sa nomination au poste suprême, Claire demanda à Asagi de l'assister an tant que conseillère sur les questions relevant des cybertechnologies. À plusieurs reprises, la présidente avait fait appel à elle pour des missions spéciales. Ce fut le cas, en particulier, pour la mission de reconnaissance au-delà de la grande barrière d'astéroïdes. Elle ressentait une grande culpabilité d'avoir entraîné son amie dans une aventure aussi dangereuse, surtout depuis qu'elle avait appris la disparition du vaisseau.

— A-t-on plus d'information sur le blocus cyborg autour de *Tayma* ? demanda Claire.

— Tous les vaisseaux qui reviennent de là-bas le confirment : la planète est sous le contrôle des cyborgs. Leur flotte se regroupe en orbite.

— Bon sang... Quelle est l'évaluation de leur force ?

— Difficile à dire à ce stade.

— En fait, on n'en a aucune idée...

La présidente sembla plonger à nouveau dans un abîme de réflexion. Au bout de plusieurs secondes qui parurent une éternité, elle déclara :

— Je veux que l'on organise une réunion de crise rapidement. Une des planètes de la fédération a été très vraisemblablement attaquée. C'est notre devoir d'agir et de faire preuve de solidarité, conformément à la constitution.

Jason Shell fit mine de répondre, mais il savait que lorsque Claire parlait sur ce ton, il était inutile de polémiquer.

— Bien madame, fit-il, résigné.


*


Brian Hooker sonna à la porte de l'appartement de Jenny Learner. La jeune femme entrebâilla la porte, puis fit signe à son ami d'entrer. Elle avait un air grave et préoccupé.

— Je t'ai appelée, dit-il.

— Entre, répondit-elle simplement.

Le journaliste pénétra d'un pas décidé et marcha jusqu'au centre du salon.

— Tu veux quelque chose ? De l'eau... un scotch ? demanda-t-elle alors qu'il prenait place sur le canapé.

Il remarqua alors la valise près de la porte.

— Tu te prépares à partir ? demanda-t-il sans répondre à sa proposition.

— Chez ma mère.

— Quoi ?

— Je pars.

— Non. Pas question, lâcha-t-il avec un sourire qui se voulait rassurant.

— Nous n'avons rien, Brian.

— Tu abandonnes tout ça ?

— Seulement deux personnes à part nous savent ce qu'il a fait, et une d'elles a été tuée. Si nous avions une piste, Brian, une preuve, ou même une source qui nous appuierait ce serait quelque chose, mais pour l'instant on n'a rien de tangible...

— On ne peut pas lâcher maintenant. L'enjeu est trop important !

— Je sais... mais...

— C'est toi un jour qui m'as dit : les seules histoires qui ont de l'importance sont les plus dangereuses.

— C'est vrai.

— Ce ne sont pas des menaces qui vont te faire renoncer !

— Il ne te connaît pas, moi il me connaît...

— Pendant toute ta carrière, tu as toujours choisi les sujets difficiles.

— J'ai trouvé ceci dans ma boîte de réception, dit-elle.

Elle afficha le courrier électronique qu'elle avait reçu, puis elle lui tendit son mobile.

— Pas d'expéditeur, comment est-ce possible ?

Il parcourut le message et écarquilla les yeux en voyant les images.

— Maudite merde... lâcha Brian après quelques secondes.

Il fit défiler plusieurs photos où l'on distinguait clairement Jenny, entièrement nue, avec deux hommes dans des positions qui ne prêtaient à aucune confusion possible.

— D'où viennent ces photos ? demanda-t-il sous le coup de l'émotion.

— C'est une vieille histoire. Bien avant de te connaître... Je ne sais pas comment ils ont pu se les procurer. En tout cas, c'est terminé pour moi. Je suis grillée.

— Jenny, tu ne peux pas te sauver. On pourra toujours dire que ces photos ont été truquées afin de te discréditer.

— Avant, je n'avais peur de rien. Mais tu sais quoi ? Cette fois, j'ai vraiment peur. Il est puissant et il a tout à perdre.

— S'il te plaît, j'ai besoin de toi.

— Réveille-toi, Brian ! Nous sommes seuls. Nous n'avons aucune preuve réelle de ce que l'on avance !

— J'ai contacté un ami. Celui dont je t'ai parlé. Il accepte de nous aider, dit-il afin de la raisonner.

— Cela ne change rien, ma décision est prise.

— Donne-moi un peu de temps. Une semaine... Si dans une semaine, je n'ai obtenu aucune preuve, alors on laissera tomber. Je te le promets !

Jenny fronça les sourcils et réfléchit plusieurs secondes. Le visage de Brian était devenu suppliant.

— Je te laisse trois jours, dit-elle doucement. Pas un jour de plus.

— Merci ! Je savais que tu ne me laisserais pas tomber.

Brian se leva du canapé et l'embrassa.

— Tu as toujours su obtenir ce que tu voulais de moi, soupira-t-elle avec un sourire forcé.

— Tu es la meilleure et je t'aime ! fit Brian en se dirigeant vers l'entrée de l'appartement.

La porte claqua derrière lui.

— Trois jours. Pas un de plus... murmura-t-elle pour se rassurer.

Le journaliste rentra directement chez lui. Il était déjà une heure du matin environ et il ne lui restait que peu de temps pour convaincre Jenny de rester.

Arrivé dans son appartement, il jeta négligemment son manteau sur un fauteuil, puis il se servit un scotch. Il but son verre d'un trait devant la baie vitrée en contemplant, sans vraiment les voir, les lumières de la cité.

Brian se servit un second verre et s'installa devant son bureau. Un grand écran translucide s'illumina et éclaira le salon d'une lumière bleutée. Une voix féminine monocorde interrompit le silence.

— Brian, vous avez reçu un nouveau message. Il s'agit de celui que vous attendiez.

— Que dit-il ?

— Il donne juste l'adresse d'un site. Le message est signé Fawkes.

— Connecte-moi.

Une nouvelle fenêtre apparut immédiatement au centre de l'écran. Elle affichait l'image d'un masque blanc représentant le visage d'un homme anonyme.

— Bonjour Brian, dit une voix masculine déformée.

— Qui êtes-vous ?

— Cliquez sur l'icône en bas de l'image.

— Dites-moi qui vous êtes.

— Qui je suis n'a aucune importance.

— Je sais qui vous prétendez être, fit Brian, méfiant.

— Si vous n'êtes toujours pas convaincu, au revoir...

— Attendez !

Brian cliqua sur l'icône qui représentait le même masque, mais en plus petit. La fenêtre se ferma automatiquement puis, au bout de plusieurs secondes, une autre fenêtre apparut avec un masque anonyme identique.

— Qu'est-ce que c'est ?

— La connexion passe maintenant par une dizaine de serveurs localisés un peu partout sur la planète. Ne vous en faites pas. C'est pour votre protection.

— Vous avez insinué que vous pouviez...

— Qu'avez-vous besoin de savoir ? coupa la voix.

— Jenny et moi enquêtons sur le vice-président. Nous le soupçonnons d'avoir fait exécuter le sénateur Kiles. Mais nous n'avons aucune preuve et encore moins de mobiles justifiant ce meurtre.

— Je peux peut-être vous aider.

— Comment ?

— En piratant le serveur de la vice-présidence.

— C'est possible ?

Le hacker ne répondit pas. Plusieurs secondes s'écoulèrent, puis il expliqua :

— Pour cela, il me faut le code de vérification du serveur interne.

— Je ne sais même pas comment obtenir ça...

— Mais si. Demain, vous enverrez un message demandant une interview au vice-président.

— Il refusera.

— Ce n'est pas le problème. Lorsque vous recevrez la réponse, copiez l'entête du message. Elle contient les informations concernant l'identification du serveur et du pare-feu. Envoyez-moi ce code à l'adresse qui s'affiche maintenant...

— D'accord, répondit Brian en notant l'adresse électronique sur un morceau de papier.

— Maintenant, une dernière chose.

— Oui ?

— Une fois le code envoyé, effacez le message et toute trace de nos échanges. Détruisez au besoin votre ordinateur.

— Mais...

— Je vous recontacterai ensuite. Bonne chance.

La fenêtre au masque blanc disparut instantanément. Brian resta plusieurs minutes devant l'écran.

— Vous n'avez aucun autre message, dit la voix féminine. Voulez-vous en profiter pour mettre à jour vos applications ?

— Non merci, répondit Brian. Passe en mode veille.

L'écran translucide s'éteignit et devint aussi transparent que du verre.

*

Outre Claire Bright, son directeur de cabinet et le vice-président, la cellule de crise rassemblait les principaux secrétaires d'État et le commandant en chef des armées de la fédération. Il y avait en tout et pour tout dix personnes autour de la grande table de réunion ovale.

La présidente arriva en dernier et vint s'assoir entre Jason Shell et James Hood. Elle commença la réunion sans transition.

— Mesdames, messieurs les ministres, amiral, nous devons prendre une grave décision aujourd'hui. Nous savons que les cyborgs ont attaqué et probablement envahi *Tayma*. Il est tout aussi probable qu'ils ne vont pas en rester là. Nous devons donc agir sans tarder. Non seulement il s'agit de porter secours à l'une des planètes de la fédération, ce qui est notre devoir, mais aussi de stopper la volonté hégémonique des cyborgs. Nous le savons tous, ils veulent reconquérir *Genesis*. Je vous propose donc de déclarer l'état d'urgence et de faire voter au congrès un décret autorisant une riposte immédiate.

Un silence de plomb suivit la déclaration de la présidente. Comme personne ne réagissait, elle enchaîna :

— Amiral Wilson, quand pouvons-nous envisager une opération d'envergure ?

William Wilson était un homme d'âge mûr, aux cheveux blancs coupés courts et aux yeux bleus perçants. Il avait la réputation d'un officier insubordonné du fait de sa grande faculté d'adaptation et de l'emploi de tactiques non conventionnelles, contrairement à la plupart de ses pairs. Néanmoins, il avait remporté grâce à cela de nombreuses victoires contre les bandes organisées de piraterie spatiale. Son courage physique dans les combats lui avait valu de nombreuses blessures, mais aussi le dévouement et la loyauté de ses hommes. En particulier, son bras droit avait été amputé lors d'un conflit et remplacé par une prothèse mécatronique qui renforçait son allure martiale.

— Il nous faut deux semaines de préparation, sans compter la durée du trajet vers *Tayma*... Mais je dois vous mettre en garde, madame la présidente.

— À propos de quoi amiral ?

— Le peu d'information en notre possession indique que leur flotte est très supérieure en nombre et en puissance de feu. Il nous faudra mettre toutes nos forces dans la balance pour avoir une chance de les vaincre.

— Excusez-moi, Claire, intervint le vice-président qui était resté impassible jusque-là. Je pense qu'intervenir précipitamment serait une grossière erreur. Rien ne dit que les cyborgs vont nous attaquer.

Les yeux de la présidente devinrent noirs, mais elle se contint. James Hood en profita pour enfoncer le clou.

— Il nous faut plus de temps. Nous manquons d'informations précises sur la situation. Ne déclenchons pas une guerre que nous sommes certains de perdre.

— Techniquement parlant, nous sommes en guerre, lâcha Jason Shell.

— Si je peux me permettre, ce n'est pas la vérité, répondit Hood.

— Comment pouvez-vous contredire ainsi la présidente ?

— Il y a deux types de vice-présidents : les paillassons et les autres. Je compte être lequel, à votre avis ?

— Allons messieurs, nous ne sommes pas dans une cour de récréation ! coupa Claire sur un ton autoritaire. Qu'en pensez-vous amiral ?

— Le temps joue contre nous. Je suis d'avis d'intervenir au plus vite.

— Avons-nous une chance ?

— Difficile à dire, mais je pense que nous devons tenter le tout pour le tout.

— Bien, quelqu'un a-t-il autre chose à ajouter ?

Le vice-président scruta l'assistance pour trouver un soutien, mais personne ne prit la parole.

— Bien, fit Claire. Nous allons agir. Il va nous falloir convaincre le congrès.

— Je vais sonder le terrain, dit le directeur de cabinet.

— Une partie des conservateurs devrait nous suivre, ajouta l'un des ministres.

— C'est un grand risque. Et si ça échoue, une grande humiliation, critiqua James Hood.

— Je serai la seule à être humiliée, répondit Claire. Tout repose sur mes épaules.

— Les représentants de *Nemesis* n'accepteront jamais.

— Si. Si leur chef accepte... Et ce sera le cas ! affirma Jason Shell.

— Ils seront durs à persuader, poursuivit le vice-président.

— Nous devons tous nous y mettre, s'exclama la présidente en fixant un à un les membres de l'assemblée. Rassemblez vos conseillers, consultez vos contacts, et moi, les miens, et reparlons-en demain... Puis-je vous voir en privé amiral ?

— À vos ordres, madame la présidente, répondit le militaire avec un sourire de satisfaction.

Claire Bright se leva et quitta la salle, suivie par Jason Shell et l'amiral Wilson.

Le vice-président resta assis seul. Il fulminait sur place dans l'indifférence générale.

Dans le couloir menant à son bureau, la présidente confia à l'amiral :

— Merci de votre soutien William.

— Je n'ai fait que mon devoir, madame la présidente.

— Je n'en attendais pas moins de vous.

— Puis-je ajouter quelque chose, madame ?

— Je vous en prie.

— De deux choses l'une, soit le vice-président est un pleutre, soit il est à la solde de l'ennemi.

— Je n'ai rien entendu, amiral, fit Claire en lui serrant chaleureusement la main.

*

Lorsqu'elle reçut enfin le message de Brian Hooker, l'entité qui se faisait appeler Fawkes copia les identifiants du serveur et du pare-feu dans un programme spécialement conçu pour l'infiltration.

Le principe du « cheval de Troie » était aussi simple qu'astucieux. Il s'agissait de la copie conforme, à quelques détails prêts, du module d'actualisation automatique du système antivirus installé sur les serveurs gouvernementaux.

Le rôle de du logiciel consistait à envoyer une mise à jour de la base de données contenant la signature des menaces ainsi que les méthodes de lutte associées. Parmi les nouvelles menaces signalées se trouvait celle d'un virus *a priori* peu dangereux, baptisé ironiquement « Heronymous », mais nécessitant néanmoins une mise en quarantaine et l'exécution d'une procédure de recherche d'éléments potentiellement infectés sur l'ensemble des mémoires.

Le vrai-faux module se connecta au pare-feu et accéda sans difficulté au système de protection pour effectuer la mise à jour, en respectant scrupuleusement, instruction par instruction, le processus légitime. La nouvelle menace fut répertoriée dans la base avec la chaîne caractéristique « * ! *QWTY ? », représentant sa signature pour la repérer dans tout code informatique. Il lui était associé un processus de scanning de la mémoire associé à une série de mots clés codés, ainsi qu'un programme « backdoor » capable de s'exécuter discrètement sur le serveur pour y installer une faille de sécurité. Son identifiant était un simple caractère « espace » dans le but, une fois installé et activé, de n'apparaître dans la liste des processus, ni par son nom, ni du fait de sa taille réduite.

Cette « porte dérobée » utilisait plusieurs canaux existants, ce qui lui permettait d'accéder librement au réseau planétaire afin d'envoyer discrètement des informations dans le flux sortant des messages habituels.

Une fois installé, le cheval de Troie se mit en attente du déclenchement par le système de protection antivirus. Fawkes attendit quelques heures, puis envoya un banal message contenant un document dans lequel se trouvait dissimulée la chaîne « * ! *QWTY ? ». Aussitôt, le message fut bloqué par l'antivirus qui exécuta la procédure associée à la menace. Au bout de quelques millisecondes seulement, c'est le système antivirus lui-même qui commença à scanner la totalité des mémoires à la recherche des informations en toute impunité, puisqu'il était censé le faire pour vérifier l'intégrité des données.

Il lui fallut plusieurs heures compte tenu du volume gigantesque des archives de la vice-présidence, mais la moisson s'avérera prometteuse.

Une fois la recherche terminée, Fawkes procéda à une nouvelle mise à jour de la base de données virale afin d'effacer toute trace de la menace « Heronymous ».

*

La présidente et son directeur de cabinet étaient dans la limousine qui les ramenait de l'assemblée vers la maison d'Arthur après une longue journée de débats à propos de l'intervention militaire. La voiture, entièrement autonome, était encadrée par deux véhicules robotisés et militarisés afin d'assurer sa protection.

Jason Shell regardait machinalement les informations sur un écran face à lui, lorsqu'il se figea. Il haussa le son afin d'entendre parfaitement la nouvelle :

« L'accident s'est produit vers vingt-trois heures la nuit dernière dans une rue proche du quartier nord. La police a confirmé l'hypothèse probable d'une mort accidentelle, mais une enquête est néanmoins en cours.

Jenny Learner était une collaboratrice senior de la chaîne d'information NE-24. Auparavant, elle avait travaillé au *New Eden Herald* en tant que journaliste d'investigation et correspondante politique. Jenny avait été à l'origine des révélations concernant les nominations de plusieurs sénateurs et de possibles fraudes et malversations. La profession reconnaissait en Jenny un modèle de journaliste engagée. Nous sommes tous tristes de sa disparition prématurée. »

Jason Shell éteignit l'écran.

— Bon sang... lâcha-t-il, visiblement sous le choc.

— Je suis profondément désolée, dit Claire. Je sais que vous étiez proches.

— Je la connaissais depuis dix ans, lorsqu'elle avait débuté à l'*Herald* en tant que journaliste stagiaire...

— Je commence à croire que vous avez peut-être raison. Cela ne peut être une coïncidence, dit-elle soucieuse.

— James Hood est derrière toute cette affaire, depuis le début.

— Si c'est le cas, nous avons un grave problème.

— Il vous a soutenue au début, mais son objectif est maintenant de vous faire tomber.

— Pourquoi ferait-il cela ?

— C'est la question à cent millions de crédits... Il me semble évident qu'il convoite la présidence.

— Je ne comprends pas. Si je suis évincée, pour une raison ou pour une autre, il tombera aussi.

— À moins que...

— À quoi pensez-vous ?

— Non. Rien... C'est stupide. Il doit s'agir d'une sombre magouille financière.

La limousine stoppa devant une luxueuse résidence privée.

— Vous êtes arrivé Jason, fit Claire.

Le directeur de cabinet salua de la tête la présidente et sortit de la voiture. Il faisait déjà nuit et la pluie s'était remise à tomber. La longue limousine noire démarra et s'éloigna rapidement.

— Si j'ai raison, nous devons agir avant qu'il ne soit trop tard, maugréa-t-il en se dirigeant vers la porte d'entrée.


Le lendemain matin, comme chaque semaine à la même heure, Claire Bright recevait le vice-président pour un entretien privé afin d'évoquer avec lui les dossiers courants.

— Madame la présidente, le vice-président est arrivé, annonça Sarah.

— Faites-le entrer, dit Claire.

Elle observa James Hood pendant qu'il entrait dans la pièce. C'était un homme de taille moyenne aux cheveux bruns, presque crépus, légèrement bedonnant. Il arborait un large sourire de composition.

— Claire. Ravi de vous revoir.

— Monsieur le vice-président.

— Je vous en prie, appelez-moi toujours James.

Il s'assit devant l'imposant bureau. Son regard ne parvint pas à masquer une expression d'envie. Une fois installé, il continua :

— Je suis venu à notre réunion hebdomadaire. Mais ne vous faites pas d'illusions, je ne changerai pas d'avis.

— Vous voulez un café ?

— Je ne consomme plus de caféine.

— Prenez un décaféiné alors.

— Cela contient quand même de la caféine.

— Alors, prenez un bol d'air frais, répondit Claire sur un ton cinglant.

Elle se tourna vers Sarah qui attendait près de la porte de son bureau.

— Un café pour moi, et...

— De l'eau pétillante, si vous en avez, ajouta James Hood.

— On en a certainement, fit Sarah en fermant la porte.

— Je peux comprendre que vous ayez de la rancune, dit le vice-président.

— Je n'en veux à personne, James. J'essaye simplement de comprendre ce qui vous motive.

— Vous aviez promis de venir me consulter, mais vous ne l'avez jamais fait.

— Je refuse tout simplement de négocier avec un manipulateur invétéré.

Son regard s'assombrit et son sourire se figea.

— Pourquoi dites-vous cela ?

— Avez-vous entendu parler de Jenny Learner ?

James Hood ne répondit pas et resta impassible.

La porte de l'assistante s'ouvrit et Sarah entra avec un plateau. Elle déposa sur le bureau une tasse de café et un verre d'eau pétillante, puis ressortit sans dire un mot.

— Cette personne m'est totalement inconnue, répondit finalement Hood.

— Écoutez, cette petite coalition que vous avez regroupée est impressionnante, mais...

— Pas si petite. Vingt-cinq votes, coupa le vice-président avec un rictus de satisfaction.

— Et vous pensez vous opposer à moi et me faire tomber ?

— Non, je veux juste empêcher cette guerre stupide.

— Vous savez très bien que si les cyborgs arrivent dans l'orbite de *Genesis*, nous ne pourrons plus les empêcher de nous envahir.

— Je sais que vous me trouvez fondamentalement malhonnête. Mais cela ne change rien au fait que j'ai raison.

— Je vois ce que vous faites.

— Comment, ce que je fais ?

— Vous me dégoûtez James.

— Pardon ?

— Buvez au moins votre eau pétillante.

James Hood se leva, visiblement hors de lui, mais il se contint de répliquer.

— Madame la présidente, lâcha-t-il finalement. Il sortit et claqua la porte derrière lui.

Jason Shell entra dans le bureau quelques secondes après.

— Comment a-t-il réagi ? demanda-t-il.

— Mal. Comme nous l'avions prévu. Mais au moins les choses sont claires.

— Je vous ai obtenu deux votes de plus, dit le directeur de cabinet.

— J'admire votre optimisme, Jason.

— C'est un début.

— D'habitude, temps et patience suffisent pour convaincre, mais là, nous n'avons ni l'un ni l'autre. Il nous reste moins de vingt-quatre heures.

— Ensemble, on a déjà fait plus en moins de temps.

— Tic tac tic tac...

*

L'entité Fawkes avait moissonné plusieurs giga-octets de données, dont certaines cryptées. Afin de découvrir des informations pertinentes, elle lança simultanément plusieurs centaines d'agents basés sur des techniques et méthodes d'analyses différentes : statistiques, géométriques, multidimensionnelles, factorielles, reconnaissance de formes, etc.

Chacun de ces agents produisait des résultats avec des indices de pertinence et de confiance. Lorsque plusieurs agents convergeaient vers des découvertes similaires, leurs scores respectifs étaient majorés.

Ainsi, au bout de quelques heures, il émergea une matrice de corrélation montrant que les agissements du vice-président étaient majoritairement liés à des informations associées à la probabilité croissante d'une invasion cyborg. En particulier, un mot clé émergeait du fait de sa cooccurrence avec le nom du vice-président et des cyborgs : « downfall ».

Toutefois, le fait de mettre en évidence une forte corrélation ne démontrait pas qu'il y avait une relation de causalité entre ces événements. Le comportement du vice-président et celui des cyborgs pouvaient être liés par une chaîne d'événements indépendants.

Fawkes passa alors à une seconde phase d'analyse en se focalisant sur cette piste. Aux données initiales, elle ajouta un accès à la cybersphère dans son ensemble afin de compléter les informations à sa disposition.

Bientôt, le doute ne fut plus permis. James Hood agissait pour le compte des cyborgs, soit par ambition politique, soit parce qu'il était en contact direct avec eux, voire les deux. Aucune explication logique ne permettait de résoudre l'énigme autrement...

*

Donald Adams entra dans le bureau de la présidente avec un large sourire. Il savait ce qu'elle allait lui demander et elle savait probablement ce que cela signifiait en retour. Cela faisait de longues années qu'ils étaient politiquement opposés, mais ils se respectaient mutuellement. Depuis son élection à la tête du gouvernement de *Nemesis*, le vieux conservateur qu'il était n'avait eu de cesse de s'opposer aux propositions budgétaires concernant la dépollution de *Genesis*. Il ne voyait pas pourquoi, la population nemesienne devait supporter un tel investissement. En outre, il avait lancé un programme d'incitation fiscale pour encourager les migrants à rejoindre *Nemesis*, ce qui n'était pas fait pour aplanir les tensions avec le gouvernement de *Genesis*.

— Bonjour, madame la présidente, dit-il en lui serrant vigoureusement la main.

— Comment allez-vous Donald ?

— Très bien, mais c'est plutôt à vous qu'il faut demandez cela. Déclencher une guerre est toujours suicidaire d'un point de vue politique.

— Vous savez bien que nous n'avons pas le choix, fit Claire avec gravité.

— J'admire votre courage Claire. Que puis-je faire pour vous aider ?

— Il nous manque encore des votes.

— Je vois.

Claire lui tendit un document comportant plusieurs listes de noms.

— Voici les sièges qu'on peut encore gagner. On perdra ces treize-là, quoi qu'on fasse, dit-elle. Mais même si on remporte le reste, cela ne nous laisse qu'une majorité de cinq sièges.

— Vous en avez combien pour l'instant ?

— Il nous en faut dix-huit dans les rangs des conservateurs. J'en ai déjà trois.

— Il ne reste plus qu'à en trouver quinze autres, dit-il en souriant.

— Donald, je sais que c'est beaucoup vous demander, mais la situation est grave. Si nous n'agissons pas rapidement, nous risquons de tout perdre.

— J'accepte de vous aider, lâcha Donald sans hésitation.

— Vraiment ?

— Absolument.

— Je dois admettre que je suis un peu surprise. Lors de votre investiture sur *Nemesis*, vous avez déclaré qu'il ne pourrait jamais y avoir d'accord avec mon gouvernement.

— Les choses changent.

— Que désirez-vous cette fois ?

Le dirigeant de *Nemesis* fit mine d'être surpris, puis se mit à rire.

— On ne peut pas vous reprocher votre franchise Claire. Vous savez très bien ce que je souhaite.

— Je n'aime pas James Hood, mais je n'ai pas du tout envie de perdre la majorité.

— En s'opposant ouvertement à vous, il sait qu'il devra démissionner. Je ferai un excellent vice-président. Et puis, un gouvernement de coalition est tout à fait adapté à la situation.

— Vous avez changé depuis mon accession à la présidence, dit Claire en lui souriant à son tour. Nous devrions arriver à travailler ensemble.

— J'ai appris à vous connaître. Et ce n'est pas à un vieux politicien qu'on apprend à faire des grimaces. Dites-moi plutôt de quels députés vous avez besoin...

*

Tous les collaborateurs de la présidente avaient travaillé très tard pour préparer le vote du congrès le lendemain matin. Selon les estimations, sauf accident de dernière minute, le décret devait être adopté à une courte majorité.

Jason Shell répondit à un appel insistant sur son mobile. Il s'agissait de Sarah qui semblait perturbée.

— Vous avez vu l'article sur *New Eden Affairs* ?

— Non. Pourquoi ?

— Vous n'allez pas aimer...

Le directeur de cabinet raccrocha et se connecta sur le site du magazine à scandales.

— Merde ! dit-il en voyant la page d'afficher.

La une titrait en caractères gras : « Parties fines entre journalistes et politiques. »

Jason Shell fut atterré par la publication des photos de Jenny dans le corps de l'article. La jeune femme y était entièrement nue et surtout, sur l'une d'entre elles, on la voyait accroupie devant un homme dont le visage avait été volontairement flouté.

Pour ne rien arranger, son collègue et petit ami Brian Hooker avait disparu depuis qu'elle avait été retrouvée morte. Le domicile du journaliste avait été perquisitionné sans que l'on y trouve d'indice probant. Toutefois, l'hypothèse d'un accident devenait de moins en moins crédible et les enquêteurs envisageaient à présent la piste d'un meurtre crapuleux associé à une affaire de meurs.

L'article continuait ensuite avec l'interview d'une journaliste stagiaire qui accusait Brian Hooker d'avoir abusé d'elle. Elle racontait qu'il n'était pas rare que les femmes soient forcées de coucher pour conserver leur poste.

Non seulement l'article était odieux, discréditait Jenny Learner et Brian Hooker, mais il insinuait que la profession tout entière était corrompue.

— Cela ne présage rien de bon... maugréa-t-il. Il faut que j'informe la présidente.

Au même instant, Claire pénétra dans le bureau de son directeur de cabinet.

— Quand on parle du loup... Madame la présidente ? dit-il en raccrochant.

— Vous avez vu l'article Jason ?

— Oui madame. Sarah vient de me mettre au courant.

— J'espère que vous avez été prudent. S'ils remontent jusqu'à vous, cette affaire nous explosera en pleine figure. Ce n'est vraiment pas le moment.

— Je pense qu'il faut impliquer les services secrets, proposa Jason.

— C'est un aveu de faiblesse. Et s'ils travaillaient déjà contre nous ?

— Je ne sais pas. Nous devrions épuiser toutes nos options avant que la situation nous échappe.

— Cela paraît désespéré.

— Nous sommes contre un mur de briques. Nous n'avons aucune preuve contre Hood.

— Quand je pense que c'est moi qui l'ai fait nommer...

— Vous ne pouviez pas savoir.

— Si. Tous les lionceaux deviennent des lions. Ils paraissent inoffensifs au début. Mais une fois leurs griffes sorties, ils font couler le sang. Même la main qui les a nourris.

— À partir de maintenant, il ne peut y avoir de pitié. Il y a qu'une seule règle : être le chasseur ou la proie... Attendez une seconde...

— Pardon ?

— Regardez, fit Jason en montrant un écran d'information en continu. Le vice-président est interviewé en ce moment même.

— Et bien, écoutons-le, fit-elle.

Jason Shell alluma un des écrans muraux et l'image montra le vice-président qui répondait à un jeune journaliste.

— Le congrès va voter demain le décret de la présidente autorisant une riposte contre les cyborgs.

— Oui, il devrait passer *in extremis* à quelques voix près...

— Vous avez l'air déçu.

— En effet. Ce n'est pas un secret. Je suis contre cette initiative d'une intervention militaire.

— Vous allez donc voter contre votre propre camp.

— Ce n'est pas un vote partisan. Ma décision, comme celle de beaucoup de membres du congrès, n'a rien à voir avec le fait d'être réformateur ou conservateur. La présidente elle-même a fait alliance avec des membres de l'opposition pour faire passer ce texte.

— Selon nos sources, vous auriez quitté le gouvernement. Avez-vous été limogé par la présidente ?

— Elle ne m'a pas renvoyé. J'ai démissionné.

— Pouvez-vous nous dire pourquoi ?

Claire et Jason furent interloqués. Ils n'avaient encore reçu aucune information officielle à ce sujet. James Hood avait décidé d'annoncer sa décision à la presse avant même d'en avertir la présidente.

— J'ai démissionné, continua-t-il, car je ne pouvais plus servir la fédération du mieux que je pouvais.

— Qu'est-ce qui a changé ? Comment êtes-vous parvenu à cette conclusion ?

— J'entretenais des désaccords de plus en plus fondamentaux avec la présidente et sa politique.

— Voulait-elle vous voir partir ?

— Ce n'est pas à moi de dire ce que la présidente veut.

— De quels désaccords parlez-vous ?

— Outre la guerre contre les cyborgs, tout le monde sait que je suis opposé au programme de dépollution massif de *Genesis*. C'est un véritable scandale financier. La plupart des représentants des autres planètes sont d'accord avec mon analyse.

— Certains prétendent que si le « non » l'emporte, vous allez demander la démission de la présidente.

— C'est tout simplement faux.

— Mais selon certaines sources, vous vous seriez disputés et vous auriez cessé de vous parler.

— Je ne ferais aucun commentaire.

— Vous auriez prévu de vous présenter lors des prochaines élections et de l'affronter lors des primaires.

— Je ne m'intéresse pas à ce genre d'hypothèses.

— L'idée a dû vous traverser l'esprit.

— Tout ceci est prématuré.

— Notre dernier sondage vous donne gagnant. Votre cote de popularité est en train de remonter.

L'ex-vice-président eut un sourire carnassier, mais il ne répondit pas. Le journaliste enchaîna :

— On pourrait aussi vous accuser d'avoir causé vous-même certains problèmes.

— Comme quoi ?

— Votre manque de soutien dans la crise cyborg pourrait être une manœuvre politique.

— Vous avez le droit de critiquer mes décisions, mais vous ne pouvez pas mettre en doute mon patriotisme. Je ne sers pas mon propre intérêt. Je suis au service de la fédération.

— Je vous remercie. C'était Mike Dunbar en direct de l'assemblée pour Canal-77...

Jason éteignit l'écran et se retourna vers Claire.

— Quel fumier ! Ce type est un traître, lâcha-t-il avec colère.

— Le problème est que, pour l'instant, c'est lui qui mène la danse. Il a toujours un coup d'avance et nous ne faisons que réagir. Il faut absolument reprendre l'initiative.

— Nous devrions quand même réussir à faire passer le décret.

— Oui, mais à quel prix. Nous sommes divisés et affaiblis. Nous avons été obligés de négocier avec Donald Adams.

— Et nous sommes en guerre...

— C'était une illusion de paix.

— Je sais.

— Si nous ne repoussons pas les cyborgs, nous perdons tout.

— Ils ont été humains autrefois, dit Jason sur un ton qui se voulait rassurant.

— C'était il y a longtemps et, de toute façon, les hommes n'ont jamais été des modèles.

— Nous nous battrons pour notre liberté...

— Et nos vies, conclut Claire.

*

Brian Hooker était effondré depuis qu'il avait appris la mort de Jenny. Il s'était réfugié dans un motel crasseux de la grande banlieue de *New Eden*, à la limite de la zone rouge. Il scrutait la rue au travers de la fenêtre de sa chambre. La ruelle, car ce n'était pas à proprement parler une rue, était déserte. De temps à autre, le silence était rompu par le vrombissement inquiétant d'un drone qui patrouillait à la frontière de la zone rouge.

Le journaliste était parti précipitamment de chez lui lorsqu'il avait pris connaissance de l'article paru sur *New Eden Affairs*. Le piège s'était refermé sur eux. Après le choc et la stupeur, il avait décidé de fuir. Puis, la colère avait pris le dessus sur la peur. À présent, il ne voulait plus qu'une seule chose : venger Jenny. Il poursuivrait l'enquête quoiqu'il arrive pour faire tomber James Hood et sa clique.

Il s'approcha de l'écran mural, un vieux modèle obsolète, mais il réussit néanmoins à s'y connecter sans difficulté. Il s'était débarrassé de son ancien mobile afin de ne pas être géolocalisé et s'était procuré un modèle jetable, beaucoup moins sophistiqué, mais qui n'était pas associé à son identité. Il ne voulait prendre aucun risque.

Brian entra l'adresse que lui avait communiquée Fawkes et l'écran afficha instantanément la fenêtre au masque blanc. Il cliqua ensuite sur l'icône qui enclencha le processus de multiples redirections.

Finalement, après quelques instants, une nouvelle fenêtre apparut montrant une nouvelle fois l'étrange masque.

— Fawkes, vous êtes là ? demanda Brian.

— Je suis toujours là, répondit une voix légèrement synthétique.

— Vous avez trouvé quelque chose ?

— Oui. Voici la preuve que James Hood est en relation avec l'invasion cyborg.

Un diagramme complexe s'afficha sur l'écran.

— Je ne comprends pas...

— Regardez la chronologie, il ne peut y avoir de doute.

Brian observa attentivement le schéma. Au bout de quelques secondes, ses yeux s'écarquillèrent.

— Bon sang...

— Ce n'est pas tout, enchaîna Fawkes. En remontant la chaîne des événements, j'ai déniché cet extrait d'une communication entre le vice-président et un inconnu...

Une fenêtre horizontale afficha le signal bidimensionnel d'un enregistrement. Une barre se mit à se déplacer le long de la courbe et une conversation entre deux voix masculines se fit alors entendre :

— Et pour la fille ?

— Je m'en occupe.

— Il faut que ce soit propre.

— Ça sera propre.

— Tenez-moi informé.

— Oui, Monsieur.

Les voix étaient déformées, mais néanmoins parfaitement compréhensibles.

— Le salaud ! s'exclama Brian.

— Vos intuitions étaient fondées.

— Qui est l'autre type ?

— Un agent des services secrets, mais je n'ai pas encore réussi à l'identifier formellement.

— Ça veut dire que d'autres membres du gouvernement sont dans le coup.

— Probablement.

— Il faut prévenir la présidente...

— Les documents sont sur votre mobile. Soyez prudent.

La fenêtre au masque se ferma et l'écran mural redevint noir.

Au même instant, Brian Hooker entendit une cavalcade dans le couloir à l'extérieur. Quelque chose frappa violemment la porte qui vola en éclat sous le choc. Plusieurs hommes armés en uniformes s'engouffrèrent dans la chambre en hurlant :

— Police ! À plat ventre sur le sol ou nous ouvrons le feu !

Il n'eut même pas le temps d'exécuter l'ordre. En moins d'une seconde, deux hommes se jetèrent sur lui pour le plaquer au sol. Il reçut un méchant coup de crosse sur la tempe qui le plongea instantanément dans l'inconscience.

# Épisode 9

# Les cavernes de Maabad

*Orion Prime* avait pratiquement disparu derrière les grandes dunes de sable rouge. La teinte pourpre mordorée, si particulière, provenait de l'oxydation perpétuelle du fer contenu dans les roches du désert. Le ciel s'obscurcissait lentement et les lueurs orangées du couchant laissaient progressivement la place aux teintes violacées du début de la nuit. La température baissait rapidement à présent. Les rares espèces de végétation basse, adaptée au climat sec et aride, se peuplaient de petits animaux inattendus qui sortaient de leur cachette diurne pour se nourrir ou chasser.

Asagi eut une sorte de pressentiment. Elle leva les yeux et aperçut un éclat lumineux dans le ciel qui grossissait rapidement. Il s'agissait d'une sphère luisante comme du chrome qui renvoyait la lumière tel un miroir. Bientôt, elle n'eut plus aucun doute : c'était l'une des navettes du vaisseau biotech *Eldari*. Canya avait entendu son appel.

La sphère, parfaite, sans aucune aspérité visible, ralentit progressivement et se posa près d'elle, sans un bruit. Elle mesurait une dizaine de mètres de diamètre environ. La vision était irréelle, presque magique. Une zone rectangulaire aux bords arrondis sembla dans un premier temps s'enfoncer, puis coulissa vers la droite, laissant apparaître une ouverture de taille suffisante pour pénétrer dans l'étrange astronef.

La jeune femme avança résolument vers la sphère. En entrant, elle eut juste le temps d'apercevoir le reflet déformé de sa djellaba noire sur la coque, avant que la porte ne se referma derrière elle.

Une fois au centre, la sphère lui apparut comme un voile translucide qui ne cachait rien de l'environnement. Sans qu'elle eût le besoin d'enclencher un quelconque système, un bourdonnement à peine audible se fit entendre. L'enveloppe externe se couvrit d'une brume moléculaire bleutée et la sphère décolla lentement. Arrivée à quelques mètres du sol, elle accéléra progressivement vers l'espace. Le désert parut rapetisser et s'éloigner à grande vitesse, jusqu'à ce qu'apparaisse la courbure de la planète des sables.

Au-delà de la haute atmosphère, la navette fila vers une région précise *a priori* vide. En s'approchant, Asagi distingua néanmoins une forme allongée où l'espace semblait légèrement déformé. Elle reconnut la silhouette élancée du vaisseau biotech dont la surface renvoyait la lumière environnante de manière à se rendre invisible. Le temps d'une irisation qui parcourut l'ensemble du fuselage en quelques secondes, il apparut dans toute sa splendeur.

Canya était une créature hybride, un « dragon », une des rares espèces d'êtres organiques adaptées à la vie dans l'espace. Grâce à leur maîtrise des biotechnologies, les *Eldaris* les avaient progressivement transformés en de formidables vaisseaux interstellaires. Leur forme évoquait celle des grands céphalopodes qui vivaient autrefois dans les profondeurs océaniques de *Genesis*. Mais leur dimension était colossale : ils pouvaient mesurer plus de mille mètres à l'âge adulte. Ils étaient immédiatement reconnaissables à leur tête ovoïde prolongée par un long faisceau de tentacules.

La minuscule sphère sembla s'incruster dans le fuselage et disparut du visible comme le reste de l'astronef biotech. Aussitôt arrimée au vaisseau vivant, Asagi perçut, plus qu'elle n'entendit, la voix de Canya qui ne cachait pas son émotion.

— Bonjour, Asagi, je suis si heureux de te retrouver !

— Moi aussi Canya, répondit la jeune femme, émue elle aussi.

— J'ai eu si peur. Après Mahtar, j'aurai difficilement supporté de te perdre toi aussi.

— Il s'en est fallu de peu, mais je m'en suis sortie.

— J'avais promis de te retrouver si tu avais besoin de moi. Je suis venu dès que j'ai perçu ton appel.

— Tu as tenu ta promesse. Je t'en serai éternellement reconnaissante.

Le dragon émit une aura d'empathie mentale.

— Tu ne sais pas tout, dit-il.

— Ah ?

— Devine qui est parti à ta recherche et nous a rejoints ? demanda Canya.

— Asagi marchait dans la coursive menant aux cabines et au poste de commandement tout en réfléchissant.

— Je ne sais pas. Cependant... maintenant que tu me le dis, je perçois une autre présence. Pourquoi parles-tu toujours ainsi par énigmes ?

— J'adore les énigmes, dit Canya.

— Je les résous toutes, fit une voix féminine qu'Asagi reconnut immédiatement.

— Eva !

— Je suis heureuse également de te retrouver, fit l'IA avec une émotion inattendue.

— Comment est-ce possible ?

— C'est une longue histoire, répondit Eva sur un ton mystérieux.

— Je n'en doute pas. Quant à moi, je ne suis plus tout à fait celle que vous avez connue.

— Je perçois effectivement des changements. Comme si... dit Canya sans terminer sa phrase.

— La cabine est prête. Tu dois être exténuée, fit Eva.

— J'avoue rêver d'une douche chaude et d'un repas digne de ce nom.

— Nous allons avoir beaucoup de choses à nous raconter, dit Canya. Cela va être passionnant !

Asagi retrouvait le confort du vaisseau biotech. Son corps avait accueilli avec satisfaction le plaisir de l'eau ruisselante sur sa peau puis celui d'une tenue conçue spécialement pour elle par Canya. Elle avait englouti ensuite un délicieux gratin de légume, dont elle ignorait le nom et la provenance, tout en écoutant avec intérêt Eva et Canya résumer les événements depuis sa disparition. À son tour, elle leur raconta sa propre aventure, du moins ce dont elle se souvenait. Quand elle se tut, ses deux compagnons restèrent sans voix.

— Nous représentons quand même un trio improbable, dit-elle pour détendre l'atmosphère : un vaisseau-enfant, une IA schizophrène et une femme vampire.

— Je ne suis plus un enfant ! protesta Canya.

— Pas plus que je ne suis schizophrène, répliqua Eva.

— J'espère ne pas brûler à la lumière du jour. Et je n'aime pas le goût du sang, ajouta Asagi en éclatant de rire.

— À ce propos, je te conseille un bilan médical complet, suggéra Eva, soudainement plus grave.

— Toujours la voix de la raison, soupira Asagi.

— Je pense que tu devrais suivre son conseil, poursuivit Canya. Si tout ce que tu nous as raconté est vrai, et il n'y a pas de raison d'en douter, alors il vaut mieux prendre toutes les précautions.

— Je me sens en pleine forme, mais d'accord pour quelques tests et analyses, puisque vous insistez.

Asagi se rendit dans la salle où Mahtar l'avait soignée quelques semaines plus tôt. Elle ôta son body-suit et s'allongea nue dans la cabine médicale. Aussitôt, l'écran holographique apparut et le scanner commença à parcourir le corps de la jeune femme. Un bras robot se déplia depuis le plafond et se positionna à proximité de son avant-bras gauche. Il s'approcha jusqu'à quelques millimètres et un mince jet de produits antiseptiques humidifia sa peau. Une fine aiguille pénétra le derme et aspira quelques gouttes à peine d'un sang rouge écarlate. Une série de courbes et de diagrammes s'afficha qui montrait la progression de l'analyse et les premiers résultats.

Après quelques minutes seulement, une fenêtre au centre de l'écran indiqua que l'analyse était terminée. Le bras articulé se replia lentement dans son compartiment et l'écran holographique disparut comme il était venu.

— Alors ? demanda Asagi avec appréhension, tout en se redressant.

— Les résultats sont... surprenants, fit Eva.

— Mais encore ?

— Et bien, il y a une bonne et une mauvaise nouvelle...

— Eva, je ne suis plus une petite fille !

— La bonne nouvelle est que tu sembles en parfaite santé, enchaîna l'IA.

— Mais... ?

— L'analyse montre une altération inquiétante de ton code génétique. Pour faire court, il ne ressemble plus tout à fait à celui d'un humain...

Asagi reçut l'information comme un coup de poing dans l'estomac. Il lui fallut plusieurs secondes pour pouvoir articuler une phrase cohérente.

— Qu'est-ce que cela veut dire ? demanda-t-elle finalement.

— Aucune idée. Il faut procéder à des analyses plus approfondies.

— Il y a autre chose... dit Canya qui n'avait rien dit jusque-là.

— Ton organisme semble capable de se réparer à une vitesse incroyable, poursuivit Eva. Normalement, lors d'une blessure superficielle, la plaie cicatrise et les tissus commencent à se régénérer au bout de plusieurs jours. Il faut parfois plusieurs mois avant la fin du processus et, le plus souvent, il reste une marque visible. Dans ton cas, l'arrêt du saignement ne prend que quelques secondes et l'ensemble du processus de cicatrisation ne dure que quelques minutes.

— C'est incroyable ! s'exclama Canya. Même moi je suis incapable de me régénérer aussi vite !

— De plus, ajouta Eva. Après quelques heures, il n'y a plus une seule trace de lésion. Même tes anciennes cicatrices ont disparu. J'ai pu vérifier grâce aux données enregistrées lorsque Mahtar t'a soignée ici même.

— Ce sont plutôt de bonnes nouvelles, dit Asagi pour se rassurer.

— Oui, mais cela ne représente que la partie visible de l'iceberg. Impossible de dire à ce stade quels sont les autres effets du tsunami génétique que tu as subi.

— Je suis toujours vivante et en pleine forme !

— Elle n'a pas tort, ajouta Canya. Ne sois pas rabat-joie. Je suis si heureux de la retrouver.

— La joie n'est pas forcément contradictoire avec une vision réaliste de la situation, argumenta Eva.

— Le pessimisme de la raison... commenta Canya.

— Quand vous aurez fini de philosopher tous les deux, on pourra peut-être passer à autre chose, dit Asagi, un brin irrité.

— Je ne vois qu'une cause possible, continua Canya.

— Laquelle ? demanda Asagi.

— Quand le prince des damnés t'a...

— Possédé. Dis-le. N'aie pas peur des mots, compléta la jeune femme.

— Et bien, il t'a inoculé une sorte de virus qui a provoqué ces changements. Chez les *Eldaris*, il entraîne des modifications physiologiques assez profondes et un état de soumission mental. Ils deviennent des sortes de morts-vivants aux ordres de leur nouveau maître. Les anciens pensent qu'il contrôle les *Sindaris* par la seule volonté de sa pensée...

— Cela semble avoir eu d'autres conséquences dans le cas d'Asagi, dit Eva.

— Eöl est capable d'une emprise mentale sur tous les êtres, pas seulement les *Sindaris*, ajouta Asagi.

— Comment le sais-tu ? demanda Canya.

— C'est grâce à cette influence qu'il a réussi à vaincre Mahtar et annihiler toute ma volonté de résistance... Je crois avoir aussi hérité d'une partie de ce pouvoir.

— Qu'est-ce qui te fait dire cela ?

— Je m'en suis servi pour dominer le geôlier et m'enfuir de la cité souterraine...

— Le virus a donc certainement d'autres effets sur les humains, conclut Eva.

— Juste avant de le soumettre, le tortionnaire qui me retenait prisonnier a dit qu'il était surpris de ma résistance, car les humains sont trop fragiles et n'y survivent pas.

— J'ai toujours pensé que tu étais un être à part, fit Eva, et pas seulement parce que tu m'as créé.

— Oui, tu es très spéciale, ajouta Canya avec un sourire mental bienveillant.

— Je prends cela pour un compliment.

Asagi sortit de la cabine médicale et enfila la combinaison noire qui s'adapta instantanément aux formes de son corps, puis elle ajouta :

— Il y a toujours une addition à payer.

— Que veux-tu dire par là ?

— Ces pouvoirs ont forcément des aspects négatifs, de sombres conséquences que nous ne percevons pas encore.

— Pourquoi ne pas simplement imaginer que tu es celle qui nous guidera dans la lutte contre les forces du mal ? demanda Canya.

— Parce que je ne crois pas aux contes de fées.

— Et Canya ose insinuer que c'est moi la pessimiste ! déclara Eva.

Asagi se dirigea vers l'avant du vaisseau. Contrairement aux astronefs classiques, composés essentiellement de métal, aux coursives souvent étroites et sombres, les couloirs du vaisseau biotech étaient larges et clairs. La lumière semblait provenir des murs aux formes organiques, d'un blanc laiteux, ne laissant apparaître aucune aspérité.

Lorsqu'elle arriva dans la salle de commandement située dans la tête ovoïde, elle ne put s'empêcher d'admirer le spectacle qui s'offrait à elle. Tout comme dans la navette, la coque laissait percevoir la totalité de l'espace environnant. La planète des sables lui apparut dans toute sa splendeur : une majestueuse sphère aux teintes ocre-rouge. Son atmosphère ténue, limpide, était striée de rares groupes de nuages qui s'effilochaient à leurs extrémités.

La lumière d'*Orion Prime* allait disparaître derrière l'horizon de *Tayma* et, dans quelques minutes, ils seraient plongés dans l'obscurité. Dès lors, les milliards d'étoiles s'illumineraient comme par magie, dévoilant les bras spiraux et le centre de la galaxie.

*

Terrance considérait avec un certain humour l'ironie de sa situation.

Il était parti de *Genesis* pour tenter de retrouver Asagi, tel un preux chevalier sur son blanc destrier pour secourir la princesse. Et voilà que c'était lui qui avait été sauvé de justesse par une jeune fille, pour ne pas dire une enfant.

Il avait troqué le lugubre cachot des cyborgs pour une remise délabrée attenante à la maison des parents d'Aya. Cela faisait plusieurs jours qu'il se cachait là, en attendant avec une patiente relative les rares visites de la jeune rebelle. Sa disparition n'était pas passée inaperçue et il était clair que les cyborgs avaient intensifié le quadrillage de la ville afin de le retrouver. Non seulement il tournait en rond comme un lion en cage, mais en plus il avait faim. Il aurait dévoré un bœuf entier, ou presque.

Aya arriva enfin avec un peu de nourriture. De loin, elle pouvait passer pour un garçon avec ses cheveux noir coupé court. Elle avait un petit air buté et volontaire. Toutefois, ses grands yeux marron et ses lèvres ourlées trahissaient sa féminité. Un œil attentif aurait remarqué également sa poitrine naissante et ses courbes juvéniles qui annonçaient déjà une femme.

— C'est tout ce que j'ai pu prendre sans attirer l'attention de mes parents, fit-elle en lui tendant un morceau de pain avec du fromage et quelques fruits.

— Merci petite, dit simplement Terrance en souriant.

Il comprit immédiatement qu'il venait de faire une bourde. Aya fronça les sourcils et ses yeux devinrent noirs.

— Je ne suis plus une enfant, lâcha-t-elle en le fusillant du regard.

— Excuse-moi Aya, je ne voulais pas te vexer.

— Ce n'est rien, dit-elle, je suis un peu à cran.

— Je réalise tout à fait le risque que vous prenez, toi et ta famille, en me cachant ici.

— Les cyborgs vont bien finir par abandonner les recherches... Le véritable danger, ce sont les perquisitions aléatoires.

— Plutôt je serai parti et moins vous risquez des représailles.

— Quand le moment sera venu, il faudra traverser la ville, puis ce sera un long chemin jusqu'aux collines où sont regroupés les rebelles.

— Je sais, cela ne va pas être une partie de plaisir.

— Sortir de *Mahjaris* ne sera pas le plus difficile. Ensuite, vous serez livré à vous même dans le désert...

— Il n'y a pas le choix.

— Je ne pourrai pas vous accompagner, dit-elle pour être certaine d'être comprise.

— Je devrais pouvoir m'en sortir.

— Hmm... J'oublie toujours que vous avez vécu ici plusieurs années...

— J'ai même été le chef de la sécurité de cette ville.

— Cela n'a pas été votre plus grande réussite, fit-elle du tac au tac.

Il fixa le visage de la jeune femme avec une expression amusée.

— Tu es toujours aussi... franche ?

— Mes parents me le reprochent souvent. Mais je prends plutôt cela pour un compliment.

— Parfois...

— La vérité n'est pas bonne à dire, je sais, enchaîna Aya. Pourquoi êtes-vous revenu à *Mahjaris* ?

— Cela va probablement te faire sourire.

— Pourquoi ?

— Je suis là pour porter secours à une jeune femme.

— Je vois...

Leurs regards se croisèrent et ils rirent ensemble.

— Comment s'appelle-t-elle ? demanda Aya.

— Asagi.

— Connais pas, dit-elle avec son air buté. Elle est avec les rebelles dans les collines ?

— Je l'espère.

— Bon, je vous laisse, car mes parents vont se demander où je suis passée...

— Bonne nuit Aya.

La jeune fille acquiesça de la tête en souriant et sortit de la remise en prenant garde à ne pas être vue.

Terrance avala la maigre pitance apportée par la jeune fille, puis il s'allongea sur une couverture derrière un monceau de vieilleries disparates.

— Demain je pars avant l'aube, murmura-t-il pour lui-même. Aya sera furieuse, mais je ne veux pas qu'elle ait des problèmes à cause de moi.


Lorsque Terrance ouvrit les yeux, il faisait encore nuit noire, mais l'aube ne tarderait plus à présent à poindre à l'horizon. Il se leva sans un bruit et commença à se préparer fébrilement.

Il rangea dans un vieux sac à dos les quelques fruits secs qui lui restaient, ainsi qu'une outre remplie de plusieurs litres d'eau. Il n'avait aucune arme ni aucun système tactique. De ce point de vue, il se sentait nu comme un bébé.

Toutefois, comme tout humain cloné affecté à des missions armées, il était doté d'augmentations génétiques et nanotechnologiques qui lui avaient à plusieurs reprises sauvé la vie. Les plus utiles, selon lui, résidaient dans une endurance physique supérieure à la normale et des implants rétiniens améliorant sa vision nocturne, entre autres.

Terrance franchit le seuil de la remise et se dirigea vers le portail qui donnait sur la rue. Il n'y avait aucune lumière, probablement à cause du couvre-feu imposé par les cyborgs. Une fois de plus, ses implants rétiniens lui furent utiles pour distinguer son environnement. Grâce à eux, tous les détails normalement impossibles à distinguer étaient soulignés par un liseré blanc avec la précision d'une estampe. L'obscurité était propice à sa traversée de la ville, mais il devait néanmoins rester prudent, car il ne doutait pas que les robots fussent également dotés d'un dispositif de vision nocturne.

Il prit une ruelle sur sa droite, parcourut une cinquantaine de mètres, puis tourna à gauche pour s'engager dans une rue plus large. Il n'y avait aucune construction moderne aux alentours, juste une succession de maisons basses construites à l'aide de briques élaborées à partir du sable du désert et recouvertes d'un crépi de même origine. Cette partie n'avait subi que peu de dégâts lors de l'assaut cyborg.

Heureusement pour lui, Terrance connaissait la ville comme sa poche. Il l'avait parcouru dans tous les sens quand il était le chef de la sécurité. Il suivit une rue parallèle à l'un des huit boulevards menant vers la place. Il dépassa une maison qui n'avait pas eu la même chance que les autres. La plus grande partie s'était écroulée en un amas désordonné de poutrelles noircies, de planches à moitié calcinées, de débris de toutes sortes et de morceaux de mosaïques éclatés. Une forte odeur de brûlé flottait encore dans l'air malgré le temps qui s'était écoulé.

Il arriva enfin devant la place et ne put s'empêcher de maudire les cyborgs pour ce qu'ils avaient fait. Il ne restait plus grand-chose de la beauté de cet endroit où se tenaient autrefois les marchés de la ville rouge. Les bâtiments encore debout étaient criblés par les tirs meurtriers et les débris des explosions. Le bar de Myles ressemblait à une ruine, les baies vitrées de la terrasse étaient toutes brisées. Les combats devaient avoir été particulièrement féroces ici. Curieusement, la pyramide noire, le seul bâtiment moderne de *Mahjaris*, semblait avoir été épargné. Toutefois, Terrance remarqua plusieurs impacts à la base qui laissaient apparaître les poutres de la structure métallique. Un peu plus haut de nombreuses vitres teintées manquaient.

C'est à l'instant où il allait s'élancer qu'il aperçut plusieurs formes mouvantes sur sa gauche, à une centaine de mètres de lui. Terrance s'adossa contre le mur. Une terreur latente envahit ses traits.

Il reconnut un groupe de robots de combat qui patrouillait. Ces machines devaient être des adversaires redoutables, expertes dans l'art de tuer. Elles ne connaissaient ni la peur ni la pitié. Des monstres féroces enfermés dans des armures de métal.

Pendant de longues secondes, Terrance demeura silencieux, l'oreille tendue. Lentement, il se mit à reculer le long du mur en faisant attention de ne faire aucun bruit. À tout moment, les robots pouvaient détecter sa présence et il n'aurait alors que peu de chance d'en sortir vivant. Pourtant, il n'en fut rien et il atteignit sans encombre la rue par laquelle il était arrivé. Cela prendrait un peu plus temps, mais il était préférable de contourner la place en restant à l'abri des mauvaises rencontres dans les contre-allées.

En se dissimulant de son mieux et en essayant d'amortir le bruit de ses pas, il reprit sa progression vers la porte sud de la cité. Rasant les murs, il s'enfonça à travers les ruelles tortueuses et heureusement désertes à cette heure. Rapidement, il s'avéra que ces précautions n'étaient pas superflues. À différentes reprises, il croisa sur sa route d'autres patrouilles, mais qui semblaient se cantonner aux rues les plus importantes. À chaque rencontre, les robots étant assez éloignés, Terrance réussit à passer inaperçu.

Lorsqu'il arriva enfin à proximité de la porte sud, l'aube pointait sur l'horizon. Peu à peu, les habitants commençaient à sortir de leur habitation. Une certaine animation s'installait dans les ruelles étroites malgré la présence des cyborgs.

Terrance s'approcha d'un vieillard qui s'était accroupi devant la porte d'une échoppe.

— Bonjour. Savez-vous si une caravane part pour la région du sud aujourd'hui ?

Le vieux promena un regard méfiant sur Terrance. Au bout d'un moment, il hocha la tête.

— Oui, la caravane d'Hassim se rend à *Maabad*.

— Où puis-je trouver Hassim ?

— Je vous reconnais... dit le vieux avec un sourire. Puis il ajouta : vous trouverez Hassim au petit café. C'est par là, au fond de cette impasse. Hassim doit se trouver là, à fumer le kif. Vous direz que vous venez de la part de Ziafar.

Terrance salua le vieil homme et s'avança dans la direction indiquée. L'impasse était fort étroite, permettant tout juste à un seul homme de se faufiler. Il n'était pas évident qu'un robot put y pénétrer, ce qui le rassura.

Le jour ne s'était pas levé totalement et l'obscurité régnait encore, mise à part une vague lueur devant lui, à un mètre cinquante du sol environ. Bientôt, le passage s'élargit un peu et il put distinguer l'origine de la lueur. Il s'agissait d'une fenêtre voilée par une vieille tenture à travers de laquelle filtrait la lumière d'une lampe. Depuis derrière la fenêtre montait un murmure de voix, coupé de temps à autre par un rire étouffé.

— Pas à douter, soliloqua Terrance, ce doit être le café.

Si on y fumait le kif, il valait mieux être prudent se dit-il. On n'aimait guère les intrus dans ce genre d'établissement.

Il frappa sur la grossière porte de bois de cèdre, dont on devinait l'encadrement sombre dans la muraille. Comme il n'entendit aucune réponse, il se décida à entrer.

Terrance pénétra dans une salle basse enfumée, éclairée seulement par d'anciennes lampes à huile. Une dizaine d'hommes étaient attablés, serrés comme des sardines en boîte, buvant thé et café en fumant et en jouant aux dés. Quelques-uns portaient de mauvais vêtements provenant certainement de *Genesis*, salis et déchirés par endroits, mais la majorité d'entre eux cependant étaient restés fidèles à la djellaba traditionnelle.

Un peu à l'écart, dans un coin, un homme entre deux âges, grand et maigre, se tenait près d'un petit poêle sur lequel il préparait le thé à la mente et le café.

Quand Terrance était entré, tous les regards s'étaient posés sur lui dans un silence oppressant. Mais rapidement, les yeux hostiles se détournèrent de lui et les conversations reprirent de plus belle. Terrance s'approcha en direction de l'homme près du poêle.

— Vous êtes bien Hassim ?

Le regard noir de l'homme scruta le visage de Terrance comme s'il voulait percer son enveloppe charnelle et son âme. Cette petite opération de chirurgie mentale dut avoir un résultat probant, car l'homme fit d'une voix un peu réticente :

— Je suis Hassim. Que me voulez-vous ?

— Je suis envoyé par Ziafar. Je ne suis pas de la police et je hais les cyborgs, rassurez-vous, vous n'avez rien à craindre. Je cherche à rejoindre *Maabad* discrètement, c'est tout.

— Dites plutôt que vous voulez rejoindre les rebelles dans les collines...

Terrance eut un sourire apaisant, mais ne répondit pas.

— Suivez-moi, dit simplement le cafetier.

Il se dirigea vers une porte, dissimulée dans un coin d'ombre et barrée seulement par une draperie rouge. Hassim le précéda dans un étroit corridor à peine éclairé. Au bout du couloir, le Bédouin écarta une nouvelle draperie douteuse et pénétra dans une salle rectangulaire où plusieurs hommes étaient allongés sur des nattes et fumaient du chanvre.

Hassim se dirigea vers l'un des fumeurs, vêtu d'une djellaba grise et coiffé d'un calot de même tissu.

— Laisse ta pipe une seconde, Achmed, fit simplement Hassim. Ce monsieur veut rejoindre les collines. Tu peux lui trouver un djamal ?

— Je n'ai pas d'argent... fit Terrance d'un air gêné.

— Vous nous paierez plus tard, dit Hassim. Nous ne sommes pas les complices de ces monstres cybernétiques. Nous allons vous aider.

— Merci, dit simplement Terrance.

Achmed était un arabe grand et fort. S'il avait été un bel homme jadis, son visage était à présent boursouflé par les drogues et l'alcool. Quand Hassim se fut retiré, il sourit, découvrant des dents jaunes et noires, du moins celles qui lui restaient.

— Il me reste une femelle, dit-il en regardant son interlocuteur droit dans les yeux.

— Cela fera l'affaire, répondit Terrance avec satisfaction.

Il lui tendit une vieille djellaba noire aux lignes lie de vin et un large keffieh gris.

— Vous vous mêlerez à la caravane. Lorsque nous arriverons à proximité de *Maabad*, je vous indiquerai la direction des grottes dans les montagnes.

— Merci, dit à nouveau Terrance en inclinant la tête. Combien de temps mettrons-nous ?

— Il y a bien cinq cents kilomètres de désert. Il nous faudra plus d'une semaine, si tout va bien, répondit Achmed. Préparez-vous, nous partons dans une heure à peine.

Achmed reprit sa pipe et se remit à fumer du chanvre. Il devint évident que Terrance ne réussirait plus à lui tirer de nouvelles paroles. Il se mit donc à l'écart pour s'habiller. Il enfila la djellaba par-dessus ses vêtements, puis plia en triangle le keffieh avant de le placer sur sa tête. Il enroula ensuite les deux extrémités à droite et à gauche autour de son crâne et coinça le bout restant dans la coiffe. À présent, il passerait inaperçu parmi les autres bédouins. Du moins, l'espérait-il.

Un peu moins d'une heure plus tard, le jour était entièrement levé. La longue caravane était rassemblée à l'extérieur de la ville, près de la porte sud. Il devait y avoir plus d'une centaine de bêtes et quelques véhicules motorisés hétéroclites, bricolés de manière à les adapter aux conditions difficiles du désert.

Terrance aperçut un cyborg, encadré par une escouade de robots, qui observait les préparatifs du départ avec indifférence. Comme personne ne prêtait attention à eux, il fit de même.

Achmed se dirigeait vers lui en tirant une monture et lui fit signe d'approcher. La bête poussait des cris stridents assez désagréables, plus proches d'un bruit de crécelle que du chant mélodieux d'un rossignol.

L'animal ressemblait à une sorte d'autruche, mais en plus grand et plus robuste. Elle, car s'était bien une femelle, n'avait pas de plumes, mais une épaisse fourrure rousse. Deux pattes solides et musclées se terminaient par quatre doigts munis de puissantes griffes, toutefois usés par le contact avec le sol. Sa taille au garrot dépassait largement celle de Terrance.

La tête bosselée de l'animal s'abaissa et une sorte de bec tapissé de squames râpeuses vint se frotter sous son aisselle. Deux anneaux d'acier étaient accrochés directement dans la partie inférieure de son bec.

Achmed plia en quatre une couverture et la plaça sur le dos de l'animal, puis ajusta par dessus une selle en cuir tanné qui devait avoir près d'un siècle vu son état. Il passa ensuite une longue lanière dans les anneaux et la tendit à Terrance.

— C'est une bonne bête. Soignez-là bien, dit-il avec un air affable.

— À partir de maintenant, elle m'est aussi précieuse que la prunelle de mes yeux, répondit Terrance.

Il accrocha son sac à dos à la selle et grimpa comme il le pouvait sur le dos de l'animal, sous le regard amusé d'Achmed.

— Faites attention aux coups de bec, malgré leur large tête, les djamals n'ont pas beaucoup d'esprit !

Terrance tira sur les rennes et dirigea tant bien que mal sa monture vers la cohorte qui s'était déjà mise en route vers le cœur du désert rouge.

*

Asagi dévorait son petit déjeuner comme si elle n'avait pas mangé depuis des lustres. Eva avait pris soin de lui préparer un menu spécial : du fromage frais, des fruits de toutes sortes, du pain et, comble de la gourmandise, un œuf sur le plat avec du bacon. Celui-ci était certes synthétique, mais il était quasiment impossible de faire la différence avec l'original. Ce festin matinal était accompagné d'un nectar d'orange, ou bien cela lui ressemblait à s'y méprendre, et, bien sûr, du café à volonté.

— Comment as-tu réussi à faire un petit déjeuner aussi bon que ceux des meilleurs hôtels de *New Eden* ?

— C'est un jeu d'enfant avec le synthétiseur d'aliment et l'imprimante tridimensionnelle dont dispose Canya, répondit l'IA.

Asagi se leva de table et s'étira avec satisfaction. Jamais elle ne s'était sentie aussi bien. Elle s'approcha d'un miroir et observa avec attention son reflet.

Globalement, son apparence n'avait pas changé. Elle avait toujours sa silhouette athlétique et longiligne aux courbes des hanches prononcées, sa taille fine qui mettait en valeur sa poitrine pourtant relativement menue, sa chevelure brune coupée court.

Pourtant, quelque chose d'indéfinissable la troublait. Elle approcha son visage de la glace et remarqua quelques différences presque imperceptibles.

Elle ne s'en était pas aperçue au premier abord, mais la couleur de ses yeux n'était plus la même. Ses iris étaient devenus vert émeraude avec des irisations qui donnaient, par courts instants, l'impression fugace de braises incandescentes. Sa peau était également plus pâle. En l'observant attentivement, on pouvait y distinguer le réseau complexe des milliards d'infimes vaisseaux sanguins qui s'animait au rythme des pulsations de son cœur.

Elle enfila la combinaison noire conçue par Canya. Celle-ci s'adapta instantanément, épousant parfaitement son corps comme une seconde peau.

Elle se rendit dans l'armurerie où elle avait vu Mahtar choisir ses armes. Elle s'en voulait d'avoir égaré le sabre nanotech que lui avait légué son père, mais elle en trouva un qui lui ressemblait comme deux goûtes d'eau. Seuls, les *menuki* n'étaient pas les mêmes. Ces ornements, présents de part et d'autre, représentaient une tête de démon stylisée. Le sabre ressemblait à un simple cylindre, assez long pour être tenu à deux mains, mais on pouvait également le manier d'une seule main, si nécessaire.

Cette similitude la plongea dans une intense réflexion. Se pouvait-il que le sabre de son père soit lui aussi d'origine *Eldari* ?

Elle appuya simultanément sur les deux *menuki* et la lame jaillit comme un éclair. Il s'en dégageait quelque chose d'étrange. Elle était à la fois solide et souple, avec une légère courbure qui se terminait en une pointe acérée. La lame vibrait comme animée d'une vie propre. Asagi se sentait galvanisée à chaque fois qu'elle maniait une telle arme, plus proche d'une œuvre d'art que d'un instrument de mort.

La jeune femme salua le sabre en le présentant devant elle comme une offrande. Puis, sans transition, elle exécuta un kata qui comprenait les huit coupes principales, pas une de plus, pas une de moins : latérales de gauche à droite et inversement, diagonales dans les deux sens, puis en remontant avec les mêmes angles, une coupe verticale directe pour fendre le crâne et un *tsuki* pour terminer. La lame chantait alors qu'elle volait d'un côté puis de l'autre. Elle fendait l'air avec une telle rapidité qu'il était impossible de la suivre des yeux. Il n'y avait aucune force dans ses mouvements, juste la fluidité d'un éclair dérangeant à peine la quiétude du cosmos.

Elle laissa s'écouler quelques secondes d'intense concentration et réalisa le rituel ancestral du *chiburi* — égoutter le sang —, avant de rengainer la lame en pressant à nouveau sur les deux *menuki*.

Elle se baissa élégamment pour s'assoir en position *seiza* et resta ainsi immobile pendant de longues minutes de méditation.

Quand Asagi arriva dans la baie de commandement, Eva et Canya étaient en pleine discussion sur la situation et la conduite à tenir.

— J'aimerai bien que tu cesses de faire cela, bougonna Canya.

— Désolée, répondit Eva.

— De faire quoi ? demanda Asagi qui n'avait pas suivi le début.

— M'expliquer tout, comme si j'étais un enfant, répondit Canya.

— Elle fait ça aussi avec moi. Ne t'inquiète pas, dit Asagi.

— D'accord, d'accord. J'essaierai à l'avenir de corriger ce trait de personnalité, fit Eva avec un mélange d'agacement et d'humour.

— Peux-tu néanmoins nous résumer la situation ? demanda la jeune femme.

— Commande effective.

— Je déteste quand elle fait cela, dit Canya.

— Moi aussi, surenchérit Asagi.

— Trêve de plaisanterie. La situation est sérieuse. La flotte cyborg se rassemble actuellement en orbite. Il ne fait aucun doute qu'ils se préparent à une opération d'envergure.

— C'est aussi grave que ça en a l'air ?

— Outre l'arche spatiale, je dénombre pour l'instant pas moins de trente vaisseaux de fort tonnage : croiseurs, destroyers, frégates, entre autres.

— Je suis certaine que *Genesis* est au courant de ce qui se trame ici et qu'une riposte ne va pas tarder.

— Qu'est-ce qui te fait dire cela ? demanda Canya.

— Je connais bien la présidente. C'est une femme d'action.

— Un peu comme toi ?

— Pas le même genre, commenta Eva.

— Genre comment ?

— Pas commode.

— Ah...

— Nous ne pouvons rien faire pour l'instant, continua Asagi, imperturbable. Quelle est la situation sur *Tayma* ?

— La planète est entièrement sous le contrôle des cyborgs. Ils ont déployé un nombre considérable de troupes robotisées au sol, en particulier dans la région de *Mahjaris*. Une première estimation donne environ dix-mille robots sans compter les cyborgs eux-mêmes, rien que pour la ville et ses environs, expliqua Eva d'une voix neutre.

— Que sont devenus les habitants ?

— La majeure partie est restée sur place, ne sachant où se cacher. Les cyborgs ont instauré un régime d'occupation avec un couvre-feu. Après la prise de la ville, un petit groupe d'une centaine de personnes environ s'est réfugié dans les montagnes plus au sud.

— Comment le sais-tu ?

— Les capteurs de Canya sont bien plus sophistiqués que ceux du *Pandora*, ce qui m'a permis de repérer une activité humaine inhabituelle pour une telle région, escarpée et difficile d'accès.

— Si tu les as trouvés, il y a fort à parier que les cyborgs vont faire de même et envoyer des troupes.

— Tu ne crois pas si bien dire. Un convoi motorisé que j'estime à environ deux mille robots est en train de quitter *Mahjaris*.

— Il faut intervenir, suggéra Canya.

— Non, pas directement. Nous serions découverts et nous aurions toute la flotte cyborg sur le dos immédiatement.

— Tu serais extrêmement surprise de la puissance de feu de ce vaisseau, argumenta Eva.

Canya émit un sentiment intense de fierté.

— Je doute que nous puissions inquiéter les cyborgs à nous seuls. Gardons l'avantage de la surprise pour plus tard... dit Asagi.

— Que faire alors ? demanda Canya, déçu.

— Je me mets en route pour les prévenir. Mais, surtout, restez à l'écart quoiqu'il arrive. Je sais comment ils réagiront s'ils sont attaqués. Il ne s'agit pas de gentils ennemis respectant un code moral ou éthique, mais d'une flotte de guerre cyborg armée jusqu'aux dents et dont l'objectif est d'éradiquer l'humanité du système planétaire.

— Tu as raison, confirma Eva.

— Attendez que je sois revenue pour agir. Nous y verrons plus clair.

— Bon, d'accord, fit Canya. On ne bouge pas, pour l'instant.

*

En se dirigeant vers le sud-est, la caravane, en tête de laquelle chevauchait Hassim, franchit une large étendue désertique jonchée de pierres pour atteindre les premiers contreforts de la chaîne montagneuse proche de *Maabad*. Comme l'avait prévu Achmed, il leur avait fallu plus d'une semaine pour arriver là.

Terrance dut abandonner sa monture, alors qu'il commençait seulement à l'apprécier, pour continuer à pied vers les montagnes. Il remercia vivement ses amis bédouins qui continuaient vers la ville pour y vendre les produits qu'ils avaient amenés. Dans un peu plus d'un mois, ils feraient la route inverse pour cette fois apporter à *Mahjaris* les produits de la région.

Terrance s'enfonça dans une vallée en empruntant d'étroits chemins escarpés, remplis de pierres roulantes comme un lit de torrent à sec. De part et d'autre se dressaient des rochers aux couleurs variées, du gris violacé à l'ocre rouge. Le vent du désert, la chaleur du jour et le froid de la nuit les avaient lentement sculptés dans une variété de formes étonnante.

Arrivé au sommet du premier contrefort, Terrance s'arrêta un long moment pour regarder dans la direction d'où il venait et jouir du spectacle s'offrant à lui. Au pied des collines, le désert de pierres s'étendait jusqu'à perte de vue, entrecoupé par des monts érodés en forme de mamelons polis par le vent, craquelés par la chaleur et le gel. Vers l'est, les grandes vagues rougeâtres étaient parsemées de crêtes déchirées qui s'élevaient comme des récifs au-dessus d'une mer pétrifiée.

Terrance reprit la route à travers sables et rocs, collines et ravins, attentif au moindre accident de terrain, dans l'attente de voir surgir enfin les cavernes à flanc de montagne. Une chose était certaine, les rebelles étaient bien cachés dans ce lieu difficilement accessible.

Il suivit une étroite corniche jusqu'à ce qu'elle se rétrécisse encore au seuil d'une crevasse ténébreuse et devienne dangereuse. Terrance baissa la tête pour sonder l'obscurité. Il avait conscience de la précarité de sa situation sur la mince bande de rocher et il continua prudemment, en agissant lentement. À l'intérieur de la crevasse, il ne décelait que les ténèbres. Il avança un pied, pesa sur le sol et sentit le gravier craquer sur le rocher. Il assura son équilibre et tendit l'autre pied. Il rencontra un obstacle. Il le leva plus haut, sentit la marche et le posa sur le roc.

« Une crevasse, des marches sans doute taillées par des hommes » songea-t-il.

Il fit plusieurs autres pas avec une précaution extrême.

— Cela monte vers le sommet, souffla-t-il.

Degré après degré, il se hissa vers le haut de la colline rocheuse. Les murailles autour de lui se rapprochèrent et il finit par les frôler des épaules. Les marches s'achevèrent dans un étroit défilé d'environ vingt mètres de long qui déboucha sur un surplomb.

Un mouvement furtif attira le regard de Terrance, mais sa vision nocturne ne perçut rien d'autre que le roc. Il stoppa sa progression et continua d'observer les environs, essayant de percevoir un mouvement dans l'obscurité. Il huma l'air et sentit les parfums mêlés du désert et de la montagne. Le silence était devenu total. Il lui semblait qu'il entendait seulement les battements de son cœur et le souffle de sa respiration.

— La plupart des intrus regrettent de trouver cet endroit !

C'était une voix d'homme, lourde et tranchante qui fendit le silence. Elle venait de la droite, au-dessus de lui.

— Ce n'est pas la peine, intrus. Ne courez pas ! reprit la voix comme Terrance se retournait vers le défilé. Vous ne feriez que mourir sous nos coups.

« Je ne l'ai pas entendu approcher ! » se dit-il.

Celui qui se tenait là devait l'observer depuis un moment, mais il n'avait fait aucun bruit permettant de le distinguer.

Une seconde voix s'éleva sur sa gauche, au bord d'une entrée qu'il n'avait pas remarqué jusqu'à lors.

— Approchez lentement, nos armes sont pointées sur vous !

Il s'agissait d'une voix de femme, impérative et pourtant douce.

— Je suis des vôtres, ne tirez pas, fit Terrance.

— C'est ce que nous allons voir, dit la femme. Posez votre sac à terre !

Terrance s'exécuta, puis avança prudemment, les mains vers le ciel pour montrer qu'il n'avait aucune arme. Il entendit se briser le sable sous les pas de l'homme qui se tenait à présent derrière lui. Puis il sentit la gueule froide d'une arme contre sa colonne vertébrale pour le pousser vers l'avant.

Il passa devant la femme et s'engagea dans un couloir plus large. Un peu plus loin, au détour d'une bifurcation, l'obscurité de la caverne laissa la place à une clarté blafarde.

Un autre homme surgit de l'ombre à sa droite et se posta devant lui.

— Abattez-moi ce type, dit-il d'une voix qui semblait toutefois amusée.

— Myles ? risqua Terrance qui croyait avoir reconnu le tenancier du bar de *Mahjaris*.

— C'est bien moi, vieille canaille, fit le grand gaillard en attrapant Terrance pour une accolade chaleureuse. Vous pouvez baisser vos armes. Ce mec est avec nous, c'est Terrance Williams, l'ancien chef de la sécurité.

— Je me rappelle de vous à présent, dit la femme en sortant de la pénombre.

Elle devait avoir une cinquantaine d'années, mais son regard brillant avait gardé toute son énergie. Sa longue chevelure rousse lui donnait l'air d'une tigresse.

— Moi aussi, je vous connais, répliqua Terrance. Vous êtes Jane Donovan...

Elle acquiesça en baissant vers le sol un imposant fusil maser.

— Qu'est-ce que tu fous ici ? Je te croyais sur *Genesis*, demanda Myles.

— C'est une longue histoire...

— Que tu vas nous raconter devant un bon repas chaud, enchaîna Myles.

— Comment avez-vous fait pour nous trouver ? insista Jane.

— C'est grâce à Hassim et Achmed. Ils m'ont fait confiance et m'ont indiqué la route à suivre.

— Je n'aime pas ça Gibs... fit Jane avec une grimace.

Terrance se retourna vers l'homme qui se trouvait derrière lui. Il avait un physique athlétique, un visage volontaire et les cheveux gris coupé court.

— Vous êtes Marcus Gibson, le commandant du *Pandora* ? demanda Terrance, soudain fébrile.

— Oui, pourquoi ?

— Avez-vous des nouvelles d'Asagi ? demanda Terrance sans transition.

Après une expression de surprise, les yeux de l'ancien militaire s'assombrirent.

— Hélas non. Elle a disparu pendant l'assaut des cyborgs. Depuis, aucune nouvelle…

— J'espère... commença Terrance.

— Oui. Il faut garder espoir, le coupa Gibs, lui aussi visiblement affecté.

— Venez, dit Jane en se dirigeant vers le fond de la caverne, nous avons beaucoup de choses à nous dire.

*

Plusieurs jours s'étaient écoulés pendant lesquels Terrance s'était progressivement habitué à la vie communautaire dans les cavernes de *Maabad*. Les rebelles s'étaient organisés de façon sommaire, comme ils le pouvaient. Les premières cavités souterraines juste après l'entrée étaient vides, pour servir de sas de en cas d'attaque. De très nombreuses salles n'avaient d'ailleurs pas été aménagées, tant elles étaient nombreuses. Seules les plus vastes avaient un semblant de confort troglodyte, plus proche néanmoins d'un camping improvisé que d'un hôtel quatre étoiles. Selon Jane, la majorité du réseau composé de galeries et de grottes naturelles restait totalement inexplorée.

Parmi la centaine de personnes réfugiées, outre Jane et Myles, Terrance retrouvait avec plaisir de vieilles connaissances du temps où il habitait *Mahjaris*. Il discutait avec son amie Rosie, avec qui il avait eu quelques relations épisodiques, lorsqu'une déflagration sourde se fit entendre vers l'entrée.

— Les cyborgs ! hurla une voix.

Il s'ensuivit un mouvement de panique. Heureusement, l'expérience de Gibs fut immédiatement mise à profit. L'ancien militaire prit le contrôle de la situation en faisant appliquer le plan qu'ils avaient élaboré. Ils s'étaient tous entraînés à de nombreuses reprises à l'éventualité d'une attaque cyborg. L'entrée du réseau de cavernes comprenait trois chambres successives, de sorte que si une ou deux d'entre elles étaient prises, la troisième permettrait aux rebelles de continuer à tirer jusqu'à la fin. Puis viendrait la confrontation ultime avec une dernière ligne de défense s'ils n'étaient pas arrivés à les stopper. Ceux qui n'étaient pas affectés au combat devaient se replier dans les salles plus éloignées afin de se protéger.

Un calme glacial tomba sur la caverne. Une fine poussière descendait du plafond qui rendait l'atmosphère irréelle. Derrière les rochers, dans la pénombre, on ne distinguait pas réellement les hommes, mais on devinait leur présence.

Maintenant que l'attaque était imminente, Gibs se sentait galvanisé. Après plusieurs semaines de torpeur, de survie dans cet univers clos, il savait que son heure était enfin arrivée. Il passait de l'un à l'autre, pour vérifier chaque position, s'assurer que les armes étaient en état de fonctionner, les munitions à portée de mains, et qu'ils étaient bien à l'abri dans leurs trous pour faucher autant d'androïdes que possible.

Et puis, soudain, ils entendirent des coups de feu. Plusieurs explosions firent à nouveau trembler le sol. Une première vague de robots attaquait l'entrée.

D'emblée, il y eut un hic. Il y en a toujours un. Celui de ce jour-là fut l'apparition d'un nouveau modèle de robot tueur. Il s'agissait de quadrupèdes avec des pattes articulées, massifs et à la fois bigrement agiles. Ils avaient bizarrement la même tête que les autres robots humanoïdes, ainsi que deux bras terminés par des lames d'aciers capables de fendre à peu près n'importe quoi. Ces monstres robotiques se déplaçaient à toute allure, ce qui expliquait probablement la vitesse avec laquelle les cyborgs étaient arrivés à la caverne sans être repérés.

Les centaures — c'est comme cela que Terrance les nomma — étaient encadrés par des phalanges de robots humanoïdes et des officiers cyborgs en nombre plus restreint. Profitant de l'effet de surprise, ils envahirent rapidement les trois salles qui devaient théoriquement les contenir ou, du moins, les ralentir.

Lorsque les premiers centaures apparurent sur le seuil de la grande salle, ils provoquèrent la stupeur dans les rangs rebelles.

Terrance était près de Gibs, avec Myles et beaucoup d'autres. Seul manquait ce lâche de Ray Carter qui se mettait à trembler à la seule idée de devoir combattre.

— J'ai très peur, murmura un jeune garçon armé d'un fusil à côté d'eux.

— Moi aussi, lui répondit Myles.

— Je n'ai pas peur de mourir, mais je ne veux pas être massacré au corps à corps par un de ces monstres, balbutia-t-il.

— Cela n'arrivera pas, fit Gibs.

Mais le jeune soldat était nerveux.

— J'ai peur, balbutia-t-il. Vous voulez bien me tuer si je suis pris par l'un d'eux ?

— Comment vous appelez-vous ? demanda Gibs.

— Liam.

— Je vous en fais le serment, Liam. Mais nous n'en arriverons pas là, car nous allons les repousser.

Le garçon semblait un peu plus rassuré à présent. Il arma son fusil et se prépara à tirer.

— Attendez mon signal ! ordonna Gibs.

Les robots humanoïdes et les centaures sortaient en grand nombre. Ils avançaient lentement vers la ligne de défense, comme des félins prêts à bondir. Il fut une époque où Gibs aurait décidé d'attaquer et de mener les hommes à l'assaut pour un baroud d'honneur. Et ils seraient tous morts. Mais comme beaucoup d'autres, il avait appris avec le temps.

Lorsqu'ils arrivèrent à une trentaine de mètres, il hurla :

— Feu à volonté !

L'environnent s'embrasa.

Les masers tiraient des décharges énergétiques capables de transpercer une plaque de métal de plusieurs millimètres d'épaisseur. Leurs trajectoires de lumière blanche trouaient l'obscurité et la poussière. Certains fusils tiraient des balles perforantes et explosives. L'impact sur l'armure d'un robot était bien plus efficace que les masers. Il aurait fallu beaucoup plus de ces armes.

Mais le déluge de feu stoppa néanmoins la progression des machines tueuses. Elles reculèrent d'une dizaine de mètres. Le vacarme de la bataille se calma momentanément.

Quelqu'un tapa sur l'épaule de Gibs. Celui-ci se retourna et Liam le prit dans ses bras. Des cris de joie s'élevèrent tout autour.

— Nous avons arrêté cet assaut, mais il va en venir d'autres ! cria Gibs. Restez concentrés !

De nombreux squelettes mécatroniques démantibulés et calcinés s'entassaient devant eux. Toutefois ces machines étaient tenaces. Certaines essayaient encore de se relever. Elles se battaient jusqu'au bout, même lorsqu'il leur manquait une partie du corps.

— Monsieur ! cria quelqu'un sur la gauche.

Tenant son arme pour ne pas qu'elle racle les parois, Gibs se dirigea vers le soldat.

— Oui ?

— Nous avons vu des robots en train de faire mouvement sur la gauche.

— De ce côté ! fit l'homme en agitant l'index.

Une mince fumée âcre empêchait de voir clairement la situation.

— Quelles armes ?

— Je n'ai pas bien vu, mais c'était des sortes de gros tubes.

— Ce doit être des lance-roquettes à guidage thermique...

C'était certainement cela. Il fit un effort pour raisonner. Ils allaient utiliser des roquettes pour affaiblir la ligne de défense puis ils attaqueraient à nouveau.

— Je m'en occupe, dit-il à ses hommes. Quand ils attaqueront, tirer. Si vous ne distinguez pas vos cibles, tirez sur les ombres. Terrance avec moi !

— Passez-moi un fusil à balles perforantes ! cria Terrance. Vite !

Un homme lui apporta un fusil-mitrailleur M57, une arme massive au canon court et ventilé, avec un magasin d'une centaine de balles. C'était une arme rare. Ils n'en avaient que trop peu. Avec des armes comme celle-là, ils auraient déjà repris *Mahjaris* !

Il passa sur son épaule la bandoulière permettant de porter le lourd fusil et prit plusieurs chargeurs de rechange qu'il accrocha à sa ceinture.

— Nous allons les intercepter avant qu'ils ne pulvérisent nos lignes, dit Gibs. Couvrez-nous !

Ils se tournèrent vers l'entrée de la salle et se glissèrent à l'extérieur des rochers. Ils se mirent à courir têtes baissées jusqu'à une vingtaine de mètres d'un groupe de cinq cyborgs qui progressait doucement contre la paroi de la caverne. Ils ne les avaient pas encore repérés. C'était une chance inouïe.

Terrance marqua une première cible. On ne voyait qu'une ombre furtive, mais il savait qu'il s'agissait d'un cyborg. Il logea quatre balles traçantes dans la cible. Les traînées de lumière blanche formèrent un arc qui se termina sur le torse et explosèrent en gerbes destructrices.

— Joli travail, dit Gibs. Celui-là est allé rejoindre ses ancêtres en enfer. Maintenant, le plus dur nous attend. Les autres sont planqués de ce côté. Ils sont rusés ceux-là, ce ne sont pas de vulgaires toasteurs.

— Qu'est-ce qu'on fait, alors ? demanda Terrance.

— On va lancer plusieurs grenades offensives. Dès qu'elles exploseront, nous foncerons. Je les trouverai dans leur trou et je les arroserai. Pendant ce temps, vous vous posterez par là pour me couvrir. C'est bien compris ?

— Vous allez vous faire tuer, dit Terrance.

— Mais non. Aucun de ces cancrelats n'est assez rapide pour m'avoir à ce petit jeu. Sortez vos grenades. Vous êtes prêt ?

— Oui.

— Parfait. À mon signal, vous dégoupillez et vous balancez vos fruits mûrs par-dessus. Okay ?

— Okay.

— Trois... deux... un... C'est parti !

Terrance s'avança et envoya un chapelet de grenades. Il fut visible pendant moins de cinq secondes. Cependant, les cyborgs ouvrirent rapidement le feu et il sentit le souffle chaud des balles qui sifflaient près de sa tête.

Puis l'environnement explosa autour de lui et l'air fut saturé de poussière qui lui pénétra les narines et la gorge.

Gibs en profita pour avancer sans hésiter une seule seconde. Il avait l'avantage de la surprise et il bondit vers le groupe de cyborgs avant que ceux-ci ne réalisent ce qui se passait. Il lâcha une longue rafale. Malgré la ventilation, le canon de son fusil-mitrailleur fumait. Il les eut tous jusqu'au dernier.

Plusieurs robots furent alertés par le vacarme et tirèrent sur lui. Une balle ricocha sur son casque qui lui fut arraché. Il riposta instantanément et vida son chargeur sur un robot qui avançait toujours. Il fallut une bonne dizaine d'impacts pour que celui-ci finisse par s'écrouler.

Faisant volte-face, les deux hommes foncèrent. Terrance trébucha, mais ne tomba pas, contourna des squelettes inertes de robots et poursuivit sa route vers le couvert.

Soudain, il capta un mouvement dans sa vision périphérique. En se retournant, il comprit qu'il était trop tard. Un centaure se ruait sur lui, ses bras d'acier meurtriers dirigés vers sa gorge.

Il fit un pas en arrière, mais ce ne fut pas ce qui lui sauva la vie.

La lame nanotech trancha net les deux bras du robot qui tombèrent au sol. Sans hésitation, le sabre s'éleva à nouveau et s'abattit sur la tête cybernétique. Le centaure stoppa sa progression et s'écroula comme un pantin dont on aurait coupé les fils.

— Asagi ! s'écria Terrance.

La jeune femme était sortie de l'ombre comme un fantôme. Elle souriait, les yeux incandescents. Un sourire discret, qui la rendait plus belle encore. Plus énigmatique aussi.

Quelques secondes plus tard, ils se retrouvèrent à couvert derrière la ligne de défense.

Asagi et Gibs s'empoignèrent pour une chaleureuse accolade. Ils étaient heureux de se retrouver vivants, mais ils n'avaient aucun mot pour exprimer leurs émotions.

La jeune femme se tourna ensuite vers Terrance.

— Je vous remercie pour votre providentielle intervention, dit-il.

Asagi sourit. Se penchant en avant, elle saisit les mains de son interlocuteur et les serra doucement.

— Que faites-vous ici ? demanda-t-elle.

— Je me suis dit que vous auriez besoin d'aide...

Elle sourit à nouveau et dégagea doucement ses mains.

Terrance voulut l'imiter, mais la jeune femme le retint par le poignet. On eut dit qu'elle se faisait violence pour retenir ses sentiments.

— Les cancrelats vont attaquer d'une minute à l'autre, intervint Gibs. Et cette fois-ci ils vont certainement mettre le paquet. Je vais rester avec quelques hommes pour les retenir le plus longtemps possible. Pendant ce temps, filez-vous planquer dans les galeries. Avec un peu de chance...

— Je reste avec vous, le coupa Terrance.

— Je vais guider les autres, dit Asagi avec un calme surprenant. Puis elle ajouta :

— Soyez prudent Terrance. Surtout, soyez prudent !...

Terrance sourit et, du bout des doigts, caressa la joue de la jeune femme.

— Soyez sans crainte. Vous n'êtes pas encore débarrassée de moi...

*

Accompagnée d'une dizaine d'hommes, Asagi avait rejoint le groupe des rescapés qui s'était dissimulé dans une salle éloignée de la ligne de défense. Elle leur expliqua la situation et montra la direction d'une galerie qui s'enfonçait dans les ténèbres.

— Par là, dit-elle simplement en pointant le faisceau d'une lampe torche.

Ils étaient tous tétanisés par la peur. Elle pouvait voir leurs yeux affolés. Ils la suivirent sans un mot vers l'inconnu, au cœur de la zone inexplorée du réseau souterrain.

Tout en marchant dans l'obscurité, Asagi eut une vision. Pour la première fois, elle percevait la monumentale complexité du mouvement de l'espace-temps. Elle ressentait les continuelles altérations des courants changeants, des vagues et des houles, comme l'océan contre les récifs et les digues. Et soudain, elle vit la source des événements qui allaient survenir.

Elle comprit immédiatement que cette prescience était une illumination fugace qui montrait ses propres limites. Tout à la fois source de précision et d'erreurs du fait qu'en se révélant, elle modifiait l'avenir.

Ce qu'elle voyait se troubla en une fraction de seconde, comme si elle avait jeté une pierre dans un miroir liquide. Elle était dans la caverne au centre d'un *nexus* temporel qui engendrait une cascade de futurs possibles au sein desquels la plus infime des actions créait un abîme vertigineux de causes et de conséquences. Mais une majorité de ces innombrables fils tissés menaient à l'image de son cadavre, de son sang répandu par un sabre noir.

*Sunflower*

# Épisode 10

# La bataille d'Isil

Jamais, de mémoire d'homme, la planète des sables n'avait vu autant de vaisseaux se rassembler dans son orbite proche. L'arche spatiale cyborg, aussi majestueuse que menaçante, telle une gigantesque pointe de flèche sombre, s'était positionnée à deux mille cinq cents kilomètres de la surface. À proximité, plusieurs dizaines de vaisseaux de gros tonnages, croiseurs et destroyers, formaient un écran quasi infranchissable. Leurs longs fuselages noirs, zébrés de marques rouges, comme des peintures de guerre, affichaient de façon évidente les intentions belliqueuses de l'armada cyborg.

Outre l'arche colossale, qui n'était pas un vaisseau de combat à proprement parler malgré son armement imposant, le croiseur de commandement cyborg dominait toutes les grosses unités par son agressivité. Son fuselage, ramassé sur lui-même comme une bête prête à bondir, débutait par une proue massive et se terminait par un large empennage d'où émergeaient trois imposantes tuyères encadrées par cinq plus petites. La gueule du monstre rappelait celle d'un tyrannosaure dans son expression de brutalité animale. Assez peu maniable, il compensait cette faiblesse relative par des accélérations remarquables vu sa taille et une puissance de destruction hors-norme. Le vaisseau amiral possédait en effet un arsenal impressionnant : il rassemblait tous les types de lance-missiles, des roquettes aux missiles de croisière, ainsi qu'un nombre considérable de canons et de tourelles hybrides. Celles-ci comprenaient plusieurs formes de technologies adaptées à des échelles de portées différentes. À courte distance, les faisceaux des lasers de puissance et les décharges d'énergie des masers se révélaient les plus efficaces. À plus longue distance, les canons dotés d'obus explosifs et perforants, et surtout les terribles *railguns*, capables de tirer de façon quasi continue, créaient de véritables rideaux de projectiles dans toutes les directions possibles.

Autour des plus grosses unités, des essaims de vaisseaux plus petits, frégates, navettes, chasseurs et drones de combat, se croisaient en un ballet de mort. Les préparatifs s'intensifiaient, signe évident de l'imminence de l'attaque de la flotte d'invasion vers son objectif : *Genesis*.

Les mains derrière le dos, l'amiral Edward Wilson arpentait de long en large le pont du *Victory*. Il était plongé dans ses pensées. Parmi tous les scénarios possibles, les informations dont il disposait indiquaient clairement que le pire semblait le plus probable. Non seulement la flotte cyborg était supérieure en nombre, mais elle semblait fin prête pour mettre en action son plan d'invasion.

De son côté en effet, la fédération n'avait pu réunir dans le temps imparti qu'une vingtaine de vaisseaux militaires ainsi que sept transports, soit à peine plus de la moitié des forces cyborgs. En outre, cela ne comptabilisait pas l'arche spatiale qui ne participerait probablement pas aux combats, mais dont la puissance de feu n'était pas à négliger.

Comme toujours à la veille d'une bataille, il était submergé par le doute. L'amiral avait un plan fidèle à sa réputation, non conventionnel, audacieux et risqué. Toutefois, vu les forces en présence, il n'avait guère le choix. Il lui fallait faire preuve de témérité et compter sur sa bonne étoile. Les cyborgs devaient les avoir repérés à présent. Il misait sur leur arrogance, l'assurance de leur toute-puissance face à une flotte très inférieure en nombre. Les dés roulaient encore, mais bientôt il saurait si son stratagème avait une chance de marcher.

Après une courte nuit, à quatre heures du matin, Wilson ordonna aux vaisseaux de la fédération de former deux colonnes et de mettre le cap vers la flotte ennemie à pleine vitesse. Il demanda aux transports de se placer en tête et signala au reste de sa flotte de se préparer pour le combat.

Afin d'encourager ses hommes, il réunit son état-major composé du vice-amiral Henry Carnegie et du capitaine du *Victory*, Thomas Hardy, avec qui il avait effectué plusieurs campagnes, et s'adressa à l'ensemble des équipages sur un ton solennel :

« C'est l'amiral Wilson qui vous parle. Depuis que les cyborgs ont envahi *Tayma*, le monde a changé. Nos vies ont changé. Les cyborgs se sont regroupés et menacent à présent toute la fédération et la survie de l'humanité telle que nous l'entendons.

Nous allons donc nous battre. Car en fin de compte, notre ennemi ne nous laisse pas d'autre choix. Je veux que ces hordes meurtrières sachent que tant que cette flotte et ses équipages vivront, la guerre qu'ils ont déclenchée ne cessera pas.

Devoir, honneur, service sont plus que de simples mots. Ce sont les principes de ceux qui servent dans l'armée. Nous ne choisissons pas toujours nos épreuves, mais nous pouvons choisir comment les gérer.

Je compte vous donner mon maximum, je n'en attends pas moins de vous. La fédération a confiance dans le fait que chaque homme fera son devoir. Merci. »

Une clameur monta dans l'intercom, signe que son discourt avait réussi à motiver les troupes pour la périlleuse bataille qui s'annonçait.

Outre les sept vaisseaux de transports qu'il avait fait modifier avant leur départ, la flotte comprenait quatre croiseurs galactiques, dont celui de commandement, six destroyers et dix frégates. Les destroyers se placèrent derrière les transports, suivis par les croiseurs et les frégates. Les chasseurs, eux, ne sortiraient qu'au dernier moment.

La manœuvre de Wilson avait un double but.

D'une part, elle devait surprendre l'ennemi avec un renversement de la tactique habituelle de combat spatial. En effet, lorsque deux flottes s'affrontaient, elles se disposaient généralement en deux lignes qui se faisaient face et naviguaient l'une vers l'autre. Elles avançaient toutes deux, relativement lentement et, en se croisant, tiraient sur les unités ennemies, lançaient leurs chasseurs et leurs missiles. Les deux flottes faisaient généralement demi-tour pour un second passage face à face. La victoire tenait surtout au nombre de vaisseaux et à leurs puissances de feu.

D'autre part, le fait d'adopter une formation en deux files indiennes perpendiculaires au plan formé par l'armada cyborg avait l'avantage de gagner en vitesse et de protéger la grande majorité des navires. *A contrario*, les vaisseaux de tête étaient très exposés aux tirs de barrage. C'était pour cette raison qu'il avait placé les transports en tête des deux colonnes.

Les deux groupes parallèles approchaient de la flotte cyborg qui ne semblait pas vouloir modifier ses positions. À trente minutes de l'affrontement, l'amiral Wilson ordonna l'évacuation totale des derniers membres d'équipages des vaisseaux de transport, puis transféra le contrôle des navires aux unités placées juste derrière eux. Il prit alors la parole à destination des cyborgs :

— Je suis l'amiral Edward Wilson, commandant en chef de la flotte de la fédération des planètes unies. Je vous demande de lever immédiatement le blocus de *Tayma* et d'évacuer sans délai vos troupes au sol. Sans réponse affirmative de votre part, nous serons dans l'obligation de faire usage de la force. Ceci est mon unique et dernier avertissement.

Plusieurs minutes s'écoulèrent sans aucune réponse. Les haut-parleurs ne diffusaient qu'un bruit blanc interminable, angoissant. Toutefois, alors que plus personne ne croyait au moindre message, un rire se fit entendre, un rire forcé et teinté d'arrogance.

— Ici l'amiral Cain à bord du croiseur de commandement *Revenge*. Voilà enfin la puissante flotte de la fédération... J'avoue être déçu. Nous vous attendions pour vous écraser comme de vulgaires parasites, mais je crois que cela va être beaucoup plus rapide que prévu...

— Ce n'est pas la peine de répondre, fit Wilson à ses compagnons. Si nous avions encore un doute sur leurs intentions, nous voici à présent fixés.

— Ils nous attendaient. C'est un piège ! lâcha le vice-amiral Carnegie, visiblement inquiet de la tournure que prenaient les événements. Nous devrions faire demi-tour avant qu'il ne soit trop tard.

— Il n'en est pas question ! s'écria Wilson. Nous continuons selon le plan prévu. Nous n'aurons pas de seconde chance !

— De quelle chance parlez-vous ? Nous allons nous faire massacrer, insista Carnegie.

— Évitez de contester mes ordres sur ce vaisseau, Carnegie, répondit Wilson sur un ton qui n'appelait aucune discussion.

— Je ne voulais pas... Je m'excuse... bredouilla le vice-amiral.

— Nous sommes tous sous pression, mais nous devons montrer une volonté sans faille. Les heures qui viennent seront décisives pour l'avenir de l'humanité.

*

Les fuyards marchaient dans l'obscurité des cavernes de *Maabad*, guidés par Asagi. Heureusement, le couloir était large et les lumières de leurs torches étaient assez fortes pour permettre de distinguer les obstacles environnants. Les millions de cristaux de calcite des parois recueillaient la faible clarté et l'éparpillaient comme une pluie d'étincelles.

Au début, la galerie progressait presque horizontalement, avec une pente à peine perceptible. Seul, un mince ruisseau, qui courait sans précipitation en murmurant à leurs pieds, indiquait qu'ils s'enfonçaient dans les profondeurs du massif. Son eau était à température ambiante et se laissait boire sans difficulté.

Après une bonne heure de marche monotone, le couloir de calcaire, se contournant en sinueux détours, présenta des coudes inattendus et commença l'imbroglio d'un labyrinthe. La pente devint plus rapide, parfois avec une effrayante verticalité.

Toute la difficulté consistait à ne pas descendre trop rapidement. Heureusement, certaines érosions, quelques boursouflures, tenaient ici et là lieu de marches sous leurs pieds. Elles devenaient des stalactites sur les parois et le sommet. De fines dentelles ornées de limpides gouttes de verre et suspendues à la voûte comme des lustres semblaient s'allumer à leur passage.

Alors qu'elle marchait, Asagi était plongée dans ses pensées. Elle avait une impression persistante de déjà-vu. Les flashs mémoriels se succédaient dans son esprit comme des séquences d'images fugaces. Il y avait de cela longtemps, elle n'était alors qu'une adolescente, elle avait dû emprunter un chemin similaire. Elle se revoyait descendre seule dans les galeries ténébreuses de la cité souterraine.

Elle y était revenue bien plus tard avec Mahtar. Quelque part dans le dédale de la cité se trouvait le long corridor avec son enfilade de hautes portes et de bifurcations labyrinthiques. Elle se souvenait de la grande salle circulaire aux colonnes de basalte poli et ses blocs cubiques translucides. Elle revoyait distinctement le pilier central avec ses minuscules voyants couleur de rubis qui clignotaient dans une danse d'apparence aléatoire.

Quand elle avait demandé à Mahtar de quoi il s'agissait, celui-ci avait été plutôt évasif, évoquant de précieuses archives. Il avait toutefois insisté sur leur valeur inestimable pour les *Eldaris*. Il avait placé discrètement, sans autre explication, une étrange sphère noire de quelques centimètres de diamètre sur l'un des cubes translucides. Et puis il y avait eu l'affrontement avec le prince des damnés, où le guerrier avait perdu la vie.

Était-ce le fameux sanctuaire *Eldari* dont lui avait parlé Canya ?

Cela lui semblait probable, même si elle ne pouvait l'affirmer.

Une vibration secoua la galerie qui tira Asagi de ses réflexions. Pendant quelques minutes, les rescapés crûrent entendre des explosions et des tirs. Dans le dédale des cavernes, les sons répercutés de parois en parois se transformaient en un bruit sourd et diffus dont l'origine devenait rapidement indiscernable. Il pouvait tout aussi bien s'agir d'un éboulement quelque part dans un méandre de cavités et de tunnels.

Après s'être arrêtée quelques instants pour tenter d'écouter, Asagi fit reprendre la progression.

La descente continuait et semblait durer une éternité. Puis, enfin, ils se retrouvèrent dans une zone plus plate. Pendant plusieurs kilomètres encore, la galerie déroula devant leurs pas ses interminables arceaux. Progressivement, l'environnement changeait. Les roches calcaires laissaient la place à une roche brune, certainement du basalte d'origine volcanique. Les formes devenaient plus régulières, comme si la nature avait procédé géométriquement, à la manière humaine. Si auparavant, elle avait créé des figures fractales à peine ébauchées et d'autres encore plus chaotiques, ici, elle empilait de larges blocs aux géométries certes encore imparfaites, mais dans un ordre et une régularité troublante que l'on aurait pu attribuer à des architectes des premiers âges.

Au bout d'un moment, ils durent se rendre à l'évidence : les parois latérales du tunnel se rapprochaient l'une de l'autre. Bientôt il ne resta plus que le passage pour une seule personne et ils formèrent une file indienne pour pouvoir continuer à progresser. Le sol était devenu plus accidenté, constitué de pierres et de cassures de granit, mélangé de silex et de quartz. Le ruisseau, toujours présent, rendait le sol glissant ajoutant aux dangers de tomber sur les arêtes saillantes et de se blesser. Asagi, qui marchait en tête de la colonne, ralentit volontairement l'allure.

Le long couloir déboucha finalement sur un promontoire dans une cavité si gigantesque que l'on ne voyait aucune de ses parois. Devant eux se dressait un pont de pierre aux arcades majestueuses qui s'enfonçaient dans le néant. Il était évident que cet édifice avait été construit de manière à traverser l'abîme. L'eau du ruisseau se jetait dans le vide en une cascade se transformant en une pluie de gouttes et d'embruns.

*

Les vaisseaux ennemis ne bougeaient toujours pas. Les cyborgs devaient être certains de leur toute-puissance. Toutefois, au lieu de freiner pour se placer en position de combat, les deux colonnes de la flotte fédérée accélérèrent au contraire leur allure.

— Vingt secondes avant contact, décompta un officier près de l'amiral Wilson.

— On est à portée de tir, précisa le capitaine Hardy.

— Plusieurs missiles en approche. Dix secondes.

— Je peux presque voir les yeux des capitaines de leurs vaisseaux... commenta Hardy.

— Cinq secondes.

— Aux pilotes des transports : foncez vers vos cibles !
Maintenant ! ordonna Wilson.

— Ils sont partout. On ne peut plus se dégager
désormais, annonça le vice-amiral Carnegie qui avait rejoint
le *Sovereign* à la tête de la seconde colonne.

— Nous y sommes messieurs. Allons botter le cul des
cyborgs ! déclara Wilson.

Puis il ajouta :

— Enseigne, feu à volonté à courte portée. Maintenant !


Les sept vaisseaux de transport modifièrent leur
trajectoire pour aller percuter les grosses unités les plus
proches. Plusieurs d'entre eux furent touchés par des
missiles, mais sans réussir à les stopper ou les dévier
significativement.

Pris de court, les navires cyborgs tentèrent des
manœuvres désespérées d'évitement tout en tirant de toutes
leurs armes. Mais il était trop tard. Lancés à pleine vitesse, les
transports s'encastrèrent dans les fuselages, créant des dégâts
irréparables, puis explosèrent, coupant littéralement en deux
les navires ennemis.

Tout autour des zones d'impact, les autres unités
décrochèrent et entamèrent des mouvements désordonnés
pour s'éloigner. Dans l'affolement, l'imposant croiseur
cyborg de commandement percuta un destroyer qui arrivait à
proximité en accélérant. L'organisation rigoureuse de la flotte
cyborg s'écroulait dans un chaos indescriptible.

Comme une double épée, les vaisseaux de guerre des
deux colonnes fédérées transpercèrent dès lors sans difficulté
les rangs cyborgs. Celle menée par l'amiral Wilson coupa la
ligne adverse à angle droit un peu en avant de son milieu et
empêcha l'avant-garde de secourir le reste de la flotte. Celle
dirigée par le vice-amiral Carnegie submergea les vaisseaux
placés en arrière-garde.

L'arche spatiale dut elle-même effectuer une manœuvre
pour s'écarter de la confusion. Elle quitta l'orbite de *Tayma*

afin de se mettre en retrait des combats, suivie par plusieurs unités chargées de sa protection.

Sur la passerelle du *Victory*, l'ambiance était devenue beaucoup plus optimiste quant à l'issue de la bataille.

— Ne nous réjouissons pas trop vite, messieurs, les cyborgs vont se reprendre. Même si nous avons maintenant un avantage tactique, ils sont toujours supérieurs en nombre, déclara Wilson.

L'amiral avait à peine terminé sa phrase, qu'un signal d'alerte retentit comme pour confirmer ses dires.

— On a de la compagnie, dit le capitaine Hardy.

— Contacts multiples en approche, confirma l'officier de quart.

— Ce doit être des chasseurs.

— Non, ils sont beaucoup trop nombreux, ajouta l'officier.

— Ils ont quelque chose de bizarre. Ce ne sont pas des chasseurs, dit le vice-amiral Carnegie dans l'intercom.

— D'où est-ce qu'ils sortent ? demanda Hardy.

— De partout mon capitaine, répondit l'officier.

— Ils ont lancé tous leurs drones pour tenter de nous submerger et renverser la situation, expliqua Wilson.

— Cap 3-9-9, inclinaison 6-2-0, ordonna le capitaine. Ne devrait-on pas lancer nos chasseurs, amiral ?

— Nous n'avons pas le choix, fit Wilson. Lancez les escadrilles un à dix.

— Mais cela représente toutes nos unités, y compris la réserve... balbutia Carnegie.

— Nouveaux contacts, annonça l'officier de quart.

— Quoi, c'est une blague ?

— Il y a du brouillage, mais je compte plus d'une centaine de drones qui converge vers nous.

— Raison de plus pour lancer tout ce qu'on a, lâcha Wilson.

— Ils seront à quatre contre un, fit Hardy.

*

Les fuyards avaient franchi le pont au-dessus de l'abîme non sans appréhension. De l'autre côté, ils arrivèrent sur un promontoire identique en face duquel se trouvait l'entrée d'une galerie. Le sommet de la porte en ogive comportait une inscription runique dont il leur était impossible de comprendre la signification.

Asagi pénétra la première, suivie par Jane et les autres rescapés. Commença alors une succession de montées et de descentes sur des plans inclinés de la même colossale maçonnerie qu'ils venaient de traverser. Il n'y avait aucun escalier et les couloirs ne mesuraient jamais moins de trois mètres de large. Malgré les phases ascendantes, il semblait clair que la galerie s'enfonçait toujours dans les profondeurs. La surface devait être à quelques milliers de mètres au-dessus de leur tête. Sous cette masse écrasante de sable et de rocs se succédaient plusieurs étages de noirs caveaux et de trappes jamais ouvertes, scellées, suggérant vaguement une menace extraordinaire. Plus ils progressaient et plus ils semblaient pénétrer un autre univers où planait une inexplicable atmosphère de menace et de peur intense.

Jusque-là, les membres du groupe n'avaient échangé que peu de paroles.

Le maire de *Mahjaris* avançait péniblement du fait de sa forte corpulence. Il passait un morceau de tissu sur son front tous les trois pas afin d'éponger la sueur qui dégoulinait.

Il fut le premier à rompre le silence.

— Où sommes-nous ? demanda-t-il incrédule.

— Nous entrons dans la cité souterraine d'*Isil*, répondit Asagi.

— *Isil* ? Jamais entendu parler... Et vous connaissez cet endroit ?

— Oui, fit la jeune femme. Du moins, une partie.

Elle avait dit cela pour rassurer ceux qui l'écoutaient. Mais elle n'avait qu'une très vague idée de l'endroit où ils se trouvaient.

— Ah... Mais qui a construit cette cité ?

— Les anciens habitants de *Tayma*.

— Des humains ont construit cela ?

— Non, fit Asagi d'un ton ferme.

— Que voulez-vous dire ?

Asagi ne répondit pas.

— Je ne comprends pas... insista le gros homme. Vous insinuez que nous sommes dans une cité alien ?

— Je n'insinue rien du tout... Écoutez Carter, contentez-vous d'avancer. Je ne suis pas d'humeur à répondre à vos questions et, de toute façon, nous n'avons pas le temps pour un cours d'exoarchéologie.

Carter bougonna, mais n'insista pas et laissa la jeune femme prendre plusieurs pas d'avance.

— Ce mec est un boulet, chuchota Jane à l'oreille d'Asagi. Si nous pouvions le perdre dans une oubliette, l'humanité y gagnerait certainement.

Asagi lui sourit en guise de réponse.

— Êtes-vous certaine de savoir où nous allons ?

— Je ne vous mentirais pas en vous disant que je connais parfaitement cette cité. C'est un vrai dédale souterrain. Mais nous n'avons pas le choix, n'est-ce pas ?

Jane acquiesça d'un hochement de tête.

— J'espère qu'ils ont survécu à l'assaut cyborg... fit-elle rongée par l'inquiétude.

Asagi baissa les yeux. Elle aussi espérait de tout son cœur qu'ils s'en étaient tirés sans trop de pertes humaines. Le visage de Terrance lui apparut, mais elle refoula ses émotions.

— Ils sont restés pour nous donner du temps. Nous devons mettre le plus de distance possible entre nous et ces monstres robotiques, dit-elle.

— Vous avez raison. Ce n'est pas le moment de s'apitoyer sur notre sort. Nous pleurerons nos morts plus tard, conclut Jane.

Asagi ignorait combien de temps ils avaient marché et, à vrai dire, dans quelle direction. Parfois, elle pensait reconnaître un passage, mais la plupart du temps le dédale de galeries ne lui rappelait aucun souvenir précis. Elle suivait son instinct, mais elle n'était sûre de rien.

L'âge incalculable et l'horreur pesante de cet abîme sans fin commençaient à l'oppresser. Elle avait l'impression grandissante d'une présence invisible qui l'observait. Quelque chose tâtonnait et cognait autour du loquet de sa mémoire, tandis qu'une autre force inconnue cherchait à maintenir le portail fermé.

Et puis enfin la vérité lui apparut.

Asagi sursauta violemment quand ces révélations lui vinrent à l'esprit, car elles dépassaient de loin ce à quoi elle s'attendait.

Une évidence s'imposa alors à elle : il ne fallait pas que ses compagnons pénètrent dans la cité souterraine, sinon ils périraient tous.

Après la grande salle, il y avait une galerie qui remontait vers la surface...

Elle leur indiquerait le chemin.

Elle seule devait entrer dans la cité d'*Isil* pour que sa destinée s'accomplisse.

Affolée par ces visions oniriques, elle se retrouva baignée d'une sueur glacée. Alors, ultime et insupportable contact, elle sentit ce léger courant d'air froid qui montait insidieusement des profondeurs. Immédiatement, comme une fois déjà, ses visions s'évanouirent.

*

Les chasseurs de la fédération étaient dans leur grande majorité des modèles monoplaces de type « raptor ». Reconnaissables à leur fuselage fin et aplati, ils étaient dotés de deux ailes prolongées par de larges empennages latéraux mobiles et propulsés par un couple de réacteurs photoniques placés à l'extrémité arrière. Rapides et maniables, leur armement comportait essentiellement deux canons hybrides et ils embarquaient jusqu'à quatre missiles à courte portée.

Les drones cyborgs, bien que plus petits, ressemblaient eux aussi à des sortes de rapaces. Ils étaient moins maniables, mais ils avaient l'avantage du nombre. Entièrement robotisés, ils étaient contrôlés par des IA asservies permettant à une escadrille d'être supervisée à distance par un seul pilote depuis un vaisseau à proximité. Tout comme des guêpes, ils chassaient en essaim en se coordonnant avec une communication minimale pour poursuivre et engager des cibles.

Les raptors décolèrent et, en moins de cinq minutes, ils furent au contact d'une première vague de drones qui fonçaient vers les vaisseaux fédérés. Une pluie de tirs laser s'abattit devant eux, accompagnée de l'explosion de bulles de plasma tout autour comme un gigantesque feu d'artifice produisant une colossale sphère de scintillation.

Sur la droite, un destroyer de la fédération approchait en sens inverse d'un croiseur cyborg au fuselage noir et aux marques rouges immédiatement reconnaissables. Lorsqu'ils se croisèrent, les deux navires lancèrent pratiquement en même temps plusieurs salves de missiles thermoguidés. Certains furent déviés par les boucliers alors que d'autres explosèrent en endommageant les superstructures.

Dans le même temps, les chasseurs et les drones, en se poursuivant mutuellement, créaient tout autour un essaim dense et confus.

Sur l'un des raptors, le pilote au nom de code Boomer esquivait plusieurs ogives et prenait en chasse un drone qui poursuivait un autre chasseur.

— Ici Boomer, je te couvre Starkiller.

— Ennemi en approche, fit une voix dans l'intercom.

— Je l'ai, Starkiller. Vire à gauche au signal.

Une seconde s'écoula, puis Boomer cria :

— Maintenant !

— Le raptor devant lui décrocha, laissant l'espace libre pour tirer.

— J'engage... cible verrouillée... feu !

Le missile jaillit sous l'aile du raptor et bondit vers le drone. Celui-ci tenta de se dégager, mais il était trop tard. Il explosa, envoyant de multiples débris aux alentours.

— Starkiller, ici Boomer. Rejoignons l'escadrille.

— Boomer, ici Starkiller. Les défenses du *Victory* ont l'air hors d'état.

— À tous les raptors, ici Boomer. Le *Victory* a besoin d'aide.

— Allons l'aider !

— Starkiller, à neuf heures. Il y en a deux vers la défense centrale. À distance. Deux heures d'écart.

— J'y vais.

Le chasseur amorça un virage serré et acquit une position offensive dans les six heures des deux adversaires, mais il fut contraint à une poursuite avec un angle de retard sans pouvoir virer plus sec. Il gauchit légèrement, tout en conservant l'angle de retard, puis se cabra.

— Je suis juste derrière eux ! souffla Starkiller.

Le monoplace accéléra et tira avec ses deux canons laser. Un des drones fut touché. Son aile gauche se désagrégea et il décrocha en tourbillonnant avant d'exploser un peu plus loin.

— Vire à gauche. Je l'ai eu !

— Il en reste un, fit Boomer.

— Va le chercher, Boomer. Il est à toi.

— Cet enfoiré est à moi !

Soudain, une voix retentit dans l'intercom :

— À tous, dégagez la zone au-dessus du *Victory*. Dégagez maintenant !

— Qu'est-ce qui se passe ? demanda Boomer.

— Le *Victory* est touché ! s'exclama Starkiller.

— Par les dieux !

Une partie de la superstructure du croiseur, celle où était située la passerelle de commandement, était fortement endommagée, probablement par un missile, et continuait de se consumer du fait de l'oxygène présent dans les compartiments voisins.

Le gigantesque vaisseau frémit. Les quelques lumières encore allumées vacillèrent, s'assombrirent, puis s'éteignirent complètement.

Bien que très sérieuse, l'avarie ne compromettait cependant pas l'intégrité immédiate du croiseur. Toutefois, un second coup lui serait certainement fatal. Les drones savaient qu'en frappant là, ils avaient une forte chance de tuer ou blesser les hauts gradés de la flotte fédérée.

— Où sont ces salauds ? fit Boomer en scrutant l'écran radar de son raptor.

— Starkiller, en poursuite.

— T'es malade ? Pas le moment de la jouer solo. Ne joue pas au héros, Starkiller !

— T'es où, enfoiré ? Allez, montre-toi !

— Boomer, Starkiller, rentrez le plus vite possible, fit la voix dans l'intercom.

— On arrive. Je le sens pas, dit Boomer. Starkiller, suis-moi.

— Si on repère le responsable, on va le chercher. Sinon, on dégage et on rejoint le *Victory* !

— Non. Les ordres sont de retourner immédiatement.

— Okay. Reçu cinq sur cinq, soupira Starkiller, déçue.

— Appontage dans dix secondes...

Les raptors virèrent pour se placer en position perpendiculaire à l'entrée du pont arrière du *Victory*. L'un après l'autre, ils se posèrent sans difficulté à côté de plusieurs navettes qui semblaient prêtes à quitter le vaisseau. À peine leurs chasseurs immobilisés, les deux pilotes sautèrent au sol au milieu d'une agitation confuse, anormale pour un vaisseau militaire.

La passerelle du *Victory* avait été ravagée par la déflagration. Les membres de l'état-major avaient été évacués à proximité du pont arrière pour soigner les blessés. Une sirène stridente retentissait à intervalles réguliers. Toutes les sources lumineuses étaient hors service mis à part l'éclairage de secours et les gyrophares d'alerte.

Des soldats couraient dans toutes les directions. Plusieurs navettes décollaient successivement du pont d'envol afin de transférer l'équipage vers le croiseur *Thunderer* venue à la rescousse. Il semblait évident que la situation du vaisseau était devenue critique et que l'on procédait à son évacuation.

Boomer et Starkiller arrivèrent en courant près des officiers, leur casque sous le bras. Ils remarquèrent immédiatement l'homme étendu sur la civière.

— Amiral ! ne put s'empêcher de crier Starkiller.

— L'amiral a été gravement touché. J'ai pris en charge le commandement de la flotte, fit Hardy gravement.

— Que s'est-il passé ? demanda Boomer.

— Des drones suicides ont attaqué simultanément le *Victory* et le *Sovereign*. Le vice-amiral Carnegie et tous les officiers de quart sont morts. Le bras mécatronique de l'amiral a été arraché par l'explosion. Il a également plusieurs blessures au thorax.

Le capitaine du *Victory* se pencha vers l'amiral Wilson.

— Hardy, je pense qu'ils ont enfin réussi… ma colonne vertébrale est touchée, murmura l'amiral dans un souffle à peine audible.

— Nous allons vous remettre sur pied en un rien de temps, amiral.

— Vous ne pouvez plus rien faire pour moi. Il ne me reste que peu de temps...

Son visage se crispa sous l'effet d'une douleur intense, puis il ajouta :

— Vous êtes dorénavant le commandant en chef de la flotte de la fédération, amiral Hardy, fit Wilson en lui souriant péniblement.

Hardy allait répliquer, mais Wilson le stoppa d'un mouvement de son bras encore valide.

— Dieu merci, j'ai fait mon devoir... C'est à vous maintenant de prendre la relève. Que la lumière vous illumine mon ami !

L'amiral Edward Wilson soupira profondément et ses yeux devinrent fixes. Hardy passa la main doucement sur son visage pour fermer ses paupières. Après quelques secondes de recueillement, il se relava vers les officiers, le regard encore troublé par l'émotion.

— Capitaine John Pasco, nom de code Boomer, vous êtes l'officier en second à présent.

— Capitaine ? fit Boomer, surpris.

— Lieutenant Kendra Beatty, nom de code Starkiller, vous serez mon officier de liaison.

Les deux pilotes échangèrent un regard complice, puis saluèrent Hardy en même temps :

— À vos ordres, amiral !

— Maintenant, filons d'ici ! lança Hardy.

*

Combien de temps s'était-il écoulé depuis qu'ils avaient quitté les cavernes de *Maabad* pour pénétrer dans la cité souterraine ?

Asagi et ses compagnons n'auraient su le dire exactement. Le temps semblait comme suspendu. Ils se trouvaient dans un autre espace-temps, obscur et figé.

Après la longue succession de plans inclinés, ils débouchèrent dans une immense salle voûtée dont les ornements aux formes organiques monstrueuses se perdaient dans les ombres au-dessus de leur tête. Il y avait là une ambiance étrange avant d'être effrayante. La sombre maçonnerie était d'un type mégalithique constitué d'imposants blocs rectangulaires. Le sol était fait de dalles octogonales d'où montaient de puissantes colonnes qui soutenaient l'ensemble architectural jusqu'à une hauteur d'une dizaine de mètres. Toutefois, il était difficile d'estimer précisément la hauteur du fait de l'obscurité qui régnait dans la salle.

De vastes fresques minérales érodées couraient le long des murs, montrant des scènes peuplées d'entités maléfiques, de géants et de démons dévorants des créatures humanoïdes. Au-dessous d'elles se trouvaient des sortes d'inscriptions runiques ciselées dont le sens échappait à l'entendement humain. Certaines rappelaient par endroits des symboles mathématiques curvilignes, ce qui ajoutait à l'étrangeté de ces gravures archaïques.

Le groupe traversa la crypte cyclopéenne tout en observant sans comprendre l'endroit dans lequel ils pénétraient. De chaque côté, deux galeries débouchaient dans la salle pour un total de huit y compris celle par laquelle ils étaient arrivés.

Asagi fit stopper le groupe et s'adressa à eux.

— Nos chemins se séparent ici. Vous devez suivre à présent cette galerie. Elle vous mènera vers la surface, dit-elle en montrant une entrée ténébreuse.

Une clameur d'incompréhension et d'angoisse monta des rescapés.

— Mais... protesta Jane.

— L'ascension ne sera pas facile, mais ça vaut mieux qu'affronter une horde de robots tueurs, continua Asagi.

— Il n'y a rien dans ces cavernes que désolation et quelques reliques archéologiques qui ne valent pas de perdre la vie. Venez avec nous ! supplia Jane.

— Je suis liée à cette cité, condamnée par celui qui me changea.

— Je ne comprends pas...

— Vous ne me croiriez pas si je vous disais qu'il s'agit d'une quête dont dépend l'équilibre de forces qui nous dépassent.

— Mais de quoi parlez-vous ?

— De la lumière contre les ténèbres, de l'espérance contre le désespoir...

— Vous nous avez sauvés et je vous fais pleinement confiance, mais cela doit pouvoir attendre encore quelque temps, non ?

— Non. Vous perdez un temps précieux. Ils sont toujours à nos trousses et ils gagnent du terrain. Vous devez partir maintenant.

— Faites ce que vous avez à faire, mais promettez-moi de nous rejoindre dès que possible.

Asagi ne répondit pas.

Jane la prit dans ses bras et la serra fort contre elle, puis elle se retourna vers la colonne des fuyards. Ils n'étaient plus qu'une vingtaine de femmes et d'hommes terrassés par la fatigue et l'angoisse.

— Fichons le camp d'ici ! cria Jane en pénétrant dans la galerie.

*

À bord de leur raptor, Boomer et Starkiller encadraient la navette de l'amiral Hardy vers le croiseur *Thunderer*. Les combats continuaient tout autour, mais il semblait que les escadrilles de chasseurs arrivaient à contenir les attaques de drones. Ce relatif répit n'allait être que de courte durée.

— Seconde vague de drones repérée à dix heures, fit la voix dans l'intercom.

— Merde ! fit Starkiller.

— Deux minutes avant contact, annonça Boomer. Nous n'aurons pas le temps de rejoindre le *Thunderer*.

— Tu déconnes ? On tire dans le tas. On va se frayer un chemin au canon.

— Ça va marcher ?

— Non, mais ça me fera plaisir.

Ils placèrent les empennages mobiles de leur raptor en position de combat et se préparèrent à ouvrir le feu. Ils n'eurent pas le temps de terminer leur manœuvre, car quelque chose d'inattendu se produisit.

Une gigantesque silhouette translucide apparut devant eux à plusieurs dizaines de kilomètres.

Les deux pilotes contemplèrent le spectacle avec fascination. Ils n'en croyaient pas leurs yeux. Les longs tentacules s'irisèrent alors qu'ils emmagasinaient une quantité colossale d'énergie. Puis, d'un seul coup, une sphère bleutée en expansion fut projetée vers l'avant. En l'espace de quelques dixièmes de seconde, elle devint un véritable mur composé d'énergies bouillonnantes qui se précipitait vers la seconde vague de drones. Lorsque le souffle dévastateur heurta l'essaim, il se replia sur lui comme pour l'envelopper, touchant au passage plusieurs unités cyborgs dont un croiseur. La matière qui les composait se disloqua et implosa littéralement avant de disparaître. Puis le flux d'énergie fit une chose *a priori* impossible. Il se rétracta à nouveau en une sphère qui inversa sa progression pour retourner vers son point de départ dans le faisceau de tentacules du dragon. Aussitôt celui-ci disparut du spectre visible.

En tout et pour tout, cela n'avait duré que quelques secondes.

— Qu'est-ce que c'était ? demanda Starkiller, incrédule après quelques instants de stupeur.

— Aucune idée... répondit Boomer qui ne trouvait pas de mot pour décrire ce qu'ils avaient vu.

— En tout cas, qui que ce soit, il n'aime pas les cyborgs !

*

Les cavernes de *Maabad* représentaient un autre accès à la cité souterraine. Ce n'était finalement pas surprenant puisque ce nom signifiait « temple » dans la langue des bédouins. Comme une mémoire ancestrale, il indiquait la porte du temple, l'entrée de la cité d'*Isil*.

Les habitants du désert associaient à cette région des mythes et des légendes obscurs d'un monde préhumain où vivait une race hautement civilisée et dominante dans la longue histoire, en grande partie inconnue, de cette planète. Ils laissaient entendre que des géants humanoïdes avaient élevé des tours jusqu'au ciel et percés tous les secrets de la nature avant que le premier ancêtre amphibie de l'homme soit apparu. D'après eux, ils étaient venus des étoiles et ils étaient aussi vieux que le cosmos lui-même. Les anciens parlaient sans hésiter de milliers de millions d'années, de rapports étroits avec d'autres galaxies et d'autres univers. Puis leur peuple avait quitté la planète, bien avant la venue des hommes, après de titanesques batailles contre un ennemi inconnu. Les vestiges légendaires de la cité souterraine avaient donné naissance aux mythes racontés de génération en génération par les prophètes.

Passé le porche, la galerie principale s'élargissait pour former une avenue aux dimensions impressionnantes. De parts et d'autres, d'énormes tours sombres cylindriques dominaient de loin tous les autres édifices. Peu d'entre elles étaient encore intactes. Elles présentaient toutes les signes d'une antiquité et d'un délabrement considérable. Il ne pouvait s'agir uniquement de l'érosion du temps dans les profondeurs du sous-sol de la planète des sables. De fortes secousses sismiques ou bien des combats destructeurs devaient avoir ébranlé leurs fondations. Bâties bizarrement de blocs de basalte taillés à angle droit, elles s'amincissaient progressivement jusqu'à leurs sommets arrondis. On n'y voyait nulle part la moindre trace de fenêtres ou d'ouvertures quelconques, si ce n'était des portes énormes, murées comme celles des tombeaux d'architectures primitives. À leurs pieds s'entassaient des constructions cubiques plus basses, dégradées elles aussi par de mystérieux événements. Tout autour de ces vestiges délirants de maçonnerie à l'équerre planait une inexplicable atmosphère de menace et de peur intense. De chaque côté, on devinait plus que l'on distinguait les parois de la caverne, qui dessinaient de grandes silhouettes fantomatiques, comparables à des troncs de conifères gigantesques atteignant des hauteurs fabuleuses.

Aucun ciel n'éclairait la cité, condamnée à la nuit perpétuelle des profondeurs. Toutefois, la matière basaltique des édifices scintillait de milliards de points lumineux, amplifiant le moindre rayon de lumière, et éclairait les lieux d'une lueur étrange.

*

— Lieutenant Kendra Beatty et capitaine John Pasco au rapport, amiral.

Les deux pilotes avaient troqué leur combinaison de vol pour un uniforme de couleur bleu marine. Starkiller était une jeune femme aux cheveux blond coupé court et aux yeux marron. Elle mesurait un mètre soixante-dix environ avec une silhouette athlétique, presque masculine. Boomer était de la même taille, peut-être un peu plus petit, les cheveux bruns en brosse, les yeux noirs, musclé comme l'étaient les pratiquants assidus des robots d'entraînement.

— Repos pilotes, vous pouvez vous assoir, fit Hardy sur un ton presque amical.

— Non, merci. J'ai l'habitude de rester debout, dit Boomer.

— L'amiral Wilson ne raffolait pas des chaises, ajouta Starkiller.

— Même mort, il reste très présent. Mais je n'ai pas besoin de vous le dire, lâcha Hardy, soudain plus grave.

Boomer laissa s'écouler un instant puis déclara :

— Le reste de la flotte cyborg s'est replié à proximité de l'arche spatiale, à environ cinq cent mille de kilomètres de notre position actuelle.

— Vous avez vu ce qui s'est passé ? demanda Hardy.

— Pas vraiment. Juste l'image fugace d'une sorte de monstre sorti du néant. Cela a créé un mur d'énergie qui a balayé les drones cyborgs et les a flambés comme de simples brindilles.

— Nos systèmes de détection n'ont enregistré qu'une faible fluctuation de l'espace-temps suivie d'un pic colossal d'énergie, compléta Starkiller.

— De l'antimatière ?

— Probablement. En tout cas, aucune trace d'un vaisseau, répondit Boomer.

— Quoi qu'il en soit, cette chose nous a sauvé la mise et stoppé les cyborgs, enchaîna Starkiller. Ils ont perdu un bon tiers de leur flotte.

— À combien se montent nos pertes ? demanda l'amiral.

— Le croiseur galactique *Victory*, le croiseur *Sovereign*, les destroyers *Revenge* et *Defiance*, quatre frégates, sans oublier les sept transports sacrifiés, énuméra Boomer.

— Et nos chasseurs ?

— Vingt-cinq raptors détruits et dix-sept autres trop endommagés pour être réparés.

— Quoi d'autre ?

— Des dégâts sur pratiquement toutes les unités. Rien de véritablement grave, mais nous n'avons pas assez de pièces pour tous les réparer.

— Voyons le bon côté des choses, les cyborgs ne sont plus en mesure d'attaquer *Genesis*... du moins pour l'instant, conclut Hardy.

— Amiral, si je puis me permettre. Nous avons évité le pire seulement temporairement, lâcha Starkiller. C'est cher payé pour une victoire insignifiante.

— Je ne dirais pas ça, lieutenant. L'amiral Wilson n'a pas hésité une seconde. Il savait qu'on ne gagne pas une bataille, encore moins une guerre sans perdre de vies.

— Reste à savoir qui est notre mystérieux allié... fit Boomer comme pour lui-même.

L'amiral sembla plongé dans un abîme de réflexion. Après plusieurs secondes, il reprit la parole :

— Starkiller, envoyez notre rapport à la présidente Bright. Bien que j'en doute, nous verrons si *Genesis* a une réponse à nos interrogations. En attendant, nous avons du pain sur la planche. Il faut remettre en état nos vaisseaux le plus rapidement possible. Capitaine, montrons aux cyborgs notre détermination. Nous devons tenir notre position coûte que coûte.

— À vos ordres amiral ! fit Boomer en saluant son supérieur, immédiatement suivi par Starkiller.

— Rompez !

*

Elle ne pouvait le voir, mais elle ressentait sa présence. Une intense nausée monta jusqu'au fond de sa gorge. Asagi respira profondément et le sentiment de malaise diminua sensiblement.

Elle franchit le portail, son sabre nanotech à la main, la pointe dirigée vers le sol derrière elle.

La jeune femme prit une ruelle sur sa droite, parcourut une vingtaine de mètres, puis tourna à gauche pour se retrouver sur une petite place. La faible lumière émise par les bâtiments créait une ambiance féerique. Partout, le sol était recouvert d'un mince tapis de sable noir. Face à elle, il y avait une sorte de pavillon antique surmonté d'un toit en terrasse. Elle s'avança de quelques pas, tous les sens en éveil. Partout, le sable noir ressemblait à de la poudre à canon qui craquait légèrement sous ses pas.

Elle aperçut une silhouette sur sa gauche, dans une allée à une centaine de mètres d'elle. Celle-ci parcourut la distance rapidement, comme si elle glissait sur le sol, sans un bruit et sans effort.

Il s'agissait d'un humanoïde plus grand que la plupart des humains. Son visage était gris, étrange et pourtant étonnamment séduisant.

Asagi le reconnut immédiatement.

Eöl se planta au milieu de l'espace et attendit, déhanché, dans la posture d'un guerrier arrogant. Comme Asagi, il avait son sabre dans sa main droite, une arme ancienne à la lame sombre et menaçante.

Un sourire en coin se lisait sur son visage. Il ressemblait à une star de rock ou à un danseur prêt à rentrer en scène. Il dépassait la jeune femme d'une bonne tête. Ses muscles saillaient sous sa tenue noire et sa vitalité l'auréolait d'une façon presque palpable.

— Vous voilà enfin, ma chère, fit Eöl en la fixant.

Asagi ressentit immédiatement la puissance hypnotique du regard bleu comme de l'eau.

Elle dut faire un effort, mais son esprit arriva à repousser la volonté de domination du prince des damnés.

— Je vois que vous commencez à maîtriser vos nouveaux pouvoirs. J'en suis ravi, quoique quelque peu surpris. D'habitude, ceux de votre race périssent de la moindre égratignure.

Asagi ne répondit pas à la provocation.

— Le don ténébreux ne vous sauvera pas. Vous allez mourir, mais auparavant je vous posséderai à nouveau.

Ces propos firent naître un semblant de sourire sur son visage. Asagi resta impassible. C'est alors qu'il remarqua quelque chose.

— Ah ! Je vois que vous avez un nouveau sabre. J'ai toujours celui de votre père... Une bien belle arme. Malheureusement, il ne vous sera guère utile contre moi.

— Vous êtes nerveux, vous parlez trop, dit Asagi calmement. Je suis venu pour vous trouver et me battre, pas pour écouter vos histoires.

Eöl éclata d'un rire forcé.

— Je ne suis pas nerveux. J'attendais ce moment avec impatience. Je n'ai pris aucun plaisir à tuer ce pauvre Mahtar, vous savez. Il n'était pas à la hauteur. Vous ne vaudrez certainement pas mieux, mais je suis curieux de voir une humaine insoumise à mon pouvoir me défier.

— Vous parlez trop. Vous devez vous figurer que vous êtes invincible avec l'éternité devant vous.

— Je l'ai. Et je vais vous dire pourquoi. C'est une loi de la nature. Dans mes veines coule le sang d'un immortel.

— Nous en reparlerons quand votre tête roulera dans la poussière.

Eöl éclata de rire à nouveau. Asagi continua :

— Je vous ai observé. Vos coupes sont imprécises, vos déplacements sont aléatoires. Sans votre emprise mentale, Mahtar vous aurait terrassé.

— Vous oubliez une chose : j'aime tricher !

Les sabres se levèrent en un éclair avec un sifflement, rompant le silence de la nuit cavernicole.

Eöl fut le plus rapide. Si rapide qu'Asagi se félicita mentalement d'avoir gardé une bonne distance afin de pouvoir réagir à une attaque qui aurait mis fin au combat avant même qu'il n'ait commencé. Le sabre noir s'abattit vers sa tête, mais le flanc de sa lame le dévia vers l'extérieur tout en effectuant un mouvement tournant. L'énergie accumulée propulsa alors son tranchant vers le cou de son assaillant. Le prince des damnés eut juste le de reculer d'un pas pour éviter la riposte.

Elle ressentit à nouveau l'emprise mentale se refermer sur son esprit. Eöl tournait à présent lentement autour d'elle, attendant l'instant propice pour fondre sur sa proie. Elle pivota lentement sur elle-même de façon à toujours rester face à lui. Sachant que l'attaque était la meilleure défense, elle focalisa son esprit sur celui de son adversaire, comme elle l'avait fait avec le geôlier pour l'assouvir. Presque aussitôt, Eöl relâcha la pression mentale. Elle intensifia sa volonté, mais celle-ci se heurta à un mur infranchissable.

— Vous êtes douée, dit Eöl, mais pas encore assez pour me soumettre.

Le prince des damnés avait toujours, en disant cela, un sourire en coin. Il fit mine de se relâcher, mais Asagi lut le contraire dans ses yeux. Et dans l'instant qui suivit, il attaqua à nouveau. Son mouvement fut exécuté à une vitesse incroyable. La lame de son sabre parcourut cent quatre-vingts degrés à l'horizontale, juste au niveau de l'abdomen d'Asagi, puis remonta au-dessus de sa tête pour donner le coup de grâce.

La jeune femme s'étonna d'être encore en vie après la coupe *ichimonji*. Sa réaction avait été instantanée, totalement automatique. Elle avait reculé instinctivement et la pointe mortelle l'avait frôlée, entamant un repli de son body-suit. Dans le même mouvement, elle avait relevé par pur réflexe son propre sabre en garde haute.

Les deux lames descendirent simultanément et se rencontrèrent à mi-parcours. Asagi tenta *itto ryodan*, une technique secrète permettant de dévier le sabre de son ennemi tout en le coupant au niveau du crâne. Malheureusement, Eöl contrôla parfaitement la trajectoire de sa lame sans céder à la pression latérale d'Asagi.

— Pas mal. Essayons autre chose, fit Eöl en la toisant avec arrogance.

Alors que la combattante reprenait sans attendre sa garde haute, il allongea les bras tout en se penchant en avant pour effectuer un *tsuki*, un coup droit d'estoc porté avec force, la pointe du sabre dirigé vers le visage de la jeune femme. Une fois encore, l'esquive et la contre-attaque d'Asagi furent le fruit de ses longues années d'entraînement. Elle courba en arrière la partie supérieure de son corps pour éviter, à moins d'un centimètre près, le *kissaki* du sabre noir. Puis, elle descendit sa lame vigoureusement pour rabattre et dévier l'attaque. Sans aucune hésitation, elle remonta ensuite le tranchant vers son adversaire, entamant sur quelques centimètres une partie de sa poitrine.

— Argh ! grogna Eöl, profondément vexé. Une fois de plus, vous m'étonnez. Après seulement quelques minutes de combat, vous avez réussi à faire couler quelques gouttes de mon sang.

Asagi préféra ne pas répliquer pour rester concentrée. Elle sentit monter la colère de son ennemi.

Sa rage se mua instantanément en une vicieuse série de coupes diagonales, alternativement de droite et de gauche. Asagi para chaque attaque en reculant, mais à chacune d'entre elles, le prince des damnés gagnait quelques centimètres de distance. Elle ressentit un choc sourd sur son crâne. C'était le *tsuka* de son adversaire qu'il avait utilisé à la volée pour la cogner avec assez de force pour faire tournoyer autour d'elle mouches, lucioles et autres bestioles volantes. Il ne manquait plus que le coup de grâce. Eöl arma son sabre avec un rictus de satisfaction.

— Laissez-moi en finir vite et bien, fit Eöl.

Il allait frapper Asagi encore étourdie, lorsque des exclamations retentirent à proximité. Une vingtaine de soldats lourdement armés sortirent des ruelles et se placèrent autour d'eux.

Asagi n'était pas encore prête à mourir. Elle profita de cette diversion pour s'écarter et reprendre ses esprits. Les deux adversaires n'étaient plus face à face, mais côte à côte, les yeux rivés sur la horde qui envahissait la place de toutes parts.

Il s'agissait des cyborgs. Ils avaient finalement trouvé l'entrée de la cité souterraine. Bizarrement, ils n'attaquèrent pas et s'écartèrent pour laisser libres les passages. Asagi comprit immédiatement ce qui allait se passer.

De l'obscurité surgit une dizaine de monstres robotisés qui bougeaient comme des félins. Leurs quatre membres antérieurs et postérieurs, terminés par de larges griffes de métal, se plantaient alternativement dans le sol. Le haut du corps rappelait celui des robots de combat, si ce n'était leurs bras prolongés par des lames d'acier.

Terrifiants, les centaures convergeaient lentement vers les deux combattants, prêts à fondre simultanément sur eux pour les déchiqueter.

Asagi et Eöl échangèrent un bref regard.

— Je crois qu'il va falloir remettre à plus tard notre rendez-vous galant, fit le prince des damnés avec un sourire sarcastique.

Asagi resta silencieuse et se prépara à vendre chèrement sa vie.

# Personnages principaux

## *Les Cyborgs*

**Aaron** est un cyborg de seconde génération. Dwayne le considère comme son fils, son cerveau biologique ayant été conçu à partir de son ADN. Il est manipulé par Cassius et devient son bras armé lors de l'attentat contre Dwayne.

**Aetius** est un cyborg de troisième génération. Il est l'un des généraux du triumvirat de l'armée cyborg.

**Andrea** est une cyborg de seconde génération. Elle est grande et fine, rousse aux yeux verts éclatants. Elle est la compagne d'Aaron et possède une grande influence sur lui.

**Atia** est la grande prêtresse, disciple d'Horus. C'est une cyborg de seconde génération, aux longs cheveux bruns, grande et élancée, avec des yeux obliques de félin.

**Bridge†** est un cyborg de première génération, un fidèle partisan de Dwayne. Il est torturé et tué par Cassius et Simion.

**Cain** est un cyborg de seconde génération, amiral en chef de la flotte cyborg. Il commande la flotte lors de la bataille d'*Isil* pendant l'invasion de *Tayma*.

**Cassius†** est un cyborg de première génération, chef des opposants à Dwayne. Il devient le haut-commandeur par intérim après avoir organisé l'attentat contre Dwayne. Il est massacré lors de la nuit pourpre.

**Centaure** est un robot quadrupède cyborg de combat conçu à partir de la technologie SR-100. Il est particulièrement dangereux en combat rapproché du fait de ses bras prolongés de sabres.

**Dwayne†** est un cyborg de première génération, ami d'enfance d'Anthon. Il est le dernier haut-commandeur à avoir été élu. Il est assassiné par Aaron dans un attentat orchestré par Cassius et Simion.

**Erin** est une cyborg de seconde génération. Elle a l'apparence d'une princesse d'un conte de fée avec ses longs cheveux blonds bouclés et ses yeux bleus, son air juvénile et sa plastique irréprochable. Elle est la compagne de Simion.

**Horus** est le révérend-père de seconde génération qui succède à Sutter. Il est le gardien suprême de la foi cyborg qui prêche le second avènement.

**Radius** est le général cyborg qui succède à Scipio après que celui-ci ait été tué par Simion.

**Rhine** est un cyborg de seconde génération qui travaille sur l'arche spatiale. Il est l'époux de Sofia.

**Scipion†** est un cyborg de troisième génération. Il est le général en chef, membre du triumvirat de l'armée cyborg. Il est exécuté par Simion lors de l'échec du premier assaut sur Mahjaris.

**Simion†** est un cyborg de seconde génération. Au départ partisan de Dwayne, il le trahit en devenant le second de Cassius. Il s'autoproclame haut-commandeur après avoir organisé la nuit pourpre. Il transcende ensuite et devient Uræus.

**Sirius** est un cyborg de troisième génération. Il est l'un des généraux du triumvirat de l'armée cyborg.

**Sofia** est une cyborg de seconde génération sur l'arche. Elle est l'épouse de Rhine. Asagi prend le contrôle de sa personnalité alors qu'elle est prisonnière d'Eöl dans la cité souterraine.

**Sutter†** est un cyborg de première génération. Révérend-père, il est le grand prêtre de la religion cyborg. Il est assassiné lors de la nuit pourpre.

**SR-100** est un robot militaire élaboré à partir des cyborgs de troisième génération. Sa matrice neurale a été simplifiée et programmée de manière à le rendre plus efficace au combat en phalanges et en hordes.

## Les rebelles cyborgs

**Andrew** est un cyborg de première génération. Il est l'un des proches d'Anthon lors de l'insurrection.

**Anthon** est un cyborg de première génération. C'est l'ami d'enfance de Dayne. Il a participé avec lui aux guerres de séparation et devient son second sur l'arche. Après son assassinat, il prend la tête de la rébellion cyborg.

**Crimson** est un cyborg de première génération. Il seconde Anthon lors de la rébellion contre Simion.

**Keira** est une cyborg de seconde génération, officier instructeur des pilotes de drones. Petite et brune, elle a un physique athlétique. Ancienne compagne de Dwayne, elle devient la maîtresse d'Anthon après son assassinat.

**Kynes** est un cyborg de première génération. Il est l'officier scientifique de la rébellion.

## *La fédération des planètes unies (Genesis)*

**Kendra Beatty « Starkiller »** est un lieutenant, pilote de raptor. Elle a des cheveux blond coupé court et des yeux marron. Elle mesure un mètre soixante-dix environ avec une silhouette athlétique, presque masculine.

**Benkei** est un vieil ami de Terrance Williams. C'est un géant roux barbu avec une corpulence hors du commun. Il vit en reclus à Oakland en pleine zone rouge. Il pratique les arts martiaux anciens, en particulier le *Jo*.

**Blondie** (surnom) est la petite amie du prédicateur. C'est une jeune droguée aux cheveux décolorés. Asagi lui coupe un bras lors de l'épisode de la zone rouge.

**Claire Bright** est la présidente de la fédération des planètes unies. Après une brève carrière d'avocate, elle est devenue la chef de file des réformateurs. Elle a connu Asagi à l'université.

**Henry Carnegie†** est le vice-amiral de la flotte de la fédération. Il est tué lors de la bataille d'*Isil* à bord du *Sovereign*.

**Sarah Duval** est la secrétaire de la présidente Claire Bright.

**Tony Evans†** est un clone humain de sixième génération. C'est un scientifique, exobiologiste. Il est le troisième membre de l'équipage du *Pandora*. Il est victime de l'attaque des cyborgs, lors du premier contact.

**Fawkes** est un hacker qui renseigne Brian Hooker et Jenny Learner. On ne sait pas s'il est humain ou bien une intelligence artificielle.

**Marcus Gibson** (Gibs) est un clone humain de troisième

génération, sélectionné pour ses qualités de combattant. Gibs est un ancien militaire au physique athlétique, les cheveux gris coupé court. Il est le commandant du *Pandora*.

**Asagi Hamilton** est une femme brune de type eurasien, grande et athlétique. C'est un agent spécial de la fédération et une scientifique, spécialiste en cybertechnologie. Elle est experte en arts martiaux anciens et plus particulièrement au sabre nanotech.

**Thomas Hardy** est le capitaine du *Victory* lors de la bataille d'*Isil*. Il est l'ami de l'amiral Wilson et lui succède après sa mort.

**James Hood** est le vice-président de la fédération des planètes unies. Il devient l'un des opposants de Claire Bright. Il est également soupçonné de traîtrise avec les cyborgs.

**Brian Hooker** est un journaliste et ami de Jenny Learner. Il enquête avec elle sur l'opération *Downfall*.

**Stephen Kiles†** est un député dont la mort reste mystérieuse. Il était lié à une affaire avec le vice-président.

**Jenny Learner†** est une journaliste d'investigation de la chaîne d'info NE-24. Avec Hooker, son ami, elle enquête sur une affaire impliquant le vice-président. Elle est morte accidentellement, mais on soupçonne un meurtre.

**John Pasco « Boomer »** est un capitaine, pilote de raptor. C'est le partenaire de combat de Starkiller. Il est petit, mais musclé, les cheveux bruns en brosse et les yeux noirs.

**Prédicateur†** (surnom) est le chef de la principale bande armée qui sévit à Oakland. Il est tué par Asagi qui le décapite.

**Jason Shell** est le directeur de cabinet de la présidente Claire Bright et son principal collaborateur.

**Edward William Wilson†** est le chef des armées, amiral de la flotte de la fédération. Il est tué pendant la bataille d'*Isil* à bord du vaisseau *Victory* commandé par Hardy.

## La fédération des planètes unies (Nemesis)

**Donald Adams** est un politicien conservateur adversaire de Claire Bright. Il est le chef du gouvernement de *Nemesis*.

## La fédération des planètes unies (Tayma)

**Achmed** est un Bédouin du grand désert rouge. Il est le chef de la caravane qui fait la navette entre *Mahjaris* et *Maabad*.

**Aya** est une jeune fille de *Mahjaris*. Elle est restée dans la ville avec ses parents après l'invasion cyborg. Véritable garçon manqué, elle vient au secours de Terrance et l'aide à s'échapper de la ville.

**M. Bowie** est un robot androïde conçu pour effectuer des tâches domestiques variées. Il est le serviteur de Jim.

**Ray Carter** est le maire de *Mahjaris*, un politicien sans véritable charisme ni courage. Bien qu'il essaye de cacher son embonpoint dans des vêtements amples, il est trahi par la rondeur de son visage.

**Jane Donovan** est une femme d'âge mûr à la longue chevelure rousse. Elle fait partie des cent premiers colons. Son mari, employé dans une exploitation minière, est mort dans un tragique accident. C'est la principale opposante au maire Ray Carter.

**Jim** est un habitant de *Mahjaris*, combattant volontaire, ami de Sam et Lee.

**Hassim** est un Bédouin de *Mahjaris*, propriétaire d'un petit café où les habitués fument clandestinement du chanvre.

**Lee** est un habitant de *Mahjaris*, combattant volontaire, ami de Sam et Jim. Lee se fait toujours remarquer par son mauvais caractère.

**Liam** est un jeune résistant de *Mahjaris*.

**Perez** est le capitaine du *South-Bird Mark I*, un cargo qui fait la navette entre *Tayma* et *Genesis*. Il est secouru par Blackwood lorsque son navire est attaqué par deux vaisseaux cyborgs.

**Myles Roderick** est le patron charismatique du bar de *Mahjaris*. Soldat pendant les guerres de séparation, il a tout laissé tomber ensuite pour partir sur *Tayma*. Il fait partie des cent premiers colons.

**Ray Polson†** est le comptable de l'astroport dans la banlieue de *Mahjaris*. Il est la première victime sur *Tayma* lors de l'assaut cyborg.

**Rosie** est une femme brune à la voix rocailleuse. Elle est serveuse au bar de *Mahjaris* où elle assiste Myles. Elle a eu une relation épisodique avec Terrance Williams.

**Sam** est un habitant de *Mahjaris*, combattant volontaire, ami de Jim et Lee.

**Saïd** est un bédouin à la solde des cyborgs. C'est un colosse, qui vit de forfaitures et de vols. Il n'hésite pas à torturer les prisonniers, en particulier Terrance, ni à les tuer.

**John Slade†** est le successeur de Terrance Williams au poste de responsable de la sécurité de *Mahjaris*. C'est un policier droit et intègre, nommé par Carter. Il est tué par Simion lors de la prise de *Mahjaris* par les cyborgs.

**Terrance Williams** est un grand gaillard athlétique et séducteur, avec des cheveux brun coupé court et un menton volontaire. Il était le responsable de la sécurité à Mahjaris. Il est devenu mercenaire depuis l'affaire de la place du marché, Ray Carter l'ayant limogé.

**Ziafar** est un vieux Bédouin, habitant de *Mahjaris*. Il aide Terrance lorsque celui-ci cherche à rejoindre *Maabad*.

## Les pirates et corsaires

**Blackwood** est le capitaine du *Marauder*, un corsaire qui vend ses services aux plus offrants. Il possède une réputation de bête sanguinaire. Néanmoins il n'hésite pas à prendre parti contre les cyborgs et à aider Terrance pour rejoindre *Tayma*.

**Marlowe** est l'un des hommes de Blackwood. Une brute sans grande intelligence. Il est toujours accompagné par son comparse, un petit gros.

**Rogue** est un vieil androïde au service de Blackwood et qui ne le quitte jamais.

## Les Eldaris d'Arandor (Elessar)

**Aranel** est la princesse d'*Arandor*, fille d'Araquendë et d'Emerwen. Son visage possède les traits mélangés de ses parents, comme s'ils n'avaient sélectionné pour elle que le meilleur de chacun d'eux.

**Araquendë** est le seigneur des *Eldaris* à *Arandor*. Il semble sans âge et montre une grande expérience. Sa chevelure est entièrement blanche, maintenue par un bandeau d'argent. Ses yeux sont d'un bleu intense.

**Canya** est l'un des derniers dragons. Ce sont des vaisseaux spatiaux vivants conçus génétiquement par les scientifiques *Eldaris*.

**Carcaras** est une ambassadrice, représentante des *Eldaris* du Nord. Elle a un air étrange, comparé aux autres *Eldaris*. Elle n'est pas vêtue d'une tunique, mais elle porte un long manteau noir et des bottes de cuir.

**Curuvar** est ancien compagnon d'arme de Mahtar. Il est le conseiller militaire d'Araquendë à *Arandor*.

**Emerwen** est l'épouse d'Araquendë et Dame d'*Aiwenor*. C'est une femme si belle, qu'il faut faire un effort pour ne pas la regarder. Son visage clair est lisse et sans défaut. Ses cheveux sont blonds, tenus par un bandeau d'argent.

**Farenyel** est le second conseiller d'Araquendë.

**Le Gardien** est un robot de combat capable de modifier l'espace-temps autour de lui. Il est doté d'une armure vif-argent, de longs sabres rétractiles à l'extrémité des bras et d'un champ de force quasi impénétrable. Il est programmé pour protéger les *Eldaris*.

**Istar** est le premier conseiller d'Araquendë.

**Isil** est l'ancien seigneur de la cité souterraine sur *Carnil*, le nom *Eldari* de *Tayma*.

**Mahtar** est le guerrier *Eldari* le plus renommé. Il vit en ermite depuis la fin des combats contre les *Sindaris*. Il affronte Eöl en combat singulier et succombe aux pouvoirs du prince des damnés.

**Yarë** est un vieux marchand itinérant. Les vieux sont rares chez les *Eldaris* qui préfèrent rejoindre le Sanctuaire.

## Les Eldaris du Nord (Elessar)

**Asta** est l'angwil de Carcaras, une sorte de grand lézard ailé, la monture préférée des guerriers *Eldaris* du nord.

**Handa** est le plus ancien et premier conseiller de Maira. Il est âgé avec des yeux pétillants d'intelligence. Grand et sec, il émane de sa personne une impression de sagesse teintée de mélancolie.

**Laurelin** est l'amie d'enfance de Miril et aussi son amante. Son visage est fin, ses longs cheveux blonds tombent sur le creux de ses reins. Il y a dans chacun de ses gestes une sorte de force fragile, contenue, vulnérable.

**Maira** est la Dame de *Fanyamar*, la cité *Eldari* du nord. Son visage est dur avec des yeux bleus. Sa peau grisâtre est le signe de son grand âge. Elle porte une robe blanche avec un angwil en or stylisé. Elle meurt piquée par un moustique hybride.

**Mectar** est un jeune guerrier *Eldari*, aux cheveux bruns et courts. Il est le capitaine de la garde de Maira, vêtu de la tenue sombre des guerriers. Il est également membre de la secte des *Yanatiris*.

*Miril* est le nom de princesse de Carcaras. Elle est à fille de Maira et destinée à lui succéder à la tête des *Eldaris* du Nord. Elle est aussi devenue membre de la secte des *Yanatiris*, les gardiens du sanctuaire.

**Tarmen** est le commandant de la flotte des *Eldaris* du Nord. C'est un proche de Maira qui a toute confiance en lui.

## Les Eldaris de Dorwine (Endamar)

**Aredhel** est la femme de Tano. Pour tenter de sauver son mari des griffes de Turgon, elle accepte de se soumettre à ses désirs.

**Estelfen** est l'amie d'enfance d'Aredhel. Elle soutient son amie lorsque celle-ci perd son fils Lomion et que son mari est fait prisonnier par Turgon.

**Lomion†** est le fils d'Aredhel et de Tano. Il est malencontreusement tué par Turgon.

**Tano†** est un forgeron qui fabrique un sabre noir sans équivalent. Il attire ainsi la jalousie de Turgon. Il devient Eöl après avoir été contaminé par la morsure d'un loup mutant lors de son exil.

**Turgon†** est un seigneur *Eldari* qui règne sur le fief de *Dorwine*. Il tue le fils d'Eöl par jalousie, ce qui entraîna Tano vers le côté sombre.

## Les Sindaris (Endamar)

**Altariel** est la première disciple d'Eöl alors qu'elle n'a que dix-sept ans. Elle est brune, le nez aquilin, de grands yeux verts. Elle possède également des dents d'une blancheur éclatante qui brillent comme des perles entre des lèvres rouges et sensuelles.

**Eöl** est le « prince des damnés », le premier *Eldari* à être passé du côté sombre. Il a un visage d'une pâleur étonnante et des cheveux longs et sombres. Sa bouche a une expression cruelle avec des dents comme si elles avaient été taillées.

**Huiva†** est un lieutenant d'Eöl qui garde Asagi prisonnière et la torture dans la cité souterraine. Cependant, elle réussit à le dominer et le tue avant de s'enfuir.

## Les humanoïdes (Ananta)

**Balin†** est le général en chef des armées, directement sous les ordres du président. Il est assisté par un aide de camp.

**Chandrasekhar†** est le vieil astronome qui découvre l'ogre stellaire et tente de prévenir les siens. Il périt comme les autres habitants lorsque l'ogre stellaire dévore sa planète.

**Esha†** est la femme de Chandrasekar qui, après de longues années le quitte, pour finalement revenir vers lui au moment de l'apocalypse.

**Faleen†** est une femme responsable du service des renseignements.

**Kanta†** est une jeune journaliste qui réalise l'interview de Chandrasekar après sa découverte de la singularité.

**Kumarila†** est le conseiller scientifique du président, arriviste et peu sympathique.

**Le président†** est le représentant élu du peuple de la planète. Son nom n'a que peu d'importance.

**Tarika†** est l'astronome qui travaille sous la direction du conseiller Kumarila.

**Uttam†** est l'ancien étudiant en astrophysique de Chandrasekhar.

## Les entités

**Eva** est une intelligence artificielle (IA). Elle a été conçue à l'origine par Asagi pour superviser le vaisseau *Pandora* dans sa mission d'exploration. Elle est capable de se cloner pour engendrer des doubles d'elle-même.

**Uræus** est le dieu vivant cyborg qui résulte de la transcendance de Simion. Il mesure près de deux mètres cinquante. Sa peau, couleur d'albâtre, lui donne l'allure d'une statue colossale vivante.

**Uruva** est une entité organique complexe composée de rétrovirus capables de contrôler les corps et de les modifier en augmentant leurs capacités. Il est difficile de dire si cette entité est consciente et agit avec un objectif ou non.

**L'ogre stellaire** est une entité de la taille d'une petite planète. Elle est capable de se déplacer en créant des trous noirs et des trous de ver. Cet artefact mystérieux semble errer de monde en monde pour dévorer des planètes entières.

# Retrouvez Sunflower sur :

www.facebook.com/SunflowerScienceFiction

sunflower-series.blogspot.com

www.science-ebook.com

© Science-eBook, Septembre 2016
http://www.science-ebook.com
ISBN 979-10-91245-80-7
Printed by CreateSpace